KB057860

소설

동학

3

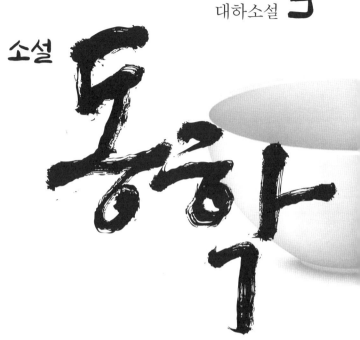

김동련
대하소설 3

소설 동학 1

세계라는
것은
무엇인가? ———— 1

모시는사람들

3____

세계라는
것은
무엇인가?

① 1

우주는 상상하기도 어려운 엄청난 폭력 속에서 태어났다.
지금도 우주는 폭력으로 가득 차 있다.
그러나 이런 해방된 에너지의 회오리 속에서
어쩌면 천체는 미래를 위한 평화의 씨앗을 뿌리는지도 모른다.
겉은 온통 폭력으로 가득 차 보이지만 내면 깊은 곳에서는
항상 원소 알갱이들끼리의 일정한 움직임이 있어
우주는 새로운 모습으로 변해 가고 있다.

지구의 운명은 태양의 변화와 밀접하게 연결되어 있다.
지구의 생명은 태양에서 나오는 빛을 입고 살아간다.
태양에 무언가 변화가 일어난다면 지구는 엄청난 재난에 휘말리게 된다.

지구를 구성하는 갖가지 원소들도 오랜 옛날 초신성이 폭발하던
불길 속에서 창조되었다.
원소들은 서로의 존재를 인정하고 어울리며 새로운 원소를 생성시켰다.
이런 곳에 생명이 생기고 생명이 진화해 사람이 되었다.
사람이 사는 세상도 우주를 닮아 하루도 편안한 날이 없다.

도대체 여기는 어디인가?

세상은 다만 존재가 자신의 얼을 갈아야 하는 숫돌인가?
아니면 목숨이 다하는 순간까지 끊임없이 부딪치면서
삶의 의미를 반추하는 대상인가?
아니면 존재의 자유를 위해 적극적으로 바꾸어 나가야 하는 사태인가?

1.

고종 1년, 갑자년, 1864년, 봄.

수운이 순도한 후, 박씨 부인과 가족은 수운의 장조카 최세조가 사는 경주 지동 집에 몸을 의탁했다.

앞으로 살아갈 길이 막막했다.

남편이 곁에 있었을 때는 그의 높고 밝은 뜻을 알알이 다 알 수는 없었지만 눈 뜨고도 못 보는 당달봉사로 물덤벙 술덤벙, 떡에 밥주걱으로 살아도 남편 얼굴만 바라보면 아무 걱정이 없었다.

그러나 남편은 세상을 구한다면서 몇 해 그 뜻을 펴는 듯하더니, 자신과 가족을 버리고 다른 세상으로 가 버렸다.

한 가지가 꺾이면 백 가지가 상한다더니 남편이 도를 얻어 겨우 고생에서 벗어났는가 싶었는데, 마른하늘에서 생벼락을 맞고 이제는 팔열지옥에 빠지고 말았다. 생계 대책은 전혀 마련되어 있지 않았다.

흔들비쭉이가 되어 하루하루 보내기가 난감했다. 한 달이 넘어가자 박씨 부인은 시댁 조카와 얼굴을 마주하기조차 두려웠다.

관에서는 다시 맏아들 최세정을 지목하고 있었다.

계절은 봄이지만 주위 사람들의 시선은 시리도록 차가웠다.

사월 하순.

세월은 하수상해도 길가에는 백합이 만발했다.

단양 접주 민사엽이 보낸 김경숙·김경필 두 사람이 지동으로 박씨 부인을 찾아왔다.

민사엽은 충청도 단양 출신으로 신유년 봄에 수운에게 직접 입도했고 이듬해 임술년 십이월에 단양 접주로 임명된 사람이다.

민사엽은 한약재를 취급해 북으로는 양양, 남으로는 경주와 영천 그리고 대구를 왕래하며 약재를 수집하거나 팔았다. 그러다 보니 의술에도 어섯눈을 떴는데, 가난한 사람들이 병이 들면 보답을 바라지 않고 치료해 주었다.

초롱불을 켜 들고 다녀도 찾아보기 어려운 사람이었다. 살림이 넉넉하고 심성이 푸근해 사람들은 그를 민장자라 불렀다.

갑자년, 수운이 대구 감영에 갇혀 있을 때 삼백 금 재산을 감옥 포졸에게 풀었고, 각처 도인들에게도 적지 않은 활동비를 보조했다.

김경숙이 박씨 부인에게 권했다.

"단양 접주 어른은 살림이 넉넉한 분입니다. 그 어른이 부인과 가족 분들을 돌보시겠다고 저희를 보냈습니다. 제가 잠시 살펴보았으나 여러모로 사시기가 많이 힘드실 듯합니다. 이번에 저희와 같이 단양으로 가시면 살림이 이렇게 어렵지는 않을 겁니다."

박씨 부인은 일단 사양했다.

"우리가 단양 접주 어른을 한 번도 뵌 적이 없는데 그렇게 신세를 져도 되겠습니까?"

김경필이 앞으로 나섰다.

"사가를 모시는 일은 도인으로서 당연한 일입니다. 마음을 크게 가지시고 같이 가시지요."

냉수도 불어먹던 박씨 부인은 두 사람을 믿고 그날로 자식들을 데리고 단양으로 떠났다.

유족은 단양에 도착해 민사엽이 사는 집에 며칠 머물다 그의 배려로 정선군 남면 광덕리 부근 문두재로 거처를 옮겼다. 문두재는 정선읍으로 넘어가는 고갯마루로 겨우 네다섯 가구가 모여 살고 있었다. 호젓한 곳이어서 숨어 살기는 좋았다.

유족의 생계는 민사엽이 계속 돌보았다.

그러나 다음 해 을축년 여름, 민사엽이 갑자기 병을 얻어 세상을 뜨고 말았다.

낙타는 여위어 죽어도 말보다는 크다던가. 민사엽이 죽고도 몇 달은 적게라도 도움을 받았으나 그것도 점차 끊어지고 말았다.

정선 도인들이 어떻게든 유족을 돌보려 애를 썼으나 원래 가난하게 살던 사람들이라 몇 줌의 잡곡을 모으는 데도 애를 먹었다. 유족들은 하루에 꼬물죽 두 끼로 연명했다. 최세조의 집에 의탁해 있을 때보다 살림이 더 어려워지고 말았다.

이때 예천 도인 황성백이 박씨 부인을 찾아왔다. 황성백이 주선해 유족은 상주 동관음 남육생의 집으로 거처를 옮길 수 있었다.

가장을 잃은 박씨 부인에게 바람이 불지 않으면 비가 오는 세월이 이어졌다.

2.

고종 1년, 갑자년, 1864년, 3월.

정운구는 동생 정운기를 집으로 불렀다.

정운기는 무과에 급제한 후 여러 직을 거치다 지금은 좌포청에 무예별
감으로 있었다.

"내가 너에게 특별한 임무를 주겠다. 이 일을 잘 마치면 너를 상주하여
크게 쓸 터이니 명심해야 한다.

지난번 동학 괴수 최복술은 내가 잡아 공을 세웠다. 그러나 그 역적의 도
를 이었다는 최경상을 아직 잡지 못하고 있다.

위에서 이것이 무척 신경 쓰이는 모양이니 이제부터 너는 하던 일을 잠
시 접고 최경상을 잡는 데 전력하도록 해라.

포도군관을 한 사람 붙여 줄 터이니 은밀하게 행동하여 최경상을 추포
해라."

정운기는 형이 자기를 인정해 주자 기분이 좋아 밥빼기 같은 미소를 지
었다.

"형님, 이왕 주시려면 포도군관을 좀 더 붙여 주시구려."

정운구가 인상을 찌푸렸다.

"이놈아, 아무도 모르게 일을 꾸미려면 인원은 적을수록 좋다. 내가 너
를 믿고 시키는 일이니 자중해 절대로 실수가 없어야 한다. 알겠느냐?"

정운구는 품에서 말 두 마리가 그려진 마패를 꺼내 정운기에게 주었다.

"주상께 상주해 내가 너 대신 받아 왔다. 그만큼 은밀하게 일을 쳐 내야 한다는 뜻이다. 꼭 필요할 때만 관아나 병영에서 병사를 차출하도록 해라. 말 두 마리를 내줄 터이니 필요할 때마다 역참에 들어 바꾸어 타면 된다.

그리고 추적하는 경과를 보름마다 내게 보고 해야 한다. 필요한 경비는 언제라도 사람을 보내면 충분히 보내주겠다. 할 수 있겠느냐?"

정운기는 마패를 받아 얼른 품속에 넣었다.

"형님, 걱정하지 마시오. 나만 믿으시오. 이 일은 먼저 맥을 짚어 본 뒤에 바람 부는 대로 돛만 달면 되는 일이오. 그놈의 꼭지도적을 내가 꼭 잡아 형님 얼굴을 세워 주겠소."

정운구는 동생이 매사에 치밀하지 못하고 술을 너무 좋아해 이런 일에 맞지 않다는 것을 알고 있었으나, 경상을 잡아 공을 세우면 위로 끌어 올릴 명분이 생긴다는 욕심이 앞서 미덥잖은 대로 일을 맡겼다.

괴수가 죽어 무리가 뿔뿔이 흩어진 사교에 줄 끊어진 연 신세 같은 새 괴수 하나 잡아 올리는 일 정도는 정운기가 좀 어리부리하기는 해도 쉬이 해 치우리라 믿는 구석도 있었다.

이튿날 정운기는 정운구가 지명해준 포도군관 정철규를 대동하고 대구로 내려갔다. 정철규는 몸은 왜소했으나 눈이 길게 찢어져 잠깐 쳐다보아도 섬뜩한 느낌을 주는 자였다.

매사에 빈틈이 없이 치밀하면서도 일 처리에 제법 낚싯줄을 길게 늘일 줄 알았다.

포도청에는 야차 같고 가시 같은 수단꾼들이 눈을 밝히고 있어 좀처럼 튼튼한 끈을 잡기가 쉽지 않다. 포도군관끼리도 경쟁이 심해 서로 뒤에서 상대를 소문 없이 말밥에 얹어놓기 일쑤였다.

　이번 일은 그에게는 모처럼 다가온 기회였다.

　정철규는 대구 저자를 탐문하다가 장내기를 하던 자에게서 동학의 새 괴수가 안동으로 갔다는 첩보를 얻어 정운기에게 보고했다.

　정운기는 일이 의외로 쉽게 풀린다고 신이 나 안동 쪽으로 달려갔다.

3.

고종 1년, 갑자년, 1864년, 3월.

경상은 대구 감영을 나온 후 관의 지목을 피해 낮에는 숨고 밤에만 움직였다. 스승을 감옥에 둔 채 떨어지지 않는 발걸음을 계속 옮겼다. 경상은 스승과 같이 죽지 못하는 자신을 계속 자책했다.

마음은 아직도 대구 감옥에 머무르고 있었다. 처음 스승을 만났던 날부터 어두운 감방 안에서 작별하던 순간까지 그 달콤하고도 서러운 장면들이 겹치면서 주마등처럼 흘러갔다.

스승은 생사를 넘어 어지러운 세상에 희망의 씨를 뿌렸다. 자신에게는 올곧게 피어나는 싹을 가꾸라고 일렀다. 스승이 지워 준 짐이 크고 무거웠다.

'스승은 경전을 간행하라고 나를 지방으로 내려보냈다. 환난을 예기하고 거기에서 나를 살리려 일부러 멀리 떼어 놓은 것이다. 나에게는 도를 이어 고비원주*하라 했다. 당신은 도를 살리기 위해 기꺼이 목숨을 버리겠다고 했다.

도를 위해서 스승은 사랑하는 아내와 자식의 안위도 작게 보았다.

성품이 온유하고 덕이 넉넉하기는 최자원을 따라갈 사람이 없었다. 스

---

* 높이 날고 멀리 뛰어라.

승은 차라리 그에게 도를 전하지 왜 나를 택했을까?

나는 아직 스승의 도를 이을 공부가 부족하다. 그것은 스스로 물어보아도 너무나도 자명하다.

내 존재를 확장시키려면 끊임없이 자신을 성찰해야 한다. 고결한 심정을 유지하기 위해 줄기차게 수행을 계속해야 한다. 그런 사람만이 세상의 잡음과 난관 속에서도 스승의 도를 이어 거침없이 힘차게 살아갈 수 있다.

그러나 자아의 성장은 서서히 진행되는 과정이지 어느 날 갑자기 건공대매로 비약할 수는 없다. 섬광 같은 사유의 충동으로 얻는 깨달음은 오래가지 못한다. 일시적인 참회만으로도 잘못 산 사슬을 끊을 수는 없다.

최자원을 찾아 그에게 이 짐을 대신 지울 수는 없을까?

그러나 최자원은 감옥을 나온 후 지금은 어디에 있는지 알 길이 없다.'

심장이 터질 것 같았다.

경상은 최자원과 강원보 백원수가 체포되어 유배 간 것을 아직 모르고 있었다.

고개 등성이에 오르자 멀리 민가의 불빛이 아련하게 반짝였다.

달이 없는 그믐밤이지만 하늘에는 별들이 영롱했다. 길을 잃은 밤바람이 휑한 가슴속을 파고들었다.

'그래, 너무 급하게 생각하지는 말자. 내가 남보다 뛰어나게 영민하지는 못하나 고난에 지지 않고 스승님의 도를 지켜나가는 일은 내가 하기 나름이지 않겠는가.

끈기 있게 견디는 것은 내가 자부하는 바이다. 스승은 아마 지금 우리 도에 필요한 것이 바로 그것임을 보신 것이리라.

그래, 만약 그렇다면 나를 믿어준 스승의 은혜에 보답해야 한다. 앞으로의 삶은 결코 순탄하지 않을 것이다. 그러나 어떤 난관이 닥쳐오더라도 견디며 스승의 도를 지켜 나가야 한다.'

경상은 발길을 안동 쪽으로 돌렸다. 어둠 속에서 헛디뎌 한쪽 발목을 삐었다. 그는 비틀거리며 앞으로 나아갔다.

안동 지경에 도착하자 날이 밝아 왔다. 경상은 숲에 숨어 하루를 보냈다. 어두워지자 사람의 이목을 경계하며 안동 접주 이무중의 집으로 살그머니 들어갔다.

이무중은 저녁상을 물리고 서재에 홀로 앉아 주문을 외고 있었다.

"계시오?"

"야심한 밤에 뉘시오?"

이무중이 방문을 열자 피로에 젖고 거지꼴을 한 경상이 위태롭게 서 있었다.

"아니 이게 누구랍니까?"

이무중은 놀라서 주변을 살피며 경상을 안방으로 들었다.

"스승님은 같이 오지 않았습니까?"

경상은 자초지종을 천천히 이야기했다.

이무중은 감동해서 입술을 떨었다.

"결국 스승님은 천명을 순순히 받아들이시겠다는 것이군요. 정말 안타까운 일입니다.

가만히 생각해 보면 사람에게 죽음은 몸의 파멸일 뿐이겠지요. 그러나 몸은 내가 삶을 이어가는 하나의 도구에 불과합니다.

그러므로 죽음은 몸을 통해서 세상을 내다보던 유리창이 깨어진 상태라 할 수도 있겠습니다. 그 부서진 유리창을 통해 무엇이 보일지 새로운 유리창이 다시 나타날지 나 같은 범인은 도무지 알 수가 없습니다.

인생을 덧없는 꿈이라 생각할 수도 있고, 죽음을 새로운 각성이라 생각할 수도 있습니다. 나는 사람의 자아가 꿈처럼 깨지 않는 의식에 속해 있다면 죽음은 정말 커다란 차원에서 다시 태어나는 경사라 생각합니다.

그러나 말만 그렇지 스승의 죽음은 나 같은 범인이 함부로 논할 수 있는 경지가 아닙니다."

"스승님이 성취하신 경지는 우리가 감히 다가가기 어려울 것이오. 다만 가까이 가려 오직 성심으로 노력할 뿐이지요."

이무중이 준비해 준 저녁상이 차려졌다. 경상은 황급히 빈속을 채웠다.

뱃속이 진정되자 눈물이 나오기 시작했다. 긴장으로 버티었던 정리가 봇물이 되어 터져 나왔다.

사람의 도리와 세상의 도리는 같이 갈 수 없는 평행선인가? 경상은 체신도 잊고 하염없이 울었다.

이무중은 안동의 부농이었다. 학문이 깊었고 매사 신중한 사람이었다. 집 인근 산기슭에 있는 조그만 초가집을 주선해 경상을 묵게 했다.

"이제 우리 도의 미래는 형에게 달려 있소. 부디 몸을 중히 여겨 주시오."

한숨 돌린 경상은 은신처에서 몸을 정양하며 이후의 일에 대해 숙고했다.

4.

　정운기는 안동에 도착하자 정철규를 거리에 보내 경상의 행방을 탐지하라 했다. 정철규는 일단 안동으로 들어오는 길목에 자리한 주막부터 찾아갔다.

　들머리 주막에서는 이렇다 할 정보를 얻지 못했다. 경상이 산길을 타고 다녔기 때문이다.

　정철규는 경상이 안동에 들어왔다면 틀림없이 안동 도인의 도움을 받으리라 생각했다. 그는 이번에는 저자에 물건 사러 온 농군처럼 행세하며 이곳저곳을 두리번거렸다.

　중참 때가 되었다. 그는 주막에 들러 국밥과 술을 시켰다. 대강 허기를 채우자 주모를 불러 엽전 몇 냥을 손에 얹어 주며 슬쩍 물었다.

　"여보게, 내가 새로운 학이 나왔다는 소문을 들었는데 그것을 공부하려면 어디로 가서 누구를 만나야 하는가? 아는 사람이 있으면 좀 소개해 주게."

　주모는 눈이 가늘어지면서 포도청 도두 흉내를 냈다.

　"길거리에서 술이나 파는 년이 새 학이든 헌 학이든 내 알 바 아니오."

　정철규는 주모의 손 위에 엽전 몇 냥을 다시 얹었다.

　"그러지 말고 사정 좀 봐주시게. 세상이 하도 어지러우니 나도 한 줄기 살길이라도 찾으려 이렇게 쫓아다니지 않겠나?"

　주모는 반쯤 몸을 돌리고 엽전을 괴춤에 넣더니 지나가는 투로 넌지시 말했다.

"저 건너편에서 대장간 하는 자가 주문을 외운다는 소리를 듣긴 들었소만 그가 무슨 공부를 하는지는 나도 잘 모르겠소."

정철규는 고맙다고 인사하고 주막을 나섰다.

대장장이는 불꽃이 벌겋게 오르는 불막 앞에서 망치를 내리쳐 호미를 다듬고 있었다. 정철규는 그에게 다가가 정중하게 허리를 숙였다.

"새로 나왔다는 도를 공부하고 싶어 이렇게 찾아왔습니다."

대장장이는 이마에 흐르는 땀을 팔등으로 훔치더니 고리눈을 하고 정철규를 처다보았다.

"이 사람이 냉수 먹다 이 부러지는 소리 하고 있네. 벌겋게 단 쇠나 치고 사는 사람이 무슨 공부를 한단 말이오?"

정철규가 괜스레 웃으며 손사래 쳤다.

"아이고, 시치미 떼지 마십시오. 다 알고 왔습니다. 저를 물리치지 마시고 제발 거두어 주십시오. 저도 가난하고 핍박받는 농사꾼입니다."

대장장이는 고개를 돌려 다시 망치를 내리치며 관심 없는 투로 말했다.

"밤골에 사는 이무중 어른을 한번 찾아가 보시오. 그 사람이 무슨 학을 한다고 하던데 나는 잘 모르겠소."

정철규는 옳다 싶어 인사도 차리지 않고 대장간을 뛰어나왔다.

바로 정운기에게 보고하고 밤골로 가 이무중의 집을 찾았다.

이무중은 서재에서 글을 읽다가 이들을 맞았다. 정철규가 선수를 쳤다.

"우리는 조정에서 나온 사람이다. 도망친 동학의 새 괴수가 이 집에 있다는 첩보를 듣고 다 알고 왔으니 딴소리하지 말고 어서 내놓아라."

이무중도 만만하지는 않았다.

"아닌 밤중에 홍두깨라더니 무슨 말이오? 동학은 무엇이고 또 그 학의 괴수가 왜 내 집에 있단 말이오?"

정운기가 성급하게 패를 까고 나섰다.

"네놈이 안동에서 동학하는 자들의 두목이라며?"

이무중은 태연하게 맞섰다.

"동학이라니, 동학이 무엇이오? 우리는 대대로 유학하는 집안이오. 잘못 찾아오셨소."

선방이 통하지 않자 이번에는 정철규가 조금 물러섰다.

"이보시오. 일이 하도 중하다 보니 우리가 좀 성급했던 모양이오. 미안하게 됐소.

이런 일을 하다 보면 엄한 분에게 실례를 저지르기 일쑤요. 첩보를 받고 발에서 불이 나도록 달려왔는데 그놈의 첩보가 엉터리였소.

오늘은 우리가 일진이 나쁜 날인 모양이오. 그나저나 이렇게 헛걸음친 마당에 숨이나 좀 돌리고 갑시다.

물이나 한 사발 얻어먹을 수 있겠소?"

이무중이 이것들이 간을 본다고 속으로 웃었다.

"아이고, 당신들 기침에 우리 소 대가리 뿔 부러지겠소. 사람을 작작 놀리시오. 그래도 나랏일을 보는 귀한 분들이 왔는데 물 한 사발로 대접이 되겠소? 약소하나마 술상을 차리겠으니 목이나 축이고 가시오."

이무중은 일단 닭을 잡아 술상을 차렸다. 푸짐한 술상을 보자 정운기는 입이 찢어졌다.

뒷일은 제쳐놓고 퍼져 앉아 목구멍으로 술을 퍼부었다. 정철규는 술을 마시는 척하며 은근히 집안사람들 동정을 살폈다.

두 사람에게 술상을 안기고 이무중은 부엌으로 하인을 불러 경상에게 보냈다. 취한 체하던 정철규가 즉각 눈치를 채고 측간에 가는 척하면서 일어나 하인 뒤를 쫓아갔다.

경상은 하인의 전갈을 받고 급하게 싸리울을 헤치고 나왔으나 하인 뒤를 바로 쫓아오던 정철규와 마주치고 말았다.

"어라차!"

경상은 주저하지 않고 모듬발로 정철규의 가슴을 찼다.

정철규는 치질 앓는 고양이처럼 개울가로 굴러갔다. 이 틈을 타 경상은 산속으로 피신했다.

겨우 정신을 수습한 정철규는 화가 머리 꼭대기까지 치솟아 이무중의 집으로 돌아왔다. 정운기는 술에 취해 상 위에 엎어져 횡설수설하고 있었다. 정철규는 이무중을 추궁했다.

"네놈이 사람을 시켜 동학 괴수를 도망치게 했다. 너는 이제 내 손에 죽었다."

이무중이 구렁이 담 넘어가는 소리를 했다.

"이 양반이 측간에 가 소식이 없더니 똥간에 빠져 실성을 하셨나? 또 무슨 동학 괴수 이야기를 하는 거요?"

정철규가 멍이 든 가슴팍을 손으로 문지르며 뿔이 돋쳐 악을 썼다.

"네놈이 사람을 시켜 괴수를 도망치게 한 것을 내가 다 보아서 안다."

이무중의 목소리가 더 컸다.

"실컷 술대접을 받고 한다는 소리가 해괴망측하오. 그 사람은 나병에 들어 정양하는 내 처남이오. 죽을 때가 다 되어 정신이 오락가락하는 사람이오.

그런 내 처남이 동학 새 괴수란 말이오? 아무리 관에서 나온 사람이라 해도 할 소리가 있고 못 할 소리가 있는 법이오."

술에 취해 엎어졌던 정운기가 정신을 추스르고 부스스 고개를 들었다.

"여보게 오늘은 이만 가세. 여기서는 더 건질 게 없네. 가는 길에 어디 주막에 들러 술이나 한잔 더 하세."

정철규는 정운기를 부축하고 일단 물러섰다.

이무중은 준비했던 엽전 백 냥을 슬며시 정운기에게 주었다.

"사실은 내 처남이 이전 살던 곳에서 작은 죄를 지었는데 나병까지 들어 내가 보듬어 잠시 보양시키던 중이었소. 나리가 말한 동학 괴수는 아니니 안심하시고 모르는 일로 해주시오.

말이야 바른말이지 내가 동학 괴수라면 이쪽으로 오지 않고 다른 지역으로 피신하겠소. 여기야 한 집 건너 친척이라 남의 집 숟가락 수까지 다 알고 사는 고을인데 어디 숨을 데가 있겠소?"

정운기는 무엇보다 돈을 보자 기분이 좋아 밥뺴기 같은 미소를 지었다. 정철규의 어깨를 의지하고 저자로 나갔다.

낮에 들렀던 주막 안채를 잡아 술 치는 젊은 아낙 둘을 불러 다시 술판을 차렸다.

추적이 막힌 정철규도 에라 모르겠다 같이 퍼마셨다. 어쨌든 모든 책임은 정운기에게 있으니까.

5.

삼월 보름.

안동을 빠져나온 경상은 동해안 죽병으로 가서 도인 집에 몸을 숨겼다. 죽병은 작은 포구였다. 삼척으로 가는 길목이라 사람들의 왕래가 잦았다. 결코 오래 있을 곳은 못 되었다.

여기서 경상은 수운이 순도했다는 소식을 들었다. 경상은 홀로 통곡했다.

삼월 하순.

경상은 영양군 용화동으로 거처를 옮겼다. 용화동 윗대치는 일월산 동쪽 깊은 산중이다. 그러나 봉화나 태백산으로 넘어가는 길목이어서 만일의 사태가 생기면 어디로든 바로 피신할 수 있는 곳이었다.

살림이 넉넉한 집을 잡아 머슴살이를 시작했다. 경상은 짚신과 생활 도구를 잘 만들었고 특히 멍석을 잘 짰다. 몸을 아끼지 않고 부지런히 일해 며칠 사이에 주인의 신임을 얻었다.

사월 초.

경상은 며칠 말미를 얻어 영덕 직천으로 강수를 찾아갔다. 풍습이 다 낫지 않아 초당에 누워 있던 강수는 놀라서 일어나 경상의 손을 잡았다. 경상에게서 수운이 순도했다는 말을 듣자 얼싸안고 같이 통곡했다. 강수 부인 박 씨도 곁에서 대성통곡했다.

강수는 경상에게 당부했다

"동학의 목숨 줄이 형에게 달렸으니 신중하게 장래를 도모해 주시오. 우리 어떻게 해서라도 이 어려운 고비를 넘기고 도를 계속 이어가야 합니다."

경상은 강수의 집에서 하룻밤을 보냈다. 밤새 잠을 이룰 수 없었다. 첫 새벽에 닭이 울자 밥 한 바리를 싸들고 동쪽으로 길을 잡았다.

이른 새벽부터 비가 내리기 시작했다.

이튿날은 영해에서 잠을 자고 다음 날은 평해 황주일을 만나 보고 윗대치로 돌아갔다.

하루는 주인이 마당 남쪽 편에 버드나무를 심으려 했다. 마루에서 나막신을 만들던 경상이 이를 보고 말렸다.

"집 앞마당에 심을 나무는 잘 선택해야 합니다. 사람과 나무는 하나의 기운으로 통하기 때문입니다.

가지가 바람에 날리는 버드나무는 마당 서북쪽에 이어 심어야 합니다. 서북풍이 불면 버들개지가 집안으로 날아와 복을 가져오기 때문입니다.

복숭아나무는 반드시 햇살이 먼저 와 닿는 동쪽 담 가까이 심습니다. 그렇게 하면 각종 병이나 액귀가 담을 넘어 오지 못한답니다. 무당들이 귀신을 쫓을 때 동쪽으로 난 복숭아나무 가지를 휘두르는 것과 신령이나 조상을 모시는 제상에 복숭아를 놓지 않는 이유가 바로 그 때문입니다.

안방 문을 열어 마주 보이는 곳에는 대추나무와 석류를 심습니다. 열매가 많기로는 대추나무 이상 가는 게 없고 한 과포 안에 씨알 많기로는 석류 이상 가는 게 없습니다.

사타구니처럼 두 갈래 나무가 구멍이 크게 난 고목은 집안에 음풍이 생겨나게 하니 속히 베어 버려야 합니다.

소나무에 등나무를 올리면 부부 금실이 좋아집니다. 소나무와 느릅나무를 같이 심으면 그중 한 나무가 반드시 죽는답니다."

주인은 눈이 휘둥그레졌다.

"당신이 내 집에 와 일을 한 지 얼마 되지는 않았으나 내가 보니 당신은 여기서 머슴이나 살 평범한 사람은 아닌 듯하오.

무슨 사연이 있는지는 알 수 없으나 내 집에 있는 동안은 마음 편히 지내시다 갔으면 좋겠소. 혹 가족이 있다면 모셔다 같이 지내도 좋습니다."

경상은 허리를 숙였다.

"고마운 말씀입니다. 제 말이 주제넘었다면 용서하시길 바랍니다. 사실은 말하지 못할 사정이 있어 옮겨 다니다 보니 그동안 가족을 돌보지 못했습니다. 주인께서 제 처지를 너그럽게 보아주시니 말씀대로 하겠습니다."

사방에 초록이 무성했다.

자연은 사람이 만들어 놓은 차별과 편견에 개의치 않는다. 초록에 묻혀 사는 사람의 선량한 감정은 항상 스스로 그러한 속에서 움트고 확장되는가 보다.

6.

고종 1년, 갑자년, 1864년, 4월.

정철규가 안동 저자에서 동학의 새 괴수 최경상이 조령을 넘어 충청도 쪽으로 도주했다는 첩보를 입수했다.

두 사람은 안동에서 출발해 이곳저곳 들르며 경상을 쫓았다.

조령 들머리에 오니 이미 날이 저물고 있었다. 두 사람 모두 목이 마르고 뱃속이 출출했다.

들머리 주막에 들어갔다. 정철규가 명주를 쟁치던 주모를 불러 음식과 술을 주문했다.

주모는 곶감 죽을 쑤어 먹은 듯이 웃었다. 용이 서린 모양으로 틀어 올린 삼단 머리가 검은 비단처럼 눈부셨다.

국밥을 안주 삼아 술을 마시던 정운기가 큰소리쳤다.

"지리산이 금덩이라도 쓸 놈이 없으면 못 쓰는 법이다. 자네가 육덕이 푸짐하고 미색이 아무리 대단해도 나 같은 장부가 보아주지 않으면 무슨 소용이 있겠나? 이리와 술이나 쳐주지 않겠나?"

뱀 대가리에 앉은 파리를 주모가 놓칠 리 없다.

"가인의 마음에 들면 촌부도 장부로 보이고, 미인이 마음 주지 않으면 한량도 촌뜨기로 보인답니다. 어디서 이리 잘난 대장부가 오셨소?"

주모는 바람처럼 날아가 정운기에게 착 감겼다.

주모가 술을 쳐주며 이들을 살펴보니 포청 나부래기 같은데 둘 다 허리에 묵직한 전대를 차고 있었다. 기갈 찬 봉이 온 것이다. 주모는 이들이 눈치채지 못하게 슬쩍 밖으로 나가 유인막 포수를 산채에 보냈다.

"밖이 어두운데 오늘 밤은 주무시고 가시려우?"

정운기가 눈을 거슴츠레 뜨고 웃었다.

"그러면 주모는 우리를 쫓아내려고 했소?"

주모는 치맛단을 잡더니 칠팔월 수숫잎 꼬이듯 허리를 비틀었다.

"이렇게 잘난 대장부가 그냥 가면 섭섭하지요."

정운기가 기분이 좋아 밥빼기 같은 미소를 지었다.

"봉놋방을 두 개 잡아 깨끗한 이불이나 깔아 놓으시게."

정운기는 술청에서 개고기를 안주로 계속 술을 마셨다.

주모는 달심이와 봉년이를 불러 두 사람 옆에 앉혔다. 정운기가 주모를 쳐다보았다. 주모가 샐쭉하니 웃었다.

"나는 고기가 질겨서 나리가 나를 씹으면 이빨이 남아나지 못할게요. 젊은 아낙이 살기가 야들야들해서 드시기가 더 좋을 것이요."

정운기가 달심이를 옆에 앉혔다.

"아이고 너의 육덕이 왜 이리 넉넉하냐?"

달심이가 콧소리를 냈다.

"초년 과부는 물만 먹어도 살이 오른답니다."

정철규가 봉년이에게 물었다.

"그럼 자네도 초년 과부인가? 그런데 자네는 어찌 그리 몸이 날씬한가?"

봉년이가 정운기 품에서 몸을 꼬았다.

"과부가 찬밥에 곯는다는 말도 못 들어보았습니까? 육덕은 부족해도 용트림은 제가 더 잘합니다."

정운기가 입이 헤벌어졌다.

"과부 중매 세 번 하면 죽어서도 좋은 곳으로 간다고 했다. 오늘 밤 우리가 걸직하니 중매를 서주리라."

달심이와 봉년이는 두 사람에게 곤죽이 되도록 술을 권했다. 꽃달임으로 대취한 정운기와 정철규는 늦은 밤 젊은 아낙을 끼고 각각 제 방에 들어갔다. 둘은 계급장을 떼어 놓고 거끔내기를 하더니 결국 둘 다 저쑵으며 잠이 들었다.

새벽녘.

이들은 산채에서 내려온 사람들에게 꽁꽁 묶여 산으로 끌려가 대청 마당 앞배가 부른 팽나무에 다시 옭아 매였다.

정운기는 술이 덜 깨 주변에 일어나는 일들이 꿈인지 생시인지 잘 분간이 되지 않았다. 나무에 묶인 채 곽란에 죽은 말 상판대기를 하고 우레에 놀란 아이나 비 맞은 두꺼비 흉내를 내면서 두 눈을 뒤룩거렸다.

정철규는 정운기를 따라 긴장을 푼 것이 후회되었으나 당장은 어쩔 수 없어 째진 눈을 흘겨 뜨고 침 먹은 지네 흉내를 냈다.

날이 밝자 장정들이 두 사람을 나무에서 풀어 손목만 묶어 대청 앞에 꿇렸다. 대청에는 필제가 앉아 있었다.

필제는 그동안 무리의 인정을 받아 김용권과 박희성 다음 자리에 올랐다.

김용권은 산채의 큰일만 관여하고 박희성은 주로 한양 오 영과의 교섭에 주력했다. 그래서 산채의 운영 전반은 필제가 맡고 있었다.

여옥은 조령 산채에서 딸을 낳았다.

필제가 딸아이 이름을 소사라 지었다.

필제는 조령 산채 살림을 잘 꾸렸다.

필제는 산채 이름을 청풍당이라 지었다. 청풍당은 무리가 이백여 명에 불과했지만 서로 위계가 정연하고 모두 당당하게 화승총으로 무장해 나라의 군대와 비견해도 군세가 뒤지지 않았다.

술에 폭삭 젖어 칠 홉 송장이 된 정운기는 무릎걸음으로 고함을 질렀다.

"이놈들아 내가 누군지 아느냐? 당장 끈을 풀지 않으면 경을 칠 줄 알아라."

필제가 비웃었다.

"이놈이 입만 살아서 호랑이 대가리에서 이를 잡으려 드는구나. 콧구멍에 낀 대추 씨보다 못한 놈이 시끄럽기는 또 왜가리 주둥이로다."

옆에 지키고 있던 화적이 들고 있던 홍두깨로 정운기의 대갈통을 내리쳤다. 정운기는 눈을 까뒤집으며 땅에 엎어졌다.

정철규는 참새에게 굴레라도 씌울 만큼 약은 위인이라 자물쇠로 입을 잠그고 꾀꾀로 눈치만 살폈다.

보통 때라면 둘이 힘을 합하면 장정 열 명은 우습게 때려누일 자들이었다. 그런데 두 손목이 묶여 있고 사방에 화적들이 몽둥이를 들고 장승처럼 서 있으니 분별없이 용감한 정운기는 제쳐놓고 정철규도 당장은 이렇다 할 대책이 없었다.

필제가 편지에 문안드렸다.

"아이고, 그래 궐자는 대체 무엇 하는 누구이신가?"

정철규가 나서서 대답했다.

"우리는 경상도와 충청도를 오가며 장사하는 사람입니다. 사소한 물건을 팔아 겨우 입에 풀칠하며 사는 보잘것없는 인생입니다. 두령께서 부디화를 푸시고 제발 저희를 살려주십시오."

필제가 가소로운 듯이 웃었다.

"네놈이 주절대는 품세를 보니 장사꾼일 리가 없다. 내가 세상 물정에 어두운 녹록한 사람으로 보이느냐? 어디 내 앞에서 코 막힌 소리를 하느냐?

여보게들, 저놈들을 발가벗겨 소지품을 조사해 보시오."

두 사람의 품에서 전대와 비수가 나왔다. 정운기에게서는 마패가 나왔다.

필제가 반색했다.

"저 마패는 나중에 어디 관청을 털 때 긴요하게 쓰일 터이니 빼앗아 잘 보관해 둡시다."

이때 조금 늦게 일어난 김용권이 대청에 나왔다. 손에 든 용 가죽으로 만든 칠성 편이 물에 젖어 축축했다. 심심하던 차에 오지게 손을 봐줄 심사였다.

박희성은 보름 전 한양 오 영에 일이 있어 갔다가 아직 돌아오지 않았다. 오 영 일이 끝나면 김정태도 만나기로 했다.

필제는 일어나 김용권에게 허리를 굽혀 인사했다.

"형님, 이놈이 마패를 가지고 있습니다."

김용권이 껄껄 웃으며 칠성 편을 풀었다. 여기에 한 대 맞으면 살이 뭉텅 흩어진다.

"화적질도 오래 하다 보니 별 괴상한 놈이 다 잡혀 오는구나. 관찰사 머무는 곳이 선화당이라. 우리가 오늘 네놈들을 제대로 대접해 주겠다. 그래 네놈은 무슨 일거리를 받고 이곳에 왔느냐?"

칠성편에 지레 겁먹은 정운기와 정철규는 입을 다물고 땅만 내려다보았다.

전주르던 필제가 다시 다그쳤다.

"네놈들은 필시 무슨 중요한 임무로 은밀하게 움직이는 자들이 분명하다. 그런 놈들이 주막에서 몸도 못 가눌 정도로 술을 퍼마신단 말인가?

실로 한심한 놈들이다. 무슨 일로 왔는지 당장 이실직고하지 못하겠느냐?"

두 사람이 뻐꾸기 새끼처럼 입술만 움직이자 필제가 뿔이 돋았다.

"네놈들이 아직도 여기가 어딘지 분간을 못 하는 모양이로다. 몽둥이찜질 맛을 더 보아야겠다면 사양할 내가 아니다.

여보게, 이놈들을 사정 보지 말고 그냥 때려죽여 버리게."

그냥 때려죽여 버리라는 말은 산채에서는 반쯤 죽여 버리라는 은어였다. 필제의 말이 떨어지자 기다리던 화적들은 몽둥이를 휘둘러 두 사람을 짓이겼다.

머리통이 터지고 등짝이 부어올랐다. 견디다 못한 정운기가 처음부터 끝까지 있는 그대로 모두 자백했다.

필제는 더 화가 났다.

"이놈들이 죄 없는 내 친구를 죽이더니 아주 동학의 씨를 말리려 발광을 하는구나. 이래저래 너희들은 살려 둘 수가 없는 자들이다. 형님, 이놈들을 때려죽여 산속에 파묻어 버립시다."

김용권이 칠성편 허리를 기둥에 철썩철썩 치며 말했다.

"마침 우리 손에 들어와 다행이다. 저놈들은 때려죽일 가치도 없다. 여보게, 이놈들을 산속에 구덩이를 파서 산 채로 묻어 버리게."

정운기와 정철규가 노래기 회라도 먹을 듯이 살려 달라고 악을 쓰고 발버둥을 쳤으나 소용이 없었다. 그들은 조령 깊은 산중에 묻혀 고이 잠들었다.

필제는 정운기에게 빼앗은 백여 금에 백여 금을 더 보태 안동 이무중에게 보냈다.

이무중은 가산을 정리해 아무도 모르는 곳으로 자취를 감추었다.

7.

고종 1년, 갑자년, 1864년, 11월 9일.

홍종화가 의정부의 말로 왕에게 말했다.

"양 포도청의 보고를 보건대 가을과 겨울 사이에 적도들이 횃불을 밝히고 병장기를 가지고 경기 고을의 촌락을 노략질하여 삼 도에 미치고 있는데 그중 일곱 명을 양근 점막에서 붙잡았습니다.

그러나 적도들이 죽음을 무릅쓰고 덤벼 칼과 창으로 마구 찌르는 바람에 포교 조운순 등이 몸에 중상을 입었고 사방으로 쫓아가 체포하였으나 끝내 다섯 명의 적도를 놓쳤습니다.

적도의 공초 가운데 세 녀석은 분명히 괴수들인데 모두 도망쳐 피해 버렸고 동당 열두 명은 이보다 앞서 분산하여 철원 땅으로 가고 있었는데 붙잡은 일곱 명은 송시우·정홍기·차군옥·이대열·이영순·김명손·박대춘입니다.

이들은 보통 적도와는 다른데, 그들에게 법률을 적용하는 것은 오직 처분을 기다릴 뿐입니다.

체포하는데 앞장선 기찰 포교 조운순 최응환과 뒤쫓아 들어가서 적도를 덮친 이명준 김경열 박영창과 뒤쫓아 나와서 붙잡은 석유연 등 다섯 명은 모두 다 포상하는 은전이 있어야 할 것이라는 내용입니다.

도당을 불러 모아 무기를 소지하고 노략질하는 변란이 서울에서 삼십 리밖에 떨어지지 않은 가까운 곳에 발생하였는데 적도들은 주동자인지 종범인지를 따질 것 없으니 법이 그러합니다.

수감 중인 일곱 명은 군문에 내주어 군인과 백성을 크게 모아놓고 효수함으로써 사람들을 경계하고, 도망 중인 적도들은 이미 성명과 거주지를 알고 있으므로 제 도의 진영에게 기한을 정해 놓고 포교들을 내보내 법대로 처리하게 하소서.

기찰포교가 이번에 세운 공로는 매우 가상합니다.

우두머리 조운순 최응한은 둘 다 좋은 고장의 변장에 자리가 나기를 기다렸다가 차송하고, 밖을 차단하고 주선한 이명준·김경열·박영창은 상가하고, 나머지 다섯 명은 녹봉이 없으면 녹봉을 주도록 하는 등 해청으로 하여금 우대하는 쪽으로 시상하게 하는 것이 어떻겠습니까?"

왕이 말했다.

"그리하라."

8.

홍선은 장동 김씨들에겐 염라대왕이었다. 그중 명주 비단으로 몸을 감싸고 산해진미로 배를 불리면서도 하루 내내 담배씨에 구멍만 파는 김홍근을 가장 미워했다. 이런저런 이유를 들어 김홍근의 땅 수십 경과 절따마 여러 필을 강제로 빼앗았다.

김홍근은 북문 밖 삼계동에 장안에서 아름답기로 손꼽히는 별장을 가지고 있었다. 하루는 홍선이 김홍근더러 그 별장을 자기에게 팔라고 했다.

김홍근은 송곳으로 찔러도 찍소리 한마디 안 낼 사람이라 들은 척도 하지 않았다.

그러자 홍선은 단 하루만이라도 빌려달라고 떼를 썼다. 이에 김홍근은 억지로 허락했다.

홍선은 왕을 청해 별장에서 하룻밤을 묵었다.

이 말을 들은 김홍근은 한숨을 쉬었다.

"관청 뜰에 좁쌀을 펴 놓고 군수가 새를 쫓는다더니 홍선이 할 일이 없어 내 집을 다 탐내는구나."

아끼는 것이 찌로 갔다. 그러나 기와 한 장 아끼려다 대들보를 썩힐 수는 없었다.

"상감이 와 놀다간 집에서 감히 신하가 놀 수 없다."

산이 아무리 높아도 하늘의 해를 가리지 못했다. 결국 별장은 홍선에게 넘어갔다.

홍선의 심복 천하장안 중 장순규가 상쾌와 김좌근의 연루를 캐다가 도거리에 김흥근의 자금도 유입되었다는 것을 밝혀냈다.

노루 꼬리가 길어야 얼마나 길겠나. 장순규는 코웃음을 치며 홍선에게 보고했다.

장순규의 여동생 순아는 이전에 조대비의 궁녀로 궁에 들어가 홍선이 조대비와 왕위를 놓고 흥정할 수 있도록 정보를 제공해 공을 세운 바 있었다. 이런저런 이유로 홍선은 천하장안 중에서도 장순규를 남달리 신임했다.

배를 저어 기슭에 닿아야지 기슭을 저어 배에 당기기는 어렵다. 홍선은 장순규가 가져온 정보를 흘려 은근히 노뭉치로 개 때리듯 김흥근의 사퇴를 압박했다.

당시 김흥근은 비록 연로했지만 원임대신으로 조정에서 제법 영향력을 과시하고 있었다.

김병기는 호조판서에 앉아 김씨 문중을 주도했고 김병학·김병국 형제와 대호군 김병주, 형조참판 김병지, 예조판서 김병덕, 한성판윤 김병운 등 절척이 조정의 요직에 있었다. 포대기에 싸인 할아버지와 지팡이를 짚은 손자가 어울려 세를 과시했다.

그러나 책을 잡힌 터에 새 잡아 잔치할 일을 소 잡아 잔치할 정도로 김흥근이 어리석지는 않았다.

9.

고종 2년, 을축년, 1865년, 1월 9일.

영돈녕부사 김흥근이 상소했다.

'삼가 아룁니다. 해가 바뀌어 효문전에 대한 춘향을 다 마쳤습니다.

삼가 그사이 해가 세 번이나 바뀌었으니 전하의 사모하심이 더욱 새로우실 것입니다. 삼가 생각건대 신은 기미년 이래 심정을 피력하여 퇴직을 청하는 글을 모두 다섯 번이나 올렸습니다.

신의 자질과 식견의 장단은 논할 것도 없고 병든 몸으로 힘을 다하여 반열에 나갈 수가 없어 물러갈 수밖에 없는 실정을 낱낱이 들어서 모두 밝힌 것은 조야가 다 아는 바입니다.

다만 나이가 이르지 않았다는 것으로써 지극한 소원을 이루지 못했습니다.

우리 성상께서 사위하셔서 나라의 복조가 새로운 때에 대신의 반열에 있으면서 일찍이 권강하는 자리에 나아가서 성상의 영무하신 모습과 하늘로부터 받은 예지를 우러렀습니다.

다행히 큰 정치를 할 성주를 만나 억만년 이어나갈 큰 천명이 일원의 초년에 기틀을 잡으니 눈멀고 귀먹고 절름발이라 하더라도 모두 덕화를 보려고 생각할 것인데 어찌 감히 하찮은 신의 거취를 가지고 번거롭게 하겠습니까?

묵묵히 스스로 억제하며 시일을 보내면서 매양 옛사람의 혈기가 쇠약해지고 이목이 어두워져서 삼가 해골을 빌려 살아서 고향으로 돌아가고자 한다는 말만 외고 한없이 개탄하면서 가슴을 치고 있었습니다.

이제 해가 바뀌어서 신의 나이 칠십이 되었으니 예경에서 말한 치사할 나이가 되었습니다.

그래서 구구한 진심을 간절하게 성상 앞에 아룁니다.

생각건대 신이 벼슬에 적을 둔 지 어느덧 사십일 년이 되었는데 네 성조의 특별하신 지우를 받아서 내외의 청요직을 이미 두루 다 지냈습니다.

그러나 조금의 능력이라도 발휘하여 털끝만큼의 보탬이 된 것도 없고 외람되이 양부에 올라서도 한 가지도 한 일이 없으니 대수롭지 않게 여겨 호도한다는 비난에 대하여는 남의 말이 있기 전에 스스로 부끄럽게 여기고 있습니다.

당나라의 재상이

'자질은 남들을 따라가지 못하고 기에는 나라를 경영할 수준이 아닌데 우연히 때를 만나고 한 해 두 해 벼슬이 올라가서 태좌 자리에 올랐습니다. 조금씩 지나친 것이 쌓여 병이 되었는데 어찌 자리만 지키면서 중한 녹을 먹겠습니까?'

라고 했다는데 바로 오늘날 신의 실정을 말한 것이라 하겠습니다.

신이 나오거나 물러가는 것이 조정에 아무런 영향을 주지 못하고 또 고질병이 해가 갈수록 더욱 더해서 눈이 어둡고 귀는 멀어 보고 듣는 것을 거의 폐하고 마비가 되어 걸음을 걷지 못하며 담이 가슴에서 끓고 식은땀이 밖으로 흐릅니다.

정신이 이로 말미암아 혼미하고 거기에 따라서 기력이 시들어 누워서 신음하면서 약물로 연명하고 있으며 평상시 문안드리는 반열에도 빠진 것이 너무 많습니다.

　이에 의리와 분수는 모두 무너지고 죄과만 가득히 쌓이고 있으며 더군다나 치사하려는 일념이 맺혀서 풀리지 않아 오장이 타는 듯하고 온몸이 쑤시고 아프며 실망과 우려에 휩싸여 마치 술에 취해 깨어나지 못한 것과 같습니다.

　그리하여 갑자기 아침이슬처럼 죽어서 칠성판도 얻지 못할까 두려워하였고 걸으면서는 그림자에 부끄럽고 자면서는 이불에 부끄러워 민망스러움이 이에 이르러서는 극에 달하였습니다.

　조정에서 물러가기를 허락하지 않는 것은 근력이 직임을 맡겨 부릴 만하다고 여겨서가 아니요 치사할 나이가 이르지 않아서였습니다.

　나이가 이르지 않아서도 오히려 이미 여러 차례 호소하였는데 나이가 이미 이르러서도 그대로 눌러앉아 스스로 중차대한 예방을 무너뜨리면 전도되고 궤열되어 장차 어떤 사람이 되겠습니까?

　나라에 대하여는 하는 일도 없이 녹만 타 먹는 부끄럼을 갖게 되고 집에는 영화가 지나치게 차서 넘쳐 근심합니다.

　물러가기를 구했다가 물러가지 못하면 마음에 병이 되고 몸에는 고질병이 더 심하게 되어 나라와 집에 보탬이 없고 마음과 몸에 해가 됨이 이와 같은데 어찌 하루라도 더 머물러서 공사에 방해가 되게 하겠습니까?

　전후로 사실대로 진달하였던 말을 대략 얽어서 가슴속의 진심을 다 털어놓고 목욕재계하고 올리는 바입니다.

부디 성자께서 신의 정상이 더 머물 수가 없고 이 나이를 더 넘길 수가 없음을 가련하게 여기시어 동조께 여쭈어 빨리 윤허를 내리도록 하시고 신을 봉조하 명목으로 호사스럽게 하여 하찮은 몸이 천성대로 다 이룰 수 있게 해주소서.

　그리하여 필부가 그 뜻을 빼앗기지 않고서 영원히 밝은 세상의 한 백성이 되어 초가집에서 살면서 궁궐을 바라보며 성상의 은택을 노래하며 여생을 마치게 해주소서.'

　비답

'상소로 경의 간절한 마음을 잘 알았다.

　내가 즉위한 이래 경이 연석에 등대하여 만난 것이 몇 번이나 되었던가.

　한번 덕 있는 이를 볼 때마다 내 마음이 흐뭇하였는데 믿고 의뢰함이 없었다면 그럴 수 있었겠는가.

　경의 곧고 성실한 절조와 세상을 경륜하고 만물을 종합하는 지식, 나라를 근심하고 임금을 사랑하는 정성에 대하여는 여러 조정에서 의지한 바이고 모든 사람이 믿는 바이다.

　충성을 다하고 나라를 위하는 중함에는 본디 벼슬에 있거나 재야에 한가롭게 있거나 구별이 없는 것이지만 노성한 사람이 시행하는 이외에 있는 법이니 내가 경을 믿고 의지함이 어떠하였겠는가.

　황발에게 자문하는 기쁨과 덕이 높은 원로에게 찾아가는 아름다움에 대해 지난번 좌상에게 말했으니 경은 어느 정도 내 마음을 이해할 것이다.

　지금에 이 간절한 상소를 보고 나니 기대가 허물어지는 점이 있다.

누차 되돌려 헤아려 보느라 실로 마음고생이 있었다.

그러나 또 생각건대 칠 년 동안에 걸쳐서 소장을 올린 것이 모두 여섯 번이나 되니 경이 이에 대해 간절한 마음을 가진 것 역시 오래되었다고 하겠다.

경이 나라를 위하고 사물을 진무하는 능력과 내가 경을 믿고 의뢰하는 것에 대해서는 그 가치를 변화시키거나 경중을 다르게 할 수 있는 바가 아니다.

이제 경을 위하여 아름다운 일을 이루게 하는 것 역시 나라의 성대한 전례를 빛내고 한세상의 명절을 장려할 수 있을 것이기에 치사하겠다는 청을 이제 우선 따르겠다. 그러나 모든 조정의 큰 의론이나 큰 정령의 득실과 이해로써 나라와 백성에게 관계된다면 경은 마땅히 치사하였다고 자처해서는 안 되니 때때로 진달하고 광보하여 선인이 대대로 바친 독실한 충정과 왕가를 영원히 잊지 못하던 성대한 뜻을 생각하라.'

전교
"이 비답을 사관을 보내어 전유하도록 하라."

10.

고종 2년, 을축년, 1865년, 봄.

"그래 자네들 왔는가?"

무예별감 양유풍과 좌 포도군관 이은식이 정운구에게 인사를 했다.

날은 이미 어두워 하늘에 별이 나오기 시작했다. 정운구는 사저에 불도 켜지 않은 채 숯검정같이 컴컴한 눈으로 두 사람을 맞았다.

"자리에 앉게."

양유풍과 이은식은 긴장해서 정운구를 쳐다보았다.

"어서 앉으라니까."

정운구가 재촉하자 두 사람은 마지못해 바닥에 깔린 보료에 앉았다.

마당에서 밤새가 울었다.

"내가 작년 봄에 동생 운기에게 사람을 하나 붙여 최복술이를 이은 동학 괴수를 쫓으라 했네. 은밀하게 추진해야 하는 일이어서 다른 사람들에게는 아무 말도 하지 않았네.

그 녀석이 안동 부근에서 역적 놈을 거의 체포할 뻔했던 모양이야. 그런데 안동 접주라는 놈에게 속아 놓치고 말았어. 내가 안동 접주를 잡으러 사람을 보냈는데 이무중인가 하는 그놈은 이미 가족을 데리고 사라져 버린 뒤였어.

그 후에 운기는 충청도 쪽으로 갔어. 예천과 점촌 부근 주막에서 운기 같은 사람을 봤다는 이가 있고, 문경에도 그 녀석의 흔적이 있었네. 그러니 운기가 새재 쪽으로 간 것은 분명해 보이네. 그러고 나서는 연락이 뚝 끊어지고 말았네.

애초 내가 녀석을 보낼 때 보름에 한 번은 꼭 진행 과정을 보고하라고 지시했네. 그런데 처음 한두 달은 잘 지키더니 작년 오월부터는 전혀 보고가 없었네.

노처녀가 시집을 가려니 등에 종기가 난다더니 내가 그 녀석을 좀 도와주려다 보니 이런 사달이 나고 말았네.

권력이 바뀌면서 나도 자리보전한답시고 정신없는 터에도 불구하고 몇 사람을 다시 보내 보았는데 운기는 영영 자취를 감추고 말았네.

멍청한 놈이 어설프게 굴다가 아마 동학도인이 아니면 어디 화적에게라도 당한 모양일세. 그래서 자네들을 불렀네. 자네들은 내가 믿고 일을 맡길 수 있는 몇 안 되는 사람들일세.

잠시 하던 일을 멈추고 안동으로 내려가 운기의 행적을 다시 추적해 보게. 그러면 새로 된 동학 괴수의 정보도 같이 걸려들 터이니 실수 없이 그 역적 놈을 잡아 오도록 하게나."

양유풍이 다시 확인했다.

"말씀하신 내용은 잘 알겠습니다. 하나는 동생 분의 자취를 찾아보는 일이고, 하나는 더불어 동학 새 괴수를 잡아 오라는 분부입니다. 어른께서 저를 믿고 내리신 분부이니 신명을 다하겠습니다."

이은식이 물었다.

"저희도 수사 과정을 보름에 한 번씩 보고 하리이까?"

정운구는 얼굴에 지은 주름을 조금 폈다.

"자네들은 한 달에 한 번이면 되네. 그리고 유풍이가 은식이보다 나이가 두 살 많으니 이번 일은 유풍을 주로 삼겠다. 은식이는 유풍이를 잘 보좌해 주게."

두 사람은 일어나 정운구에게 절하고 밖으로 나왔다.

정운구의 집에서 멀어지자 양유풍이 말했다.

"여보게, 은식이, 나는 내가 주가 됐다고 자네더러 이래라저래라 하지는 않겠네. 우리 서로 잘 협조해서 이번 소임을 잘 마무리하세."

풍채가 넉넉한 이은식이 배를 툭툭 치며 씩 웃었다.

"형님, 왜 이러십니까? 대장군이라도 때를 보아가며 처신하라 했습니다. 저는 형님 말씀을 충실하게 따를 뿐 다른 생각은 없습니다. 그나저나 큰 임무가 떨어졌는데 어디 가서 목이나 축이지 않으렵니까?"

양유풍이 정색을 했다.

"자네나 하시게. 나는 길 떠날 준비를 해야겠네. 내일 진시에 칠패 장터 입구에서 만나세."

"아이고, 형님, 왜 이러십니까? 군자도 상서로운 일은 따르고 위태로운 일은 피하는 법입니다. 저도 그냥 들어가겠습니다. 내일 뵙지요."

어느 사이 하늘에 구름이 끼면서 별이 들어가자 멀리서 부엉이가 울었다.

11.

고종 2년, 을축년, 1865년, 8월 17일.

윤음.

'왕은 다음과 같이 말한다.

아! 나같이 덕이 없는 사람이 어렵고 중대한 자리를 이어받았기에 밤낮으로 두려운 마음에 감히 편안할 때가 없었다.

행여 다스림이 사람들의 기대에 어긋나고 은택이 아래에까지 미치지 못하여 위로는 하늘의 돌보는 뜻에 보답하지 못하고 아래로는 백성들이 추대하는 마음에 부응하지 못할까 걱정하였다.

밤낮으로 국사에 매진하여 생각이 온통 거기에 가 있었다.

올해 봄과 여름 이후로 기후가 고르지 못하여 농사가 어려운 것을 보고 몹시 근심하고 있었는데 다행히 여러 도의 농사 형편이 추수를 기대하는 백성의 마음을 어느 정도 위안시켜 줄 듯하였다.

그리하여 태풍과 폭우가 때 없이 몰아치리라고는 생각지도 못하였는데 뜻밖에 영남 지방이 가장 큰 피해를 받았고 호남 지방에서도 재해에 대한 보고가 올라왔다.

가물 끝은 있어도 장마 끝은 없다더니 익사하거나 압사한 인명과 유실된 가옥이 수백에서 천을 헤아리며 선박과 염분 등 민생에 없어서는 안 될 것들도 바람에 부서지고 물결에 쓸려가지 않은 것이 없다.

이러한 놀랍고도 참혹한 보고가 연이어 올라왔으니 이 무슨 까닭이며 이 무슨 변고란 말인가?

괴기가 나타난 데에는 반드시 초래한 까닭이 있을 것이다.

조용히 생각해 보건대 누구의 탓이겠는가? 실로 어리석고 덕이 부족한 내가 은밀히 보살펴주는 하늘의 인자함과 말없이 도와주는 조상들의 은혜가 이르게 하지 못했기 때문이다.

그리하여 죄 없는 백성이 이런 온갖 흉한 재앙을 겪게 되었어도 구해내지 못하게 된 것이다.

나의 두렵고 부끄럽고 서글픈 마음을 어떻게 감히 스스로 위안하고 스스로 풀 수 있겠는가?

아! 이 백성은 우리 조종과 열성조가 사랑하고 보살펴 길러서 나한테 맡겨준 백성이다.

평소에 가뭄과 장마에 대한 근심과 기근의 고통이 없다 하더라도 한 해 내내 열심히 일해도 부모와 처자를 부양하기에 부족하여 십여 식구의 생애가 세금을 내고 나면 여유가 있기를 바랄 수 없다.

풍년이 든 해에도 초라한 모습이 가여운데 사나운 풍랑 속에 물고기와 자라의 짝이 될 줄 어찌 알았겠는가?

초가집마저 물에 휩쓸려 허허벌판이 되고 아내와 자식과 노인들이 울며 불며 헤매 다니고 있다.

요행으로 목숨을 보전한 자도 식구들이 흩어졌는가 하면 부모 형제가 물에 빠져 죽었으니 그 슬픔과 괴로움을 차마 어떻게 말할 수 있는가?

만 리 밖의 광경이 눈앞에 선하니 좋은 음식인들 어떻게 달게 먹을 수 있으며 밤이 깊은들 어떻게 편히 잠들 수 있겠는가?

감사와 수령은 모두 조정이 믿고 백성이 의지하는 바이다.

임금과 걱정을 나누는 의리와 백성을 보살피는 방법에 있어서 응당 최선을 다하겠지만 염려되는 마음을 놓을 수 없다.

그러므로 또 위유사를 특별히 차송하였고 시종 신으로 있다가 수령으로 나간 자가 고을을 두루 돌아다니면서 행여 다칠세라 적자를 보호하듯이 하는 나의 간절한 뜻을 두루 펴게 하였다.

익사하거나 압사한 시체들을 건지고 찾아내어 장례하고, 떠내려갔거나 무너진 집을 다시 세우고 보수하여 해당 군영과 고을에서 구휼하여 죽은 자는 땅속에 묻히는 은택을 입고 살아 있는 자는 몸을 보호하는 편안함을 얻게 될 것이다.

그러나 가엾게도 높은 담장에 깔려 죽은 목숨과 물에 빠져 죽은 넋이 이리저리 떠도는 것은 어떻게 위로해야 하겠는가?

내 마음이 아파서 방안의 벽을 따라 방황하다가 옛 규례를 따라 제단을 만들고 넋을 불러 제사를 지내도록 하였으니 저승의 원혼이 조금이라도 그 원통한 심정을 풀 수 있을 것이다.

슬프다. 너희 백성들은 이재민이니 고향을 떠나 흩어져 사는 것이 형편상 불가피하나 늙은 부모를 부축하고 어린 것들의 손은 끌고 차마 선영이 있는 고향을 떠날 수 있겠는가?

살기 좋은 고장은 조상이 물려준 고향 같은 곳이 없다.

다들 너희들이 경작하던 토지를 경작하고 너희들의 집이 있던 곳에 집을 지어 길가에서 헤매면서 정처 없이 방황하여 부모를 기다리는 데에 이르지 않게 하라.

너희를 길러 살게 할 방도를 다 써서 너희를 구렁 속에서 건져 제자리에 앉혀 놓게 되면 이것이 너희들에게는 울음이 웃음으로 변하는 날이고 나로서도 남방의 근심을 다소나마 푸는 때일 것이다.

방백과 수령에 이르기까지 누가 감히 나의 극진한 뜻을 받들지 않겠는가?

면제해 줄 수 있는 요역과 감해줄 수 있는 세금으로서 백성들을 편하게 하려면 일에 따라 강구해 조목 별로 보고하라.

백성들이 모두 자기 집에 편안히 살고 사방으로 흩어지지 않게 한 뒤에야 나의 뜻을 선양하는 책임을 이루고 지방관의 중책을 저버리지 않게 될 것이다.

이를 각자 반드시 알아야 할 것이다.

내 더 말하지 않겠다.'

예문관 제학 박규수가 지어 올린 글인데 역대 왕들이 재해 때마다 발표하는 대책과 대동소이하다.

12.

고종 2년, 을축년, 1865년.

칠월.

속리산 동쪽인 상주 동관음에 숨어 살던 박씨 부인이 윗대치로 경상을 찾아왔다.

박씨 부인은 수운이 순도한 후 정선 도인 민사엽의 주선으로 정선 문두재로 이사했는데 민사엽이 다음 해 갑자기 병을 얻어 죽는 바람에 예천 도인 황성백과 상주 도인 김경여의 도움으로 을축년 사월에 다시 상주 동관리 산중으로 가 남육생의 집에 은신하고 있었다.

그러나 예천 도인들도 본래 가난하여 식솔이 열이 넘는 박씨 부인의 뒷바라지를 제대로 할 수 없었다. 불과 석 달을 보냈으나 도인들이 계속 사가를 부양할 마땅한 대책을 마련하지 못해 난감해했다.

이때 박씨 부인은 경상이 영양군 용화동에 있다는 소식을 들었다. 박씨 부인은 앞뒤 가리지 않고 일월산으로 경상을 찾아 나섰다. 칠월 초에 길을 떠나 꼭지숟갈 하나로 걸식을 하며 길을 물어 며칠 만에 윗대치에 당도했다.

경상이 박씨 부인을 보니 그 처참한 모습에 심장이 찢어지고 가슴이 막혀 어떻게 오셨느냐는 말도 하마 나오지 않았다.

"이제부터 사가는 제가 봉양하겠으니 안심하십시오."

경상은 자신이 살던 집을 박씨 부인에게 드리고 자신은 가족을 데리고 아랫마을 죽현 입구에 새로 집을 지었다.

지신지신아 눌리세
어리화산아 지신아
정지구석 네구석
어리화산아 지신아
방구석 네구석
어리화산아 지신아
집구석도 네구석어
어리화산아 지신아
지신지신아 눌리세
어리화산아 지신아
이 집을 지을 때에
어리화산아 지신아
어디 낭굴 비었나
어리화산아 지신아
가지산 낭굴 비었나
어리화산아 지신아
운문산 낭굴 비었나
어리화산아 지신아

경상은 죽현에서 농사를 지어 윗대치 사가를 돌보았다. 가을이 되자 수확한 소출이 제법 되었다. 모처럼 사가에 웃음소리가 돌았다.

경상은 거처를 구할 때 언제나 동네 입구가 바라보이는 집을 골랐다. 한가할 때는 마루에 앉아 짚신을 삼거나 나막신을 만들며 자주 동네 어귀에 눈길을 주었다.

잠을 잘 때에는 머리맡에는 보따리를 놓아두었다. 보따리에는 몇 끼 먹을 양식과 짚신 몇 켤레와 숟가락 그리고 스승의 글을 베낀 두루마리를 넣어 두었다.

조금이라도 수상한 동정이 있으면 보따리를 들고 뒷산으로 도망갔다. 그래서 도인들은 그를 '최 보따리'라고 불렀다.

이즈음 들어 어쩐 일인지 관에서 동학에 대한 탄압이 뜸해졌다.

갑자년 이후 도인들은 죽기도 하고 살아남기도 했으나 관의 지목을 피하려 서로 만나지 않았고 간혹 도를 버리는 사람도 있었다.

그런데 을축년 가을부터 용화동 일대에 도인들이 모여들기 시작했다. 바람결에 경상의 소재를 알게 된 도인들이 가족을 데리고 들어와 경상을 중심으로 서로 연계해 의지처를 만들었다.

상주 출신 김덕원과 권성옥, 나중에 박씨 부인의 시신을 수습해 장사를 지내게 되는 김계악, 영해 농민 저항 때 필제와 어울리는 김성길·김성진·김양언·정치겸·전윤오·백현원·박황언·황재민이 인근으로 이사 왔다.

이런 기회에 경상은 무너진 접을 재건해 보려 했다. 접을 재건하기 위해서는 먼저 사방으로 흩어진 도인들을 한자리에 모아야 한다. 도인들을 한자리에 모으려면 그만한 명분이 필요했다.

경상은 스승의 탄신 제례를 검곡에서 모시기로 했다. 용화동은 아직 충분히 자리 잡히지 않은 곳이어서 여러 사람을 불러 모으기에는 불안했다.

검곡은 경상의 고향이고 그가 오랫동안 살았던 곳이다. 인근에 도인들도 여럿 있어 남의 눈치를 보지 않고도 다른 지역 도인들을 부를 수 있었다.

을축년 시월 이십팔 일.

수운 탄신 제례에 뜻밖에도 도인 수십 명이 참석했다. 도인들은 서로 얼싸안고 안부를 물었다. 경상은 용기를 얻었다.

"자 이제 여러분은 무너진 접을 다시 살리는 방법을 논의해 주시오."

도인들의 의견은 한결같았다.

"각자가 자기가 사는 지역에서 관의 지목을 살피며 조심스럽게 포덕을 시작합시다."

의견이 모이자 경상은 도인들 앞에서 앞으로 동학도인들이 실천해 나갈 과제를 제시했다.

"사람이 곧 한울님입니다.

그러므로 사람은 모두 평등하여 차별이 없으니 사람이 인위로서 귀천을 나눔은 한울님 뜻에 어긋납니다.

스승님도 집안의 하녀 중 한 사람은 며느리로 삼고 한 사람은 수양딸로 들였습니다.

우리 도인들은 일체 귀천의 차별을 철폐하여 스승님의 뜻에 따르도록 합시다.

사람은 누구나 몸 안에 한울님을 모시고 있으므로 누구라도 한울님과 같이 존엄합니다. 사람의 존엄과 한울님의 존엄은 같으므로 사람이 곧 하늘입니다."

경상이 도중에서 도주로서 한 첫 번째 강론이었다.

13.

고종 2년, 을축년, 1865년, 여름.

양유풍과 이은식이 새재 들머리 주막에 들어섰다. 오시가 되어 배가 출출했다. 주막은 재를 오가는 사람들이 드나들며 붐볐다.

"요기를 하시려우?"

주모가 물었다. 이은식이 주모의 해사한 얼굴을 보자 마음이 동해 목소리가 은근해졌다.

"옥같이 흰 얼굴에 봄날처럼 밝은 미소를 머금으니, 빨간 입술은 벌리기도 전에 웃음소리가 새어 나올 듯하다."

주모가 웬 괴 불알 앓는 소리를 하는 객을 미심쩍게 바라보았다.

"어떤가? 내가 자네를 읊은 문장이 마음에 드는가?"

주모가 짐짓 허리를 꼬며 자지러지게 웃어 주었다. 웃음소리가 이은식의 간장을 녹였다.

"다는 못 맞춰도 반은 맞춘 것 같소. 그나저나 한량님들 요기를 하시려우?"

이은식이 양유풍의 눈치를 살피며 말했다.

"목도 좀 축여야겠네. 장국과 술을 가져오게."

"안주는 무얼로 하시겠소?"

"닭을 두어 마리 삶아 주게."

두 사람은 장국으로 배를 채우고 닭을 뜯어 술을 마셨다. 주막은 바쁘게 돌아가고 있었다.

양유풍은 면밀하게 주막 내부를 살폈다. 음식을 나르는 젊은 아낙들은 곱게 화장하고 차림새도 깔끔했다. 다른 주막과 달리 그녀들은 발걸음이 당당했다.

탁자 사이를 오가며 치맛자락을 휘날리며 눈웃음을 뿌려 주막 분위기를 화사하게 만들었다. 주모는 눈길 하나로 그녀들을 다스리고 있었다. 주모의 눈짓만으로 주막은 한 치도 어긋나지 않고 팽팽 돌아갔다.

어느 주막과는 좀 다른 풍경이었다. 병영 같은 질서가 있었다.

"재를 넘을 사람은 마당으로 모이시오."

주막 입구에서 손에 화승총을 든 포수가 소리를 질렀다.

요기를 마치고 주막 안에서 대기하던 사람들이 우르르 밖으로 나갔다.

"내 곁에서 멀리 떨어지면 안 됩니다. 그런 사람은 산돼지에게 받혀도 내가 책임을 못 집니다. 이것 하나만 지켜 주면 됩니다. 자아 출발합시다."

유인막 포수가 사람들을 데리고 고개로 들어갔다.

주모가 이은식을 보고 물었다.

"장사님들은 재를 안 넘어가시오?"

이은식이 두 팔을 들어 기지개를 켜며 하품을 했다.

"우리는 먼 길을 와 몸이 많이 지쳤네. 여기서 좀 쉬어 가려 하네. 오늘 밤은 여기서 묵고 내일 떠나겠네."

주모는 봉을 잡은 표정으로 악어처럼 웃었다.

손님이 좀 뜸한 틈을 타 양유풍은 주모를 불렀다.

"훤칠한 장사님들이 저같이 천한 여자에게 무슨 볼일이 계시우?"

"여보게 내가 자네에게 긴히 물어볼 말이 있네."

주모의 눈이 가늘어졌다.

"나같이 무식한 년에게 무얼 물어 보실려구?"

"여기서 재를 넘어 괴산까지 가려면 얼마나 걸리는가?"

"장사님 걸음이라면 반나절이면 족하오."

"행인을 포수가 인솔하는 것을 보니 재 안에 화적이라도 있는 모양일세?"

"주막에서 밥이나 파는 년이 무얼 알겠소? 화적이든 의적이든 나는 관심도 없다우."

이은식이 끼어들었다.

"작년 이맘때 우리와 행색이 비슷한 장정 둘이 여기에 들렀을 터인데 혹시 기억이 나겠는가?"

주모의 눈이 둥그레졌다.

"아이고, 하루에도 장정만 수십 명이 오가는 곳이오. 작년 일을 어찌 기억하겠소?"

이은식이 슬쩍 뒤로 빠졌다.

"그건 그렇겠지. 혹시나 하고 한번 물어본 게요."

양유풍이 웃으며 말했다.

"고맙소, 이젠 가서 일 보시오."

주모가 갑자기 생각난 듯이 물었다.

"두 분이 주무시고 가신다 했는데 봉놋방을 잡아 둘까요?"

이은식이 얼른 대답했다.

"깨끗한 방 두 개 비워 놓으시구려."

주모는 뒷간에 가는 척하며 뒷마당으로 달심이를 불렀다.

"저자들은 관에서 나온 놈들이다. 눈초리가 날카로운 걸 보아 아마 포청 나부래기이기 쉽다. 작년에 우리가 처리한 두 놈 행적을 찾아다니는 모양이다.

그러니 그런 줄 알고 너희들도 여기에 맞춰 잘 처신해야 한다. 내 말 잘 알겠지?"

"예, 아이들에게도 잘 이르겠습니다. 그나저나 산채에 기별이라도 해야 하지 않을까요?"

"아니다. 그러면 일이 커진다. 이번에는 우리 선에서 처리하고 말자. 오늘 밤 여기서 자고 간다고 하는 걸 보면 저녁에 술을 먹으며 우리를 불러 간을 볼 속셈이다.

덩치가 큰 녀석이 내게 흑심이 있는 듯하니 그놈은 내가 맡겠다. 너는 옆에 있던 인물이 좋고 몸이 당차 보이는 놈을 맡아라. 그놈이 대장인 모양이다.

오늘 온 두 놈은 이전 놈들처럼 퍼석한 놈들이 아니다. 우리는 아무것도 모른 척하고 술을 치고 육덕만 먹이면 이긴다. 내 말 명심해라."

달심이가 싱긋 웃으며 고개를 끄덕였다.

"그런 거라면 자신 있습니다. 걱정하지 마시오."

양유풍과 이은식은 오후에 부근 계곡에서 멱을 감으며 더위를 피했다.

"여기에 무언가 냄새가 나기는 하네. 이곳 주막은 새재 화적패와 한통속이네. 내 촉감은 틀린 적이 없네.

오늘 저녁에 아낙들을 불러 술을 치게 하면서 좀 더 살펴보고 싶은데 자네 생각은 어떤가?"

양유풍이 묻자 이은식이 반색을 하고 입맛을 다셨다.

"형님, 정말 좋은 생각입니다. 그렇게 하시지요."

"우리가 움직이는 주 목적은 동학 괴수를 잡는 일일세. 그러니 정운기의 일은 흔적만 찾아 보고하면 되네. 그러니 너무 티를 내 닦달하지는 마세."

두 사람은 유시쯤 주막으로 다시 돌아왔다.

이은식은 저녁 요기 삼아 소고기를 몇 근 삶게 하고 술을 시키며 주모에게 은근히 수작을 걸었다.

"우리는 방에서 조용히 술을 마실 터인데 자네도 크게 바쁘지 않으면 함께하지 않겠나?"

주모가 추파를 마주 던지며 말했다.

"기생 환갑은 서른이오. 연시같이 부드럽고 어여쁜 젊은 아이들이 수두룩한데 왜 하필 환갑을 넘긴 여자를 부르는 게요?"

"나는 자네가 마음에 드네. 젊은 아이들은 비린내가 나서 싫네. 여자는 나이가 들어야 신비해지는 법일세. 아무 소리 하지 말고 젊은 아낙을 하나 더 데리고 이따가 우리 방으로 오시게."

주모는 한쪽 눈을 감았다 뜨며 손으로 이은식의 가슴을 툭 쳤다.

"이 양반이 오늘 밤 나를 아주 죽여 주실 모양일세?"

이은식이 호탕하게 웃었다.

"자네가 한 보름, 허리를 못 써 자리보전해도 나는 책임이 없네. 알겠는가?"

술자리가 질펀하게 벌어졌다.

양유풍 옆에서 달심이가 술을 쳤고 주모는 이은식에게 감겨 시도 때도 없이 소스라쳤다.

"아이고, 이 바닥에서 산전수전 다 겪은 내가 오늘 아주 임자를 만났네. 만났어."

입에서 감꽃 냄새를 풀풀 풍기며 주모가 탄성을 내질렀다.

"바람둥이 벌이 꽃가루에 파묻혀 봄이 지나가고, 욕심쟁이 나비가 꽃잎 속에 파고들어 밤을 즐기는구나."

이은식의 손이 주모의 치마 속으로 부지런히 드나들었다. 주모가 이은식의 물건을 잡아보더니 핀잔을 주었다.

"관우가 두부를 판다더니 멀끔한 장정 물건이 왜 이리 물렁하오?"

이은식이 큰소리쳤다.

"영웅도 때를 만나야 일어나는 법이니 좀 더 기다려 보시게."

"자네들에게 잡히면 어지간한 남정네들은 하룻밤 사이에 혼이 다 빠져 버리겠군."

한양 화류계 맛을 아는 양유풍도 건너편에서 육덕을 앞세워 이은식을 요리하는 주모를 보며 너털웃음을 지었다. 아낙을 다루는 이은식의 기술도 보통이 넘었다.

이은식과 주모의 뜨끈뜨끈한 연기가 이어지자 양유풍 옆에서 눈치만 보고 있던 달심이도 제풀에 흥분되는 척 슬슬 몸을 기댔다.

"서방님, 한 잔 올립니다."

"오냐, 찰찰 넘치게 부어 보렴."

너끈하게 잔을 비운 양유풍이 달심이에게 잔을 건넸다. 달심이 두 손으로 공손하게 잔을 받았다.

"너무 많이 마시지는 말아라. 몸 상한다."

"혼자 사는 년이 남의 서방 뒷공론하느라 주량만 늘었습니다. 기분이 좋은 날은 쉰네도 몇 잔은 마십니다."

"그래 오늘이 자네에게 기분이 좋은 날인가?"

달심이 얼른 양유풍의 무릎을 타고 누웠다.

"장사 같은 훤칠한 분을 모시고 있으니 이년이 더 무얼 바라겠나이까?"

양유풍이 달심이의 저고리 속으로 손을 넣어 풍만한 가슴을 주물렀다.

"거짓말이라도 듣기는 좋구나."

달심이 상반신을 비틀면서 물었다.

"한잔 더 올려도 되겠습니까?"

"나는 술이 약하니 좀 천천히 마시련다. 자네가 한잔 더 마시게."

"쉰네는 술이 좀 들어가야 아랫도리가 부드러워집니다. 오늘 밤 서방님을 잘 모시려면 몇 잔 더 마셔야 합니다."

"그것참 자네는 생긴 것만큼이나 말도 예쁘게 하는군. 나는 괜찮으니 알아서 마시게."

양유풍이 여우에게 홀린 표정으로 너털너털 웃었다.

달심이는 양유풍의 무릎에서 몸을 돌려 스스로 술을 따라 누운 채로 단숨에 마셨다.

양 볼이 발그레 물이 들어 색기를 발산했다.

"신혼 맛이 주막 아낙 맛보다 못하답니다."

저편에서 주모는 저고리를 벗어 던졌다. 타는 불에 부채질한다고 입에 가득 술을 머금더니 이은식의 입으로 흘려 넣었다.

"장생주는 수정잔에 찰찰 넘치고, 불로주는 호박잔에 잘름거리네."

이은식은 주모의 육탄전에 얼이 빠진 사람처럼 흐느적거리면서도 문장을 읊었다.

술항아리가 계속 들어왔다. 달심이는 술에 허기진 사람처럼 잘도 마셨다.

사경 초에 이은식은 주모를 끼고 다른 방으로 건너갔다.

양유풍도 술상을 한쪽으로 밀어놓고 달심이를 끼고 자리에 누웠다. 달심이는 양유풍의 배 위에 올라 방사를 이끌었다.

건넛방에서 주모의 자지러지는 비명이 건너왔다.

숨 가쁜 시간이 흘렀다.

젊은 여인은 피부가 비단 같이 매끄러웠고 땀에서도 향내가 났다. 감창소리는 산 뻐꾹새 우는 소리보다 달콤했다. 몇 번이나 절정을 느낀 달심이가 숨을 거칠게 쉬면서 양유풍의 배 위에 엎어졌다.

이번에는 양유풍이 위로 올라갔다. 달심이 다리를 벌려 양유풍을 깊숙이 받았다. 달심이의 풍만한 몸이 뱀처럼 꿈틀거렸다. 한참 기운을 써 양유풍도 절정을 맛보았다.

그가 그녀의 배에서 내려오자 옆에서 그녀가 포만감에 젖어 길게 숨을 내쉬는 소리가 났다. 양유풍이 때를 놓칠세라 슬쩍 넘겨짚었다.

"여보게, 자네들이 작년 이맘때 여기에 묵었던 남정네 둘을 처리한 일을 우리는 이미 알고 왔네. 짐작했겠지만 나는 포도청 군관일세.

아침이 되면 포졸들이 자네들을 잡으러 몰려들 터인데 오늘 밤 자네가 나를 위해 애써준 인연으로 내가 자네는 빼주고 싶네. 그러니 안심하시게.

그나저나 도대체 그들도 무예를 익힌 장사들인데 어떻게 했길래 가녀린 자네들에게 당했단 말인가? 혹시 자네들이 새재 화적과 내통하고 있는 것은 아닌가?"

양유풍이 말을 던지고 부엉이 눈을 하고 달심이 쪽을 쳐다보았다.

달심이는 술과 색에 젖어 요 위에 퍼질러 인사불성이 되어 있었다. 양유풍은 혀를 쩟쩟 차는 수밖에 없었다.

다음날,

양유풍과 이은식은 새재를 넘어 충청도 지역으로 들어갔다. 괴산 지역을 두루 돌면서 정운기의 행적을 탐문했다. 그러나 이렇다 할 정보를 얻지는 못했다.

"정운기는 새재를 넘지 못했다. 괴산에서 아무 흔적도 드러나지 않으니 그와 정철규는 경상도 땅에서 누군가에 의해 죽임을 당한 것이 분명하다. 아마도 그가 동학 괴수를 쫓았으니 동학도인 누구에게 신분이 탄로나 변을 당했을 것이다.

일단 선전관께는 그렇게 보고하세. 이제부터는 동학 괴수를 잡는 데 주력하세. 그러기 위해서는 일단 경상도 경주 땅으로 내려가는 게 순서일세.

경주는 동학이 일어난 곳이니 달아난 괴수가 다시 일을 꾸민다면 반드시 경주 땅에 남아 있는 잔당들과 접촉하려 할 걸세."

이은식이 동의했다.

"형님 말씀이 옳습니다. 그럼 그렇게 하시지요."

그들은 다시 새재를 넘어 경상도로 넘어갔다. 이은식이 어제 묵었던 주막 앞에 이르자 담 밖에서 구렁이 아래턱 보듯 안을 기웃거렸다.

기어코 아랫도리가 무거워져 무언으로 간청하려 양유풍을 간절하게 쳐다보았으나 양유풍은 고개를 가로저었다.

두 사람은 서둘러 문경을 지나쳤다.

14.

.

고종 2년, 을축년, 1865년.

홍선이 서원을 철폐했다.

서원은 중종 때 주세붕의 백운동 서원에서 비롯되었다. 조정에서 편액을 내리고 서적을 하사해 장려했다.

사림은 다투어 각처에 서원을 설립해 변두가 즐비했고 거문소 소리와 책 읽는 소리가 서실에 가득했다. 그러나 점차 앵무새처럼 말만 외우고 원숭이가 모자를 쓴 것처럼 흉내만 냈다.

손을 모아 절하며 겸손을 가장했지만 자기끼리 조그만 이득을 놓고 서로 녹용 대가리를 베어 가듯 다투는 것이 일상이 되었다.

청류에 의탁해 명성만 추구하고, 조상의 음덕을 빙자해 고을 백성들에게 횡포만 일삼았다.

당시 서원은 끝 부러진 송곳이 되어 당쟁이나 하는 기지였고, 누운 소가 똥 누듯 사문이 대립하는 보루였고, 무위도식하는 자들이 눈 가리고 아웅하는 접침접침한 소굴이었다.

화양동의 우암 송시열의 서원은 원장으로 피선되는 것이 판서가 되는 것과 같은 등급으로 여겨졌다. 이들이 백성을 호령하는 정도가 목사나 방백보다 더 엄했다.

민간에서 자란 홍선은 이러한 서원의 폐단을 잘 알고 있었다. 각 도의 도

백에게 즉각 서원을 철폐하라는 명령을 내렸다.

유생들이 거세게 반발하더니 무리 지어 한양으로 올라왔다.

성미가 겁겁한 흥선이 갱지미를 집어 던졌다.

"진실로 백성에게 해가 된다면 비록 공자가 만들었다 하더라도 나는 용서하지 않겠다. 서원이 조상에게 제사를 지낸다면서 이미 도적의 소굴로 바뀐 지 오래이지 않은가?

그러면서 아직도 입으로 공자를 끄숙이니 어찌 그대로 둘 수 있겠는가?"

흥선은 형조와 오 영 군졸에게 명해 유생들을 몰아 모두 한강 물에 처박았다.

서원과 유착해 재미를 보던 지방 관리들이 철폐를 지체하면 바로 관직을 빼앗고 유배 보냈다.

던진 기왓장은 모두 땅에 떨어졌다. 결국 유생들은 제 방귀 소리에 놀란 청설모처럼 안색이 변해 눈먼 말 워낭 소리 따라가듯 다투어 서원을 헐었다.

언제 쓰자고 하눌타리냐? 서원에서 생산되던 양곡은 모두 군량으로 흡수했다. 토색의 근거지를 상실한 유생들이 흥선을 동방의 진시황이라 욕했지만 제 입만 아팠다.

15.

고종 3년, 병인년, 1866년, 1월.

병인년 정월.

아라사 군함이 원산에 와 통상과 아라사 백성들이 내륙으로 이주할 수 있기를 청했다. 그들은 끈히 끼억하게 남하정책을 추진해 왔다.

지난 고종 원년 갑자년 이월.

아라사 사람 다섯이 얼음을 타고 두만강을 건너와 경흥부에 통상을 요구하는 편지를 냈었다. 경흥부사 윤협은 이들을 쫓아 보내고 함경감사 이유원을 거쳐 이 사실을 조정에 보고했다.

고종 이년 을축년 구월에 다시 수십 명이 몰려와 나번득이며 국서를 소지했다며 함경감사를 만나게 해 달라고 요구했다. 경흥부사 윤협은 다시 국교가 없다고 돌려보냈다.

두 달 후 동짓달에 다시 기마자를 앞세워 일곱 명이 와 같은 요구를 했다. 윤협은 석 달 안에 회답을 주겠다 하고 돌려보냈다.

아라사는 북경조약으로 흑룡강 북쪽 땅 연해주를 차지해 숙원이던 부동항 해삼위를 개설하고 함경도와 경계를 접하게 되자 태평양 방면으로 진출하려는 속셈으로 이런 교섭을 계속 요구해 왔다.

울타리가 튼튼하면 동네 개가 못 들어온다. 홍선은 교섭을 거절하고 그들이 무력을 쓸 경우를 예기해 대비책을 강구했다.

천주교도 홍봉주와 김계호는 홍선의 사돈인 조기진을 통해 조선이 영길리국·불량국과 삼국 동맹을 맺어 아라사에 대비해야 한다는 글을 보냈다. 또 왕의 유모인 박 마르다에게 홍선의 부인을 설득하게 했다.

김계호와 홍봉주는 남종삼에게 다시 글을 써 보내도록 했다. 남종삼은 외국인 신부들에게 조선말을 가르치고 명문 세가 자식들에게 한문을 가르치던 자였다.

남종삼은 홍선을 만나 다불뤼 주교를 불러 만나볼 것을 권유해 허락을 얻어냈다.

그러나 정원용·조두순·김병학·김병국 등은 천주교 탄압을 주장했다.

북경에 머물던 동지사 이홍민도 편지를 보내왔다.

'청국에서는 천주교 포교를 용인하나 서교도들이 백성의 재산을 약탈하고 부녀자를 겁탈하는 폐해가 심각합니다.'

남종삼은 어쩐 일인지 서둘러 주교를 부르지 못했다.

철종은 신유년 천주교 박해에 연루되어 사사된 은언군의 직계 손이다. 그래서 천주교에 모질게 굴지는 않았다.

왕의 어머니 민씨 부인은 아들이 등극했을 때 천주 은혜에 감사하는 미사를 올렸을 만큼 독실한 천주교 신자였다.

그래서 철종과 고종 초는 천주교가 조금 숨통을 터 베르뇌 주교를 비롯해 프랑스 신부가 열두 명 정도 들어와 움직였고 이로 인해 신도 수는 이만을 헤아렸다.

경신년에는 평양에 유정률·우세영·변주현 등 사십여 명의 신도가 자생했고 을축년에 베르뇌 주교가 평안도를 자신의 선교 구로 삼아 평양에 들어왔다.

뒤늦게 안 다불뤼 주교가 정월 이십오 일, 장 베르뇌 주교가 이십구 일에 도착해 홍선을 만나고자 했다. 그러나 이때 홍선은 이미 마음이 돌아서 있었다.

손톱 밑에 박힌 가시 같던 아라사 함대가 철수하자 홍선은 나라 밖의 정세에 관한 의견을 천주교도에게 듣는 짓은 나라를 욕되게 한다는 생각을 감추지 않았다.

마침 이름을 숨긴 비서가 북경에서 홍선에게 전달되었다.

'청국은 일찍이 천주교를 박멸했으나 보복당한 일은 없었으며, 요사이 다시 국내의 외국인들을 죽이려는 의논이 결정되었습니다.'

각도 감사들은 홍선이 척화하는 뜻을 알고 있었으므로 다투어 서양 오랑캐를 물리치자고 청했다. 구운 게도 다리를 떼고 먹으랬다. 이것저것 재어 보던 홍선은 드디어 결정을 내렸다.

"전국의 서학도를 체포해 죽여라."

이월 이십 일 밤.

이경하와 이재소가 홍선의 명을 받고 제진해 성내를 수색해 천주교도를 잡아 내 죽이기 시작했다.

홍종삼·남종삼·이신규를 의금부 나졸이 체포했다. 다음 날 남상교를 서소문 밖에서 참수했고 홍종삼과 이신규는 종로에서 거열형을 받았다.

이십이 일에 시체를 수구문 밖으로 버렸다. 시체가 쌓인 높이가 구릉 만했고 성내 개천에 붉은 피가 며칠간이나 흘렀다.

박해는 지방으로 번졌다. 평양 천주교도 유정률은 평양 중영 문전에서 죽여 대동강 얼음을 떼어내 거기에 거꾸로 매달아 백성들에게 공개했다.

평양 영명사 구내에 세워진 척사기적비에 보면 '삼문을 열고 군민을 풀어 수십백 사류를 잡아들여 그 괴수를 장살하고 강물에 던지고 성서를 불태웠으며 십자가를 부수었다.'고 적혀 있다.

그 괴수가 바로 유정률이었다.

우세영은 베르뇌 주교와 함께 잡혀 새남터에서 목이 잘렸다. 변주헌은 그의 아내 송 씨가 옥졸에게 뇌물 스무 냥을 주고 탈옥시켰다.

이때 죽은 자가 나우 만 명이 넘었다.

불량국 선교사 열둘 중 장 베르뇌와 안 다블뤼를 포함해 백 브르뜨니에르·서 몰류·김 도리·오 오매뜨르·민 유앙 등 아홉을 체포해 죽였다.

선교사 이 리델은 낮에는 숨고 밤에는 걸어 황해도 장연으로 가 어선을 얻어 타고 중국 위해로 도망갔다. 다시 지부를 거쳐 천진에 도착해 불량국 극동함대 사령관 로오즈 제독에게 이 사실을 알리고 보복해야 한다고 청했다.

주청 불량국 대리공사 벨로네가 이 보고를 받고 청국 총리각국사무아문에 항의했다. 관리들에게 시원한 소리를 듣지 못하자 벨로네는 공친왕을 찾아가 따졌다.

"귀국의 속방에서 우리나라 선교사를 잡아 죽였으니 어떻게 책임지겠소?"

공친왕은 평반에 물 담은 듯 담담하게 빠져나갔다.

"당신이 무얼 잘못 알고 있소. 조선은 청국의 속방이 아니오."

가랑잎으로 똥 싸 먹은 꼴이 된 벨로네가 옹이을 쳤다.

"그렇다면 우리가 조선과 전쟁을 하더라도 청국은 간섭하지 말아야 합니다."

"당신네가 무슨 짓을 하든 내 알 바 아니오."

청국은 비밀리에 예부를 통해 이러한 상황을 조선에 국서를 보내 알렸다.

벨로네는 눈썹만 뽑아도 똥이 나올 듯 조조하게 날뛰었다. 바로 군사를 파견해 보복하겠다고 짖어대더니 마침 교지에 난이 일어 발등에 불이 떨어지자 어마 뜨거라 칠월로 미루었다.

16.

고종 3년, 병인년, 1866년, 봄.

병인년 봄에는 가뭄으로 논밭이 갈라지더니 여름에 늦장마가 들어 폭우
가 쏟아졌다.

창고에서 종가래가 나올 틈이 없었다.

특히 경상 전라 지방에 비 피해가 심했다. 이천 채가 넘는 집이 무너지고
삼백 명 가까운 백성이 죽었다. 부서진 배가 구백 척이었고 훼손된 염전이
칠십 개소가 넘었다. 농지는 얼마나 유실되었는지 가늠도 할 수 없었다.

흥선은 비변사를 폐지하고 삼군부를 설치해 지금 장상들이 겸직하게 했
다. 이런 가운데 왕의 국혼이 거론되었다. 왕이 색에 눈을 떠 열일곱 살 무
수리 나인 이씨를 가까이했다.

밤인지 낮인지 모르고 이씨를 끼고 뒹굴었다.

좌의정 김병학의 딸과 영의정 조두순의 손녀가 왕비 물망에 올랐다. 김
병학의 딸은 흥선이 이전에 김 문의 박해를 피하려 정략으로 정혼한 사이
였다. 자색이 아름답고 학문이 높았다.

조두순의 손녀는 조실부모하고 할아버지 손에서 자랐다. 이 아이는 조
대비가 밀고 있었다. 조대비는 왕실의 가장 어른이고 법으로도 왕의 양어
머니였다. 그러므로 며느리를 고를 수 있는 권한이 있었다.

풍양 조 씨인 조대비가 섭정하고, 양주 조씨인 조두순이 영의정으로 있

는 동안 조재응을 경기감사, 조영하를 대사성, 조헌영을 형조판서에 임명했다.

배경이 만만하지 않았다.

홍선은 죽은 민치록의 딸 자영을 염두에 두고 있었다. 민치록이 생전에 들인 양자 민승호는 아내의 동생이었고 아직 나이가 어렸다.

자영이 며느리로 들어온다면 권력이 외척에게 휘둘릴 염려는 없어 보였다.

민치록은 처음 오 씨 부인과 혼례를 맺었으나 오 씨는 자식을 낳지 못하고 병으로 죽었다. 이어 자영의 생모 이씨 부인을 계실로 맞았다.

민치록이 이미 죽었기에 과부는 단자를 내지 못한다. 자영을 선택한다면 국법에 어긋난다고 틀림없이 삼사에서 반대할 것이다.

그러나 조두순의 손녀도 조실부모했기에 단자를 낼 형편은 못되었다.

김병학과는 파혼해야 했다. 풀을 흔들면 잠자던 뱀이 화를 낸다. 뱀이 비록 잠자는 척하고 있으나 어금니에 저장한 독액은 그대로 가지고 있을 것이다. 파혼은 그만한 대가를 각오해야 했다.

그런데다가 홍선은 사월부터 경복궁 중수를 시작했다. 영건도감을 설치하고 도제조에 조두순과 김병학을 임명했다.

경복궁은 개국 초에 창건되었으나 임진왜란 때 병화로 불타 없어져 휑한 터에 주춧돌만 나뒹굴고 있었다. 인적이 끊어져 잡초가 우거진 채 이백 년이 넘게 방치되어 있었다.

헌종 때 중건하자는 논의가 있었으나 재정이 궁핍해 그만두었다.

홍선은 경복궁 중수는 선왕이 남기신 뜻이라 감히 어길 수 없다는 명분으로 공사를 시작해 대장군 이경하에게 감독을 맡겼다. 지방 토산물을 바치던 공부를 더 징수하고 인두세를 부과했으며 경기 내의 백성을 동원해 교대로 일을 시켰다.

하루에 공사장에 모이는 인원이 수백 명이나 되었다. 공사판에는 춤꾼과 노래하는 기생을 불러 공연시켜 동원된 백성을 격려했다. 관동에서 큰 나무를 베어 강에 띄워 운반해 온 목재가 경복궁 앞마당에 산처럼 쌓였다.

조정의 권력은 흥선과 영의정 조두순, 좌의정 김병학이 나누어 가지고 있는 가운데 흥선이 약간 우세했다. 경복궁 중수를 놓고 대신들이 뒤에서 저희끼리 말이 많았으나 흥선은 뉘 집 개가 짖느냐고 무시했다.

흥선은 철종의 국상이 끝난 다음 날 섣달 초아흐레, 금혼령을 내렸다. 전국에 간택령을 내리고 승정원에 섣달 이십 일까지 규수들의 단자를 받으라고 지시했다.

조대비를 의식해 조실부모한 규수의 단자도 받으라고 했다. 가례도감을 만들어 정사에 이경재 부사에 민치구를 임명했다.

다음 해 정월 초닷새.

초간택이 있었다. 겨울답지 않게 포근하고 화창한 날씨였다.

서른 명의 규수가 중희당 큰 방에 모였다. 넓은 대청에 발을 쳤다. 국상에 죽산마 지키듯 멀거니 앉아 있던 규수들이 차례로 왕족 앞으로 나아가 절을 했다.

점심으로 왜반기상에 국수장국과 신선로 그리고 젓무가 나왔다. 상 옆에는 후식으로 화채가 올랐다. 음식을 다 먹은 규수는 한 사람도 없었다.

하늘의 풍운은 측량하기 어렵고 사람의 화복은 알 길이 없다. 재간택에는 일곱 명이 올라갔다. 김병학의 딸과 조두순의 손녀 그리고 민치록의 딸 민자영과 다른 네 명의 규수였다.

재간택은 보름 후에 치러졌다. 여기서 김병학의 딸과 민자영이 올라갔다. 홍선의 계략으로 조두순의 손녀가 탈락했다. 이에 열불이 치민 조대비가 이월 십삼 일. 수렴청정을 거두었다.

그러나 이것은 오히려 조대비의 악수가 되어 결국 어린 왕이 친정하게 되었다. 이 사태를 막후에서 조종하던 홍선에게 기우뚱하게 힘이 몰렸다.

중전 간택이 삼간택에서 결정되는 일은 없었다. 대부분 재간택에서 결정하고 삼간택은 형식만 치렀다.

삼간택 하루 전날 경복궁 중수 현장에서 큰불이 났다. 경복궁은 이미 팔백여 간이나 골조가 세워져 있었다. 이경에 동변 십자각 근처 홍국화사 가가로부터 시작한 불이 치목한 가가 팔백여 간과 치련한 목재를 전부 태웠다.

타는 불빛이 거세 도성이 온통 불길 안에 들어간 듯했다.

이를 보는 조대비는 속이 후련했다. 교동 집에서 김병학도 나좃대를 발로 차 버리고 입술을 비틀고 웃었다.

홍선은 화재를 낸 배후로 김병기를 의심했지만 물증이 없었다. 일단 입직 당상이던 훈련대장 임태영을 견책하여 파직했다. 당직 장교와 역원 실화처의 수직 군졸들은 형조에 붙잡아다 엄형하고 유배 보냈다.

공사는 다시 계속되었다. 골조를 세울 나무가 모자라자 대갓집 무덤 주위에 심은 나무까지 벌채했다.

홍선은 억지를 부렸다.

"이것은 국가의 큰일이다.

그대 집안 조상의 영혼이 있다면 반드시 즐거워하며 도와줄 것이다."

불길이 겨우 잡힌 삼월 육 일. 중희당에서 삼간택 행하고 민자영을 왕비로 정했다.

왕비의 나이 열여섯이었다. 홍선의 부인도 자영과 같은 여홍 민 씨였다.

민자영이 살던 감고당은 궁궐과 거리가 가까웠다. 그러나 감고당은 매우 가난했다.

조정에서 인현왕후의 아버지인 여양부원군 민유중의 제사를 모시라고 내리는 약간의 곡식과 홍선의 부인이 철 따라 보내주는 약간의 은자로 겨우 연명했다. 가물에 콩 나듯 끼니를 이었다.

민자영은 아버지에게 다섯 살에『천자문』과『동몽선습』을 떼었고 여섯 살에『소학』을 배웠다. 여덟 살에는 사마천의『사기』를 읽었다.

『좌씨춘추』를 특히 좋아했다. 전에 등장하는 여러 나라의 흥망과 영웅호걸 그리고 그들의 지략과 음모를 즐겨 읽었다.

민치록은 죽기 전에 딸더러『인현왕후전』을 읽게 했다. 같은 여홍 민씨인 인현왕후는 숙종의 계비였는데 장희빈의 음모로 폐서인이 되었다가 복위하는 시련을 겪었다. 그 인현왕후가 폐서인 시절에 살았던 감고당에 지금은 민자영이 살고 있었다.

민자영에게 홍선은 십이 촌 형부 뻘이었다. 왕에게 민자영은 외가 쪽으로 십삼 촌 아주머니 뻘이었다. 자영은 왕보다 한 살 연상이었다.

여염 혼례 풍속은 여자가 남자보다 세 살 정도 많았다.

17.

고종 3년, 병인년, 1866년, 봄.

은영의 무릎을 베고 만덕이 누웠다. 옆에는 올해 여덟 살 먹은 아들 덕일이 눈을 반짝이며 은영을 쳐다보고 있었다. 만덕을 닮아 듬직한 체구에 은영을 닮아 인물이 수려했다.

달빛이 창을 타고 들어와 방안이 환했다. 벽에는 서책이 가득 쌓여 있었다. 은영이 만덕에게 글을 가르쳐 만덕이 그동안 은영과 같이 읽은 책들이었다.

은영은 남편이 혼자 서책을 읽을 수 있게 되자 아들에게 글을 가르쳤다. 아들은 『천자문』을 이미 떼고 『소학』을 읽고 있었다.

다탁 위 촛불이 무연한지 저절로 흔들렸다.

화목한 가정의 풍경을 들여다보느라 넋이 나가 달도 움직이지 못하는 듯했다.

은영은 남편과 자식에게 책을 읽어 주고 있었다.

잔잔하고 부드러운 목소리가 방 안의 분위기를 더 평화롭게 만들었다.

'어느 백정이 문혜군이 제사에 쓸 소를 가른 적이 있었다. 백정이 소를 잡는 손놀림은 신기에 가까워 마치 음악의 가락을 타는 듯 능란하고 경쾌했다. 그것을 바라보던 문혜군이 탄식했다.

아 놀랍다. 사람 재주로서 어떻게 그러한 경지까지 이를 수 있다는 말인가?

그러자 백정이 잠시 칼을 놓고 말했다.

제가 즐기는 것은 도니 기술이니 하는 것을 벗어난 스스로 그러한 것입니다. 제가 처음으로 소를 가를 때 눈에 보이는 것은 오직 소뿐이었습니다. 그러나 지금 저는 마음으로 소를 대할 뿐 눈으로는 소를 보지 않습니다.

감각이 정지하는 곳에서 오직 마음만 움직여 작업을 합니다. 소의 육체 조직 사이 스스로 그러한 길을 따라 뼈와 살 사이에 있는 간격을 쪼개고 골절 사이 구멍에 칼을 넣어 스스로 그러한 도리를 찾아 가르는 것일 뿐입니다. 칼이 뼈와 힘줄이 얽힌 곳에 가는 적이 없으며 큰 뼈에 부딪치는 일도 없습니다.

아무리 훌륭한 백정도 한 해에 한 번은 칼을 바꿉니다. 살을 무리해서 베기 때문입니다. 어리보기 백정은 한 달에 한 번씩 칼을 바꿉니다. 이는 뼈를 건드리기 때문입니다.

저는 이 칼을 십구 년이나 쓰고 있고 그동안 자른 소 숫자는 몇천 마리인지도 모르겠습니다. 그러나 제 칼날은 방금 숫돌에 갈기라도 한 듯이 날카롭습니다. 뼈마디 사이에는 간격이 있고 칼날에는 두께가 없습니다. 두께 없는 것을 간격 있는 곳에 넣으니 아무리 칼날을 휘두른다 해도 반드시 여지가 있게 마련입니다.

그러기에 십구 년이나 썼음에도 제 칼날은 금방 숫돌에 간 듯 잘 드는 것입니다. 그렇기는 하나 막상 뼈나 힘줄이 엉긴 곳을 만나면 저도 마음이 저절로 긴장해 시선을 거기에서 떼지 못합니다.

드디어 소를 완전히 갈라놓으면 고기는 마치 흙덩이가 땅에 떨어지듯 와르르 떨어져 나갑니다. 그때 비로소 저는 잠시 그 자리에 선 채로 만족감에 젖으며 천천히 칼의 피를 씻는답니다.'

만덕이 다 듣고 말했다.

"그 이야기는 소를 가르는 가장 이상적인 경지를 말하고 있소. 그러나 실제에서는 그렇게 소를 가르지 못하오.

뼈마디 사이에 간격이 있는 것은 맞지만 칼날에 두께가 없다는 말은 이치에 맞지 않소. 또 칼날은 자주 갈아야 녹이 슬지 않고, 뼈와 힘줄이 얽힌 곳은 칼보다 도끼를 써야 하오.

더구나 이야기와 실제는 차이가 있어 오래 일을 하는 사람은 자신의 경험에 더 의존하기 마련이오.

내가 보기에 당신이 읽어 준 그 글은 소를 가르는 일을 가지고 에둘러 도를 표현하는 문장이니 내가 지금 하는 말이 그만 그 글이 지시하는 바를 벗어나 버렸소."

은영은 만덕의 머리를 가만히 손으로 빗었다.

"현실과 이상의 차이기도 하겠지요. 저는 세상의 어떤 이상보다 현실에서의 당신과 덕일이가 가장 소중하답니다."

"고마운 말씀이오. 그러고 보니 우리가 만나 인연을 맺은 지도 어언 십 년이 가까워집니다. 비록 오래 살지는 않았지만 내 생에 당신과 같이 보낸 지난 십 년보다 더 행복했던 적은 없었소. 당신은 하늘이 내게 보내준 선녀랍니다."

"서방님을 만나고 저도 여인의 행복을 알았습니다. 서방님은 저에게 늘 하늘입니다."

덕일이 끼어들었다.

"아버지, 엄마가 선녀였어요?"

만덕이 일어나 덕일을 덥석 껴안았다.

"그래 엄마는 예전에 선녀였단다. 그런데 어느 날 하늘에서 내려와 호수에서 몸을 씻을 때 내가 엄마가 벗어놓은 옷을 훔쳤단다. 그래서 하늘로 다시 올라가지 못한 엄마가 나와 같이 살게 되었단다."

덕일이 입을 비죽거렸다.

"에이 아버지, 그건 나무꾼과 선녀 이야기잖아요? 그러면 아버지가 예전에 나무꾼이었어요?"

만덕이 호탕하게 웃었다.

"우리 아들이 어쩌면 엄마를 닮아 이렇게 영민할까? 조상님이 어떻게 이렇게 똑똑한 아들을 내게 보내주셨을까?"

은영이 살며시 일어나더니 부엌에서 사과를 가지고 와 깎았다.

"당신이 두레박이라면 저는 항아리랍니다."

"그러면 우리 오늘 딸 아이나 하나 만들어 보지 않겠소?"

은영이 얼굴이 붉어져 고개를 숙였다.

만덕이 쪼갠 사과 반을 입에 물자 덕일이 냉큼 달려들어 반을 잘라 먹었다. 오도독 오도독 창밖에서 매실이 익는데 방안에는 웃음소리가 그치지 않았다.

18.

고종 3년, 병인년, 1866년, 봄.

김문여는 장터에 나가 제수감을 준비했다.

그는 수운이 남원 은적암에서 돌아와 백사길의 집에 머물 때 입도했었다. 며칠 후 삼월 십 일은 스승이 순도한 제일이 되는 날이다.

얼마 전 용화동 윗대치에 머무는 경상에게서 전갈이 왔다.

'스승이 순도하고 이 년을 맞이하는 제례를 용화동에서 하려 하니 참석해 주시오.'

그는 참석하기로 결심했다.

경주에서 영양군 용화동까지는 먼 길이다. 그는 지니고 가기 쉽게 가벼운 건어물을 몇 점 샀다.

집으로 돌아가는 길 멀리 뒤편에서 한 사람이 미행하고 있었다.

양유풍이었다. 그는 그동안 경주에 숨어 동학도인이던 사람들을 감시했다. 거기에 장터에서 건어물을 사던 김문여가 걸려들었다.

삼월이면 친구였던 재선이 형을 받고 죽은 달이다. 그런데 예전 도인이었던 김문여가 장터에서 제수감인 건어물을 샀으니 이것은 무언가 동학조직과 연관이 있는 행동이라 판단했다.

그는 다른 도인들을 감시하던 이은식을 불러 함께 김문여의 집 부근에 숨었다.

아니나 다를까 날이 어두워지자 김문여는 조그만 보따리를 짊어지고 집을 나왔다. 두 사람은 적당한 거리를 유지하며 김문여의 뒤를 쫓기 시작했다.

김문여는 안강 인근에서 미행을 눈치챘다. 흥해 인근에 이르러 자신을 쫓아오는 두 사람의 모습을 멀리서 확인했다.

김문여는 아닌 보살 흉내를 내고 전곡사를 거쳐 산세가 험한 보현산으로 들어갔다. 그는 보현산 자락을 타고 주왕산 쪽으로 방향을 틀었다.

양유풍은 보현산 산정에서 김문여를 놓쳤다. 그는 군위와 청송으로 갈라지는 갈림길에서 망설이다 군위 쪽으로 추적했다.

김문여는 백암온천을 거쳐 영양 입구로 들어가면서 미행을 확실히 따돌렸다고 확신했다. 그는 비로소 일월산을 향해 움직였다.

양유풍과 이은식은 보현산 줄기를 타고 봉림사 쪽으로 내려갔다. 산 중턱쯤 이르렀을 때 울창한 숲에서 갑자기 덩치가 집채 같은 산돼지가 튀어나와 이은식에게 덤벼들었다.

창졸간에 일어난 일이라 이은식은 미처 피하지 못했다. 산돼지의 송곳니에 허벅지를 찔려 군불 장대처럼 넘어갔다. 상처에서 피가 분수처럼 솟았다. 이은식은 고통으로 주리를 틀리는 표정을 지었다.

산돼지는 그대로 반대편 숲으로 달아났다.

양유풍은 옷자락을 찢어 이은식의 상처를 감쌌다. 그리고 이은식을 업고 겨우 봉림사에 도착했다.

이은식의 상처는 의외로 깊었다. 그는 봉림사 절 방에서 혼절했다. 그리고는 며칠을 깨어나지 못했다.

양유풍은 주지에게 이은식의 치료를 맡기고 일단 정운구에게 과정을 보고하러 한양으로 올라갔다.

그러나 그사이 정운구는 벼슬 끈이 떨어져 낙향하고 없었다. 양유풍은 다시 궁중의 무예별감으로 돌아갔다.

19.

병인년, 삼월 십 일.

경상은 수운의 순도 제례를 용화동 윗대치 사가에서 모셨다. 수운이 대구 감옥에 있을 때 비용을 대고 사람을 주선했던 상주 도인 황문규 그리고 상주 출신 한진우와 황여장·전문여가 비용을 나누어 제수를 차렸다. 여기에 멀리 경주에서 김문여가 건어물을 들고 찾아왔다.

순도 이 년을 맞는 제례였으므로 여러 지역에서 도인들이 찾아왔다. 수십 명의 도인이 흰옷을 입고 마당에서 절을 했다.

모두 스승을 그리워하는 정이 지극해 정성으로 제사를 지냈다.

제례를 마치자 도인들이 청해 경상이 강론했다.

"양반과 상놈을 차별하는 것은 나라를 망치게 하는 일이요,
적자와 서자를 구별하는 것은 집안을 망치는 일입니다.
우리 도인들은 앞으로 적서의 차별을 철폐해야 합니다.
그리하여 천연의 화기를 상하지 않도록 해야 합니다."

경상은 작년에 이어 조선 체제의 근간인 신분제를 부정하는 강론을 했다.

경상은 동학을 재건할 수 있는 중요한 과제는 스승이 제시한 가르침을

백성들의 실제 생활에 맞도록 재해석해 도인들이 일상에서 실천하게 하는 일이라 생각했다.

김문여가 말했다.

"아직도 우리 주위에는 우리를 감시하는 자들이 수두룩합니다. 도를 지키기 위해서는 무엇에 의지해야 하겠습니까?"

경상이 대답했다.

"강도가 자주 나타나는 길이 있다면 누구라도 그 길로 다니지 않으려 할 것입니다. 깊은 지혜가 있는 사람이라면 자기를 보호해 줄 수 있는 사람이 오기를 기다려 그 사람과 더불어 위험을 피해갈 것입니다.

인생에는 도처에 재난이 수두룩합니다. 이 많은 재난을 피하자면 어디에 보호를 요청해야 하겠습니까? 위험 없이 여행하자면 누구와 동행을 해야 하겠습니까? 길을 모를 때는 누구의 뒤를 따라가야 하겠습니까? 우리는 오로지 한울님의 뜻에 의지해야 합니다. 선하고 지혜롭게 살기 위해 한울님께 길을 물을 때 한울님은 그 길을 밝혀 보여줍니다.

우리가 지금 험난한 길 위에 있으므로 항상 그 자리에서 한울님께 길을 물어야 할 것입니다. 한울님은 내 마음이 곧 네 마음이라 했습니다. 마음속에서 한울님과 우리는 하나가 됩니다.

스승님은 이 세상에 개벽의 씨를 뿌리고 스스로 한울님께로 돌아갔습니다. 스승님의 죽음은 새롭고 참다운 의미의 장생입니다. 죽음이란 생성과 소멸을 반복하는 자연의 한 현상이므로 모든 생명체에게 끊임없이 일어나고 있는 자연스러운 모습입니다.

우리가 한울님을 모신 존재라는 것을 깨닫는 순간 우리에게 죽음이 사라집니다. 죽음이란 다만 실체가 없는 하나의 말에 불과하다는 것을 깨닫게 됩니다. 스승님은 행동으로 그것을 보여주셨습니다.

우리 각자는 한울님을 내 몸에 모실 때 우러나오는 사랑의 감정을 소중히 해야 합니다. 그러한 사랑을 가진 사람은 자기 욕심을 채우기 위해 머리를 짜내거나 함정을 마련하거나 남을 속이지 않습니다. 남을 배신하고 자신의 부와 명리만을 위해 골머리를 앓지 않습니다.

우리는 모두 한울님을 모신 평등한 존재입니다. 그러므로 사람 사이에는 차별이 있을 수 없습니다. 서로 더불어 사랑을 베풀며 평안하게 살아야 하는 존재입니다. 이것을 항시 명심하십시오."

상주 도인 황문규가 물었다.

"그러함에도 불구하고 지금 세상은 다르게 돌아가고 있습니다. 우리는 모두 한울님을 모신 평등하고 소중한 존재인데 그런 우리가 모여 살아가는 세상은 어째서 이리 어둡고 어지럽단 말입니까?

왕이란 백성들을 보살피기 위해 있는 존재입니다. 벼슬아치들은 그런 왕의 일을 돕는 백성의 머슴이 되어야 합니다. 그러나 이 세상은 정반대로 돌아가고 있습니다. 우리는 세상의 이러한 모순을 어떻게 판단해야 하겠습니까?"

경상은 심각한 얼굴로 말했다.

"우리에게 세상이란 진실로 무엇이겠습니까? 다만 사람의 얼을 가는 숫돌이라고 보겠습니까? 그렇게 본다면 여기에는 잘못된 제도나 악한 인간들의 탐욕을 묵인하는 함의가 있습니다. 그러한 생각은 권력이나 재물을 충분히 가져 삶이 풍족한 사람들에게나 잘 받아들여질 생각입니다.

아니면 세상은 개인들이 목숨이 다하는 순간까지 살아내야 하는 곳일까요? 아무리 생각해 보아도 이 생각은 너무 숙명적입니다. 불교는 이러한 생각을 업이라는 개념으로 사람들에게 가르칩니다.

그러나 이 생각은 사람의 의지력을 과소평가하는 잘못을 범하기 쉽습니다. 우리가 사는 세상에 전생의 과오를 짊어져야 하는 업은 없습니다. 오직 지금 여기가 있을 뿐입니다.

그렇다면 세상은 자유롭고 소중한 존재인 사람이 그들의 자유와 존중받을 권리를 빼앗겼을 때 적극적으로 나서 바꾸어야 할 하나의 사태일까요? 예, 그렇습니다. 나는 그렇게 생각합니다.

지금 이 땅은 결코 정의로운 곳이 아닙니다. 한 줌밖에 되지 않는 무리가 권력을 잡았다는 이유로 대다수 백성의 인간다운 삶을 외면하고 저들의 사욕을 위해 백성을 갈취하는 세상은 우리가 적극적으로 나서서 바꾸어야 할 하나의 사태에 불과합니다.

그러기 위해서는 우리가 스스로 실천의 힘을 길러야 합니다. 모든 사람이 더불어 사랑하며 평화롭게 사는 세상이 우리 도가 목적하는 세상입니다."

경상이 말을 마치자 도인들이 모두 손뼉을 쳐 동의를 표시했다.

영덕 직천에 사는 강수는 삼월 초승을 맞아 홀로 생각을 헤아려 보았다.

'금년이 스승의 종기년인데 스승의 자제가 순도 제례를 모시기 위해 용담으로 오지 않을까?'

강수는 경주 가정리 지동에 있는 수운의 장조카 최세조의 집을 찾아갔다.

최세조는 나막신을 팔아 생계를 유지하고 있었다. 평소 기질이 장대했던 사람이 그런 곤경을 겪고 있어 강수는 가슴이 찢어졌다.

최세조도 혹시 사가에서 찾아오지 않으려나 해서 두 사람은 밤늦게까지 기다렸다. 두 사람이 일어났다 앉았다 하면서 밤을 새웠다. 그러나 사가에서는 아무도 오지 않았다.

새벽 냄새가 감작감작 났다. 강수가 서둘렀다.

"날이 이미 밝았으니 나는 그만 집으로 돌아가야겠소."

최세조가 말했다.

"관의 지목이 두려우니 바삐 가시는 것이 옳겠지요. 그러나 음식이라도 조금 들고 가시지요."

강수가 거절했다.

"이곳은 알려진 곳인데 날이 밝으면 위험할 수가 있소."

새벽 바람을 맞으며 강수는 영덕으로 돌아갔다.

그들은 경상이 용화동 윗대치에서 순도 제례를 지낸 것을 모르고 있었다.

강수는 경상이 어디에서 무슨 고생을 하고 있을지 안타까워 매양 그의 행방을 찾으려 애를 썼다.

오월 하순.

이전에 영덕에 살았던 전성문이 강수를 찾아왔다.

전성문은 갑자년 후부터 용화동으로 들어가 경상의 이웃으로 살았다. 경상이 전선문을 영덕으로 보내 도인들이 사는 소식을 알아보라고 보냈다.

강수는 전성문에게 사가와 경상의 소재를 물었다. 전성문은 강수의 속

뜻을 짐작하지 못해 바로 알려 주지 않았다. 그러나 강수가 슬퍼하는 모습으로 너무도 진지하게 물어오자 일월산 동쪽 용화동으로 옮긴 사가를 알려 주었다.

강수는 경상과 친했던 박춘서에게 기별했다. 두 사람은 같이 용화동으로 사가를 찾아갔다.

"아이고 두 분이 여기까지 어떻게 찾아오셨습니까?"

수운의 맏아들 최세정은 두 사람의 손을 잡고 비감해서 눈물을 흘렸다. 강수와 박춘서도 흐르는 눈물을 주체하지 못했다.

서로가 수운이 순도한 이후 지난 삼 년을 돌아보니 거지 자루 비울 새도 없다더니 검은 구름에 백로 지나가기로 험악하게 보낸 세월이 피차 누가 더하고 덜하지 않았다.

두 사람은 박씨 부인에게 절을 올렸다.

소식을 듣고 경상도 달려와 강수와 박춘서를 얼싸안았다.

강수는 이제부터 사가를 존칭하여 대가라 부르자고 제안했다. 모인 사람 모두가 동의했다.

강수와 박춘서가 활동할 기운을 회복하자 낙질이 채워져 동학은 또 한 번 활기를 띨 바탕이 다져졌다.

강수는 식견이 높은 인물이었고 박춘서는 경상과 깊은 관계였고 발이 넓었다. 용화동 인근에는 이미 전성문을 비롯해 김덕원·정치겸·전윤오·김성진·백현원·박황언·황재민·권성옥·김성길·김계악 등 쟁쟁한 도인들이 와 살고 있었다.

침체했던 동학에 서서히 활력이 살아나기 시작했다.

20.

고종 3년, 병인년, 1866년, 봄.

병인년 사월 십오 일.

미리견 통역관 젠킨스가 독일 상인 오페르트, 불량국 선교사 권 페론과 모의해 영길리국 상선 로나 호와 천 톤급 기선 자이나 호 그리고 조금 작은 배 그레타 호 모두 세 척에 구미인 선원 여덟 명, 말레이시아인 선원 스무 명, 청국인 용병 백 명을 싣고 독일 국기를 달고 상해에서 출발했다.

그들은 왜국 나가사끼로 향하다 갑자기 뱃길을 돌려 사월 십칠 일 충청도 연해로 들어왔다. 선장은 묄레르였고 박해를 피해 조선을 탈출했던 천주교도 최선일이 길잡이로 따라왔다.

지휘는 독일계 유태인인 오페르트가 했다. 그는 이전에 두 번 서해로 들어와 통상을 요구하다 거절당한 자였다.

그는 상해에서 조선을 탈출한 권 페론 신부와 조선 사람 천주교도 몇 사람을 만났다. 그들로부터 홍선의 부친 남연군 무덤이 덕산에 있다는 정보를 들었다.

오페르트는 무덤에 보물이 묻혀 있을 것이라 예상하고 이들과 함께 도굴 계획을 세웠다.

오페르트와 젠킨스는 보물을 탐냈고 권 페론 신부는 남연군의 시체로 홍선과 포교의 자유를 홍정하려 했다. 셋 다 겉은 상인이고 신부였으나 사람으로서는 밑바닥을 기는 말종들이었다.

사월 십칠 일.

이들은 아산만에 도착하고 홍주 행섬에 닻을 내렸다. 다음 날 작은 기선 그레타 호에 몇 사람을 태우고 삽교천을 따라 올라가 오시에 구만포에서 밤이 되기를 기다려 상륙했다.

삽교천에서 덕산까지 물길은 한 달에 한 번 있는 큰 밀물 때만 배가 오갈 수 있었다. 그들은 서둘렀다.

덕산 백성들에게는 자기들은 아라사 군인인데 식수가 떨어져 구하러 왔다고 속였다. 영문을 모르는 백성들은 오히려 갈증을 축이라고 종구락에 물을 담아 주었다.

이들 중 일부는 백성들과 어울리고 일부는 덕산 관아로 쳐들어갔다.

덕산 군수 이종신은 이들을 맞아 제대로 싸우지도 못하고 목숨을 잃을까 두려워 도망갔다.

이들은 관아의 무기고를 열어 무기를 탈취한 후 청사에 불을 질렀다.

죽을 쑤더니 냄비까지 부수는 무지막지한 놈들이었다.

오페르트는 무리를 이끌고 신시 말에 숲이 우거진 가동으로 들어갔다. 이윽고 덕산에 이르자 서둘러 홍선의 부친 남연군의 묘를 팠다.

봉분을 파는 데만 다섯 시간이 걸렸다. 겨우 봉분을 파내자 그 밑에 석벽이 나왔다. 석벽을 깨자면 다시 몇 시간이 걸릴 것이다.

시간이 부족했다. 머뭇거리다가 물때를 놓치면 꼼짝없이 갇혀 조선군의 공격을 받게 된다. 그러면 기도했던 일들이 낭패를 보게 된다.

오페르트는 결국 관을 보지도 못하고 묘시에 날이 밝아오자 무덤에 불을 지르고 입이 당나발처럼 튀어나온 채 미친 나비나 바람난 벌같이 투덜거렸다.

그들은 다람쥐 계집 얻은 얼굴로 산 아래로 내려갔다. 화풀이로 덕산에서 하리후포로 내려와 민가를 습격해 총을 쏘았다.

마을 사람들이 손에 낫을 들고 떼를 지어 덤벼들자 불알이 떨어지도록 도망하여 겨우 그레타 호에 올랐다.

다시 아산만에서 차이나 호로 갈아타고 강화만에 이르자 급보를 받은 우리 군사의 추격을 받고 똥줄이 타 급히 동검도 쪽으로 도주했다.

이십 일.

충청감사 민치상이 상황을 종합해 조정에 장계를 보냈다. 홍선은 홍주목사 한응필을 가승지로 임명해 전후 사정을 조사하게 했다. 도망갔던 덕산 군수 이종신은 파직했다.

오페르트 일당은 동검도에 머무르고 있었다. 영종 첨사 신효철이 중군과 교리를 보내 문정했다. 오페르트는 자신을 비리분 수군독오라 속이고 엉뚱하게 통상을 요구하며 교리를 위협했다.

오페르트는 그래도 미련을 버리지 못했다. 이십 일에 동검도에 정찰대 스무 명을 상륙시켰다. 정찰대는 해안을 넘어 동검도성 서문에 도착해 성문을 열라고 총질을 했다. 도성에는 이미 조선 병사 백오십 명이 대기하고 있었다.

영종 첨사 신효철은 전령을 보내 돌아가라고 요구했다. 오페르트가 거절하자 성문 위에서 조선 병사들이 일제히 사격했다.

오페르트 일당은 수 명이 죽고 다수가 다쳐 물러가더니 부리나케 배를 몰아 상해로 도망쳤다.

신효철은 죽은 자의 목을 베어 동검도성에 효수했다가 한양으로 올려보냈다. 홍선은 신효철을 수군절도사에 임명하고 죽은 자의 수급을 팔도에 돌려 온 백성이 보게 했다.

상해 미리견 영사관은 젠킨스를 기소했다. 오페르트는 미리견 법정에 증인으로 소환되었다. 권 페론 신부는 만주에서 병에 걸려 죽었다. 파리 외방 선교회 신부들의 위선이 세상에 널리 알려졌다. 종교를 앞세우면서 도둑질이나 하는 그들의 민얼굴이 널리 드러났다.

이 사건으로 홍선은 외국인을 더욱 가소롭게 여겼고 백성들도 그들을 묘를 파헤치는 도둑놈인 굴총도라 부르며 조롱했다.

남연군 구는 아들 넷을 두었는데 홍선이 막내였다.

홍선이 열여덟 살 때 아버지 남연군이 죽었다. 홍선은 못자리를 찾으려 풍수와 함께 덕산 대덕사로 갔다. 풍수는 절 마당에 선 오래된 탑을 가리키며 말했다.

"저곳이 우리가 찾던 명당자리입니다."

홍선은 집으로 돌아가 자신의 재산을 모두 처분해 이만 냥을 마련했다. 이만 냥 중 만 냥을 가지고 대덕사로 가 주지에게 주면서 절에 불을 지르라 했다.

그날 밤 절에 불이 나더니 순식간에 절을 모두 태워 버렸다. 세상에 믿을 놈이 없다더니 절간에서 수행한다는 중도 돈을 보자 눈이 뒤집혔던 모양이다.

그래놓고 홍선은 형제들과 상여를 메고 절에 도착했다. 상여를 내려놓고 재를 청소하다 보니 밤중이 되었다. 일행은 절 마당 탑 둘레에서 잠을 잤다.

아침에 일어나자 형 셋이 지난밤 꾼 꿈 이야기를 하는데 내용이 모두 똑같았다. 흰옷을 입은 늙은이가 화를 내면서 욕을 하더라는 것이다.

"내가 이 탑의 신령인데 너희들을 어째서 내 자리를 빼앗으려 하느냐? 순순히 물러나지 않으면 탑에 손을 대는 네 형제의 목숨을 가져가겠다."

홍선은 이 말을 듣고 무릎을 쳤다.

"여기가 바로 명당입니다. 인명은 재천인데 사람이 어찌 신령이 죽으라고 죽겠습니까? 쇠퇴한 종실을 일으켜 종사를 편안케 하는 일은 지금 우리가 꼭 해야 할 일입니다.

저는 아직 홑몸이라 죽는 것이 두렵지 않으니 제가 저 탑을 부수겠습니다. 그러니 형님들은 참견하지 마십시오."

마침내 홍선이 탑을 부수니 바닥에 커다란 돌이 있었다. 도끼로 돌을 내리쳤으나 도끼가 오히려 놀라서 튀어 올랐다.

홍선이 직접 도끼를 들고 허공을 향해 크게 꾸짖자 저절로 돌 가운데가 쩍 하고 갈라졌다.

홍선은 탑 자리에 아버지의 관을 묻었다. 장례를 치른 후 다른 사람이 이 명당을 차지하는 것을 염려해 철 만근을 관 위에 녹여 붓고 그 위에 석고를 비벼 다졌다.

일을 마치고 주지와 함께 한양으로 돌아오던 중 수원 대포진을 지날 때였다. 뱃전에 앉아 있던 주지가 갑자기 소리를 지르며 발광하다 물속으로 뛰어들어 나오지 않았다.

중이 열반에 드는 모양도 참으로 가지가지인 모양이다.

이 묘소를 독일 상인 오페르트 일당이 훼손하려다 포기하고 무덤에 불만 지르고 도망갔던 것이다.

21.

고종 3년, 병인년, 1866년, 여름.

병인년 오월.

미리견국 상선 서프라이즈 호가 풍랑으로 표류하다 철산부 선천포 선암
리에 닿았다. 철산 부사 백낙연이 문정해 불랑국 배가 아니라 미리견국 배
라 조정에 보고했다.

홍선은 선장과 선원 여덟 명에게 의복과 식량을 주고 말을 태워 의주로
보내 그곳에서 배를 타고 북경으로 가게 해주었다.

한 달 뒤 유월.

역시 미리견 국적의 상선 제너럴셔먼 호가 황해도 황주목 삼전면 송산
리에 도착했다. 선주는 미리견국 상인 프레지스톤이고 선교사 로버트 토
마스 목사가 타고 있었다. 선장은 덴마크 사람 페이지였다.

황주 목사 정대식은 우후 신영한과 통역관 이용숙, 군관 지명신을 데리
고 배에 올라 이들을 심문했다. 배는 상선이지만 군선 못지않게 무장하고
있었다.

그들은 천진을 떠나 차후에서 왔다면서 쌀과 종이 그리고 인삼과 황금
을 사겠다고 거짓말했다.

평안도 용강 현령 유초환도 장리를 보냈다. 선주 프레지스톤은 장리에
게 평양의 방위를 묻고 보물이 있는 곳을 물었다. 유초환은 이들이 불순한

목적으로 왔다는 것을 간파했다.

　칠월 구 일.

　셔먼 호는 송산리를 떠나 황주 송림리 포구로 올라왔다. 십일 일 밤에는 대동강 어귀에 정박했다가 다시 거슬러 올라 평양 초리방 일리 신장포에 닻을 내렸다.

　칠월 십이 일.

　평안도 관찰사 박규수는 아침 일찍 군사를 이끌고 나가 강언덕에 진을 쳤다.

　중군 이현익이 물었다.

　"공격해도 되겠습니까?"

　박규수는 신중했다.

　"저들이 교역이 없는 나라에 와 정박한 것은 침략 행위가 분명하다. 그러나 잠시 기다려 봅시다."

　박규수는 평양 서윤 신태정에게 지시했다.

　"중군과 함께 가까이 가 저들의 동태를 살펴보시오."

　이현익과 신태정이 군관 방익진과 군사 몇을 이끌고 강가로 내려갔다. 배에서 선교사 토마스와 청국 사람 조능봉·조반량·이팔행이 나와 맞이했다.

　신태정이 물었다.

　"이 배는 어느 나라 배인가?"

　주사니것을 입은 조능봉이 대답했다. 그는 통역을 맡고 있었다.

　"미리견국 배요."

이현익과 방익진은 배의 무장 상태를 살폈다. 대완구 두 개, 소완구 두 개 그리고 선원은 모두 대검이 꽂힌 장총으로 무장하고 있었다. 그들은 이 사실을 신태정에게 알렸다.

신태정이 다시 물었다.

"무엇 하러 여기까지 왔소?"

조능봉이 말했다.

"교역하러 왔소."

"그런데 상선이 왜 이렇게 무장했소?"

"스스로 방위하기 위해서요."

신태정이 단호하게 말했다.

"우리는 서양과 교역하지 않으니 돌아가시오."

토마스가 앞으로 나섰다. 그는 조선말을 알았다.

"나는 로버트 토마스라고 하는 선교사요. 조선 이름은 최난헌이라 하오. 우리는 조선을 해치려고 오지 않았소."

신태정이 의아해 물었다.

"그렇다면 당신은 신부인가?"

"아니오. 나는 복음을 전하는 예수교 목사요. 당신네 나라에서 천주교 신부 아홉을 죽였다던데 정말이오?"

이야기가 본질을 벗어나자 신태정은 바로 지적했다.

"나는 잘 모르는 일이다. 또 그런 일은 내가 관여할 바가 아니다."

토마스는 한풀 꺾인 표정을 지었다.

"그러면 식량이나 좀 줄 수 있소?"

"무엇이 얼마나 필요한가?"

"쌀 두 가마, 소고기 오십 근에 닭 스물다섯 마리, 계란 오십 개면 되오."

신태정은 안도했다.

"알았다. 그것을 주면 곧 떠나겠는가?"

조능봉이 찰떡 먹은 놈처럼 약속했다.

"그렇게 하겠소."

신태정은 바로 박규수에게 보고했다. 박규수는 그렇게 하라고 지시했다.

그러나 셔먼호는 박규수가 제공한 식품을 받고도 해가 질 때까지 그대로 있었다.

밤이 되자 장대비가 내렸다.

다음 날 아침.

셔먼호는 오히려 강을 거슬러 만경대 밑 두로섬 앞 포구에 정박했다. 대동강 물이 불어 급류가 되어 흘렀다. 박규수는 주니가 나 조정으로 파발을 보냈다.

흥선은 무력 충돌은 피하고 좋은 말로 돌려보내라고 회답했다.

대치 상태는 십오 일에도 계속되었다.

이날 토마스가 선원 세 명을 무장시켜 만경대에 데리고 올라갔다. 이들이 다시 옥현지 쪽으로 가려 하자 신태정이 강경하게 막았다.

다음날 셔먼호는 다시 강을 거슬러 한사정 앞에 머물렀다. 해가 저물자 작은 배를 타고 몇 명이 강을 탐사했다. 중군 이현익이 작은 배로 그들을 추격했다. 평양 백성들이 강변에 모여 이를 구경했다.

이현익은 적을 추격하다 오히려 그들에게 포로가 되고 말았다. 신태정이 급히 쫓아갔으나 이미 이현익은 배 안으로 잡혀 들어간 후였다.

이튿날 아침 한서정에서 신태정과 토마스가 만났다.

"당장 교역을 허락하지 않으면 포로가 된 이현익을 죽이겠다."

신태정도 완강하게 버텼다.

"내가 하루 말미를 주겠다. 그래도 중군을 보내지 않으면 당신들을 모두 죽이겠다."

하루가 지났으나 이현익은 나오지 못했다. 박규수는 다시 상황을 정리해 조정으로 파발을 보냈다. 홍선이 바로 회답하지 않아 다음날도 그대로 보내고 말았다.

사태를 만만하게 본 토마스는 십구 일에는 강을 타고 올라 황강정에 닻을 내리고 강가를 향해 대포를 쏘고 총질을 했다. 주당물림으로 구경하던 백성들이 모두 흩어졌다.

서면호는 식수를 구하러 작은 배로 오탄의 여울을 올라가 물골을 찾았다. 병사들이 총과 활을 쏘자 이들은 배를 버리고 양각도에 올라갔다가 헤엄을 쳐 돌아갔다.

이 틈에 퇴직 군교 박춘권이 군졸을 데리고 서면 호에 올라 중군 이현익을 구출했다.

이현익은 다리를 다쳐 걷지 못했다. 박규수는 통진 부사 양주태를 이현익 대신 중군에 임시 임명했다.

서면 호는 이때 양각도 서쪽으로 후퇴했다. 철산 부사 백낙연이 도착해 박규수는 그에게 중군을 겸임하도록 했다.

백낙연은 신태정을 셔먼 호에 보내 돌아가기를 촉구했다.

그러나 셔먼 호는 오히려 밤에 민가를 습격해 백성을 살상하고 식량과 식수를 약탈해 갔다.

박규수는 더 참을 수 없었다. 중군 백낙연과 서윤 신태정은 강변에서 포격을 시작했다. 기다렸다는 듯이 셔먼 호에서도 포로 대항했다.

조선 군사들은 주줄이 서 불화살을 쏘았다. 그러나 별 효과가 없었다.

박규수는 고함을 질렀다.

"저놈들 퇴로를 차단하라."

포탄이 바닥난 셔먼 호는 상류에서 보내는 불붙은 짚 더미를 피하다 여울에 좌초했다. 그래도 계속 총을 쏘면서 저항했다.

백낙연은 유황을 뿌린 나뭇단을 배에 싣고 셔먼호 쪽으로 보내고 불화살을 쏘았다. 마침내 셔먼호에 불이 붙었다.

그때서야 토마스를 비롯한 적도들이 뱃전으로 나와 살려달라고 빌었다. 병사들은 그들을 끌어내 강변에서 모두 때려죽였다.

셔먼 호는 불덩어리가 되었다. 유황과 화약 냄새가 강변을 가득 채웠다.

22.

고종 3년, 병인년, 1866년, 여름.

칠월에 주청 불량국 대리공사 벨로네가 청국 공친왕에게 서신을 보내 조선을 정벌하겠다고 통보했다.

불량국 극동함대 사령관 로즈 제독은 선교사 이 리델을 통역으로 삼아 먼저 기함 프리모게 호와 포함 데롤레드 호와 타르디프 호를 조선 연안으로 보냈다.

데롤레드 호는 인천 물치도를 지나 강화도와 통진 사이 물골로 들어가 갑곶진에 정박했다. 배에서 병졸 열 몇 명이 나와 강화 섬을 정찰했다.

강화 유수 이인기는 즉각 조정에 보고하는 동시에 중군 이일제에게 초지진 방어를 엄중하게 하라고 지시했다.

조정은 통진 부사에 이공렴을 임명했다. 영종 첨사 심영규는 물치도에 정박해 있던 데롤레드 호에 가 문정하려 했으나 그들은 거절했다.

데롤레드 호는 다음날 팔미도 일대를 정찰했다. 기함 프리게모 호는 초지진 부근에서 암초에 부딪혀 난지도로 돌아갔다. 포함 데롤레드 호와 타르디프 호는 풍덕 유천리에 닻을 내렸다.

부평 부사 조병로와 영종 첨사 심영규가 다시 문정을 시도했다. 그러나 실패했다.

팔월 십 일.

이 리델은 세 척의 군함 중 두 척을 서강까지 진출시켜 수로 측량을 마쳤다.

불량국 군함 두 척은 강화도 월곶진을 거쳐 통진이 있는 한강 하류에 도착했다. 통진 부사 이공렴은 군사를 지휘해 나룻배로 한강 어귀를 봉쇄했다. 불량국 포함에서 함포를 계속 쏘아 우리 쪽 포대를 공격했다. 포함은 통진을 지나 김포로 올라갔다.

김포 군수 정기화가 다시 문정을 시도했다. 배에서 나온 이 리델 신부는 흰색과 자주색이 섞인 군복을 입고 있었다.

그는 조선이 불량국 선교사 아홉 명을 죽인 것을 문책했다. 그러더니 그는 다시 식량과 식수를 요구했다. 정기화는 거절했다.

두 포함은 양화진을 거쳐 샛강까지 들어갔다. 어영 중군 이용희가 훈련원 기마 병사 이백 명과 보병 칠백 명을 이끌고 샛강 나루에 방어선을 쳤다.

훈련대장 이경하는 금위대장과 함께 도성의 각 문에 병사들을 배치했다. 좌우 포도대장은 포졸들을 데리고 기찰에 나섰다.

이러한 기세에 밀려 불량국 포함은 물러나기 시작했다. 행주를 떠나 김포 서쪽 감암으로 내려가더니 멈추었다. 다시 풍덕을 지나 염하를 거쳐 프리모게 호가 있는 물치도로 돌아가 남양만으로 물러갔다.

홍선은 즉각 군비를 강화했다. 무예가 뛰어난 한성근·문웅렬과 작전에 뛰어난 김기두와 강국이 기용되었다.

삼군영을 설치하고 총후군 별초군 왜창대 호미창대를 편성하고 일본에서 총검을 수입했다.

포병대를 편성하고 급히 기관포를 수리해 해안의 수비를 공고하게 했다.

이경하를 순무사, 이원회를 순무중군으로 삼아 정예 오천을 선발하여 양화진에 주둔시켰다. 이경하는 각 군을 총지휘해 팔천의 병력으로 한양을 수비하고, 이원회는 선봉대 삼천을 거느리고 통진에 주둔했으며, 정지현은 인천에 진을 치고, 김선필은 부평에 진을 쳤다.

또한 강화 방비군 삼 대에 육천 명을 편성해 한성근은 문수산성을 지키고, 양헌수는 정족산성을 지키고, 이기조는 광성진을 지켰다.

불량국 극동함대 사령관 로즈 제독은 조선 연안 정찰로 얻은 정보에 대해 보고 받고 강화도를 침공하기로 결정했다. 이 공격은 이미 자국 식민지 성의 허락을 받은 사안이었다. 불량국 해군 사령부에서도 허락한다는 전문이 도착했다.

로즈는 함대 일곱 척으로 인도지나 함대를 구성했다. 이 리델 신부를 대동하고 로즈는 지부를 출발했다. 인도지나 함대는 불량국 해군 이백 명이 있었으나 로즈는 일본에 들러 횡빈에 주둔하던 불량국 해병대 사백 명을 더 차출했다.

구월 사 일.

로즈는 충청도 원금산 앞바다를 거쳐, 오 일에는 물치도 앞바다에 정박했다. 함대 한 척은 강화도를 정찰했다.

영종 첨사 심영규는 중군 김종화를 보내 문정하게 했다. 그러나 로즈는 거절했다.

강화 유수 이인기는 중군 이용회에게 갑곶진 방비를 지시했다. 성곽에는 병사들이 집결했고 백성들은 모두 피난했다.

로즈는 갑곶진에 분견대를 상륙시켰다. 분견대는 불량국 해군 중령 도스리가 지휘했다. 초지 첨사 조기수가 분견대를 저지하려 했으나 힘에 부쳤다.

도스리는 초지진과 광성진을 점령했다.

이인기는 다시 경력 김재헌을 파견했다. 불량군은 김재헌이 함대로 접근하지 못하게 막았다.

이인기는 홍선에게 장계를 보냈다. 홍선은 훈련대장 이경하, 총융사 신관호로 하여금 샛강을 지키게 했다. 이원희를 총융사 중군으로 임명했다.

도스리는 갑곶진을 거쳐 동성을 깨고 성루에 올라가 조선군의 방어를 살폈다. 방비가 허술하다는 보고를 받은 로즈는 이튿날 본대를 이끌고 남문으로 진격했다.

강화 읍성 남문에서 조선군이 화승총을 쏘았으나 거리가 미치지 못했다. 불량군이 대포를 발사하자 성벽이 무너졌다. 남문장 이춘일과 조광보는 포탄에 맞아 전사했다.

불량군은 조선군이 후퇴하자 도끼로 남문을 부수고 읍내로 들어갔다. 단숨에 강화 유수부까지 진격해 강화읍을 점령했다.

못생긴 며느리 제삿날 병난다더니 강화유수 이인기와 통진부사 이공렴은 싸우지도 않고 성을 버리고 도망갔다. 전 판서 이시원과 군수를 지낸 이지원 형제는 독약을 마시고 자살했다.

이어 불량국 군은 두 대로 나뉘어 한 대는 통진을 침범했고 한 대는 문수산성을 포위했다. 조선 군사는 험한 지역에 자리 잡고 십여 일을 버티었다.

홍선은 강화 유수 이인기와 중군을 파직하고 새 유수에 이장렴, 중군에 박희경을 임명했다. 김포 군수에 윤영하, 교하 군수에 민종호, 양천 현령에 정형기, 교동 중군에 이지수, 소모사에 한성부 좌윤 정규웅, 한성부 좌윤에 백희수를 임명했다.

기보연해순무사로는 이경하를 임명했다. 이경하는 왕이 내리는 상방검과 갑옷을 받고 출전 준비를 했다. 기보연해순무사 중군은 이용희를 기용했다.

불량군은 강화읍 약탈을 시작했다. 동과 철로 만든 대포를 팔십 문이나 가져갔다. 화승총은 수백 정이 있었다. 그러나 대포나 화승총은 모두 녹이 슬어 사용할 수 없었다.

그들은 탈취한 무기를 모두 바다에 버렸다. 화약고에 쌓여 있던 대량의 화약은 불량군이 모두 폭파해 버렸다.

이궁에는 은괴가 쌓여 있었고 귀중한 장서가 많았다. 이들은 고문서 삼백사십다섯 건과 많은 금괴와 은괴를 도둑질해 갔다.

통진은 갑곶진에서 마주 보이는 뭍이다. 염화를 사이에 두고 갑곶진을 바라보고 있다. 그러므로 적이 통진을 그대로 통과하면 후방이 위험하게 된다.

로즈는 도스리에게 지시해 분견대 백이십 명을 통진 쪽에 상륙시켰다. 순무영 초관 한성근이 통진부 외성 문수산성을 지키고 있었다. 함대에서 함포 사격으로 지원해 문수산성은 무너졌다. 분견대는 통진부로 처들어갔다.

통진 부사 이공렴은 인부를 챙겨 탈출했다. 불량군은 민가에 불을 지르고 약탈을 자행했다.

조정은 이공렴을 파직하고 신재지를 새로 임명했다. 양주 목사 임한수에게 이백 명의 군사로 여석현을 지키게 했다. 중군 권용은 백 명을 거느리고 행주 방어를 맡겼다.

홍선은 평안도 정포병을 데려와 투입시켰다. 덕포에서 호랑이 사냥에 능한 포수 오백마흔두 명을 모아 관군으로 편성했다.

순무영 초관 한성근은 통진부 외성 문수산성을 지키고 있었다.

이경하는 시간을 끄는 작전을 썼다. 순무사 중군 이용희는 낮에는 들판에 허수아비를 세우고 꽹과리를 쳤다. 밤에는 들판에 횃불을 피워 법군의 화약과 포탄을 소모시켰다.

이들이 돌아가며 기습공격을 해 불량군이 지치도록 유도했다. 불량군이 잠을 잘 수 없도록 밤새도록 꾕과리를 쳤다.

불량군은 강화 해협에 있는 조선 배를 모두 부수고 광성진을 습격해 불지른 뒤 교통부에는 함포 사격을 하다가 피로에 지쳐 결국 물러갔다.

불량군은 인천 물치도로 물러갔으나 수시로 뭍에 올라 약탈과 방화를 계속했다. 강화부 갑곶진에는 해병대 병력이 주둔했다.

이용희는 강화도로 들어가 불량군과 싸우기를 원했다. 홍선은 선박을 지원했다. 포수들도 계속 증원해 주었다.

이용희는 보급이 완전히 도착할 때를 기다리며 로즈에게 별무사 지흥관을 보내 담판을 짓는 척했다. 예상대로 로즈는 거절했다.

이용희는 천총 양헌수에게 포수 팔백 명을 거느리고 강화 해협을 몰래 건너 정족산성에 진을 치게 했다.

양헌수는 헌종 십사 년에 무과에 급제하여 선전관이 되고 철종 때에 참상이 된 이후 고종 삼 년에 천총으로 좌선봉장이 된 인물이다. 그는 김포 통진부에 이르러 진을 치고 치밀하게 기습작전 계획을 세웠다.

다급해진 불량군은 올리비에 대령에게 해병대 병력 백육십구 명으로 정족산성을 치게 했다. 동짓달 아흐레 새벽 묘시에 올리비에는 갑곶진 야영지에서 정족산성 동문과 남문을 향해 출발했다.

정족산성이 있는 온수리까지는 대개 오십 리 거리였다. 그들은 자신감에 넘쳐 대완구를 가지고 가지 않았다.

동문은 산등성이에 있어 매복이 두려웠다. 그래서 그들은 남문을 공격하기로 했다. 이 리델 신부도 무리에 끼어 있었다. 남문은 협곡 안에 있었다.

능선에 돌로 만든 성이 나타났다. 성벽의 높이는 열두 자가 넘었다.

양헌수는 그때 동문에 있다가 급히 남문으로 합세했다. 협곡에 불량군이 가득 모여 있었다.

양헌수는 별군관 이현규에게 지시했다.

"일대와 이대로 병사를 나누어 돌아가며 사격합시다. 우리는 탄약이 넉넉하니 되도록 놈들이 가까이 다가오기를 기다려야 하오. 내가 지시하면 그때 일제히 사격하도록 합시다."

이현규는 양헌수의 지시를 병사들에게 전달했다. 성벽에 뚫린 작은 구멍으로 화승총을 겨냥했다.

그때 불량군 쪽에서 나팔 소리가 났다. 동시에 불량군이 함성을 지르며 달려왔다.

병사들은 묵묵히 양헌수의 지시를 기다렸다. 무거운 침묵 속에서 땀을 흘리며 앞만 노려보았다.

이윽고 양헌수가 군령을 내렸다.

"일대 사격하라."

초연이 자욱했다. 앞에 서 달려들던 불량군 병사들이 허수아비처럼 쓰러졌다. 그러나 뒤를 이어 겁도 없이 계속 달려왔다.

"이대 사격하라."

총성으로 성루가 몸살을 하듯 떨었다. 불량군이 수도 없이 총에 맞아 쓰러졌다. 불량군도 총을 쏘았으나 총알은 성벽에 맞아 튕겨 나갔다.

결국 견디다 못한 불량군은 물러나기 시작했다. 조선군은 산성에서 나와 추격했다. 그러자 불량군이 맹렬하게 저항했다. 조선군은 잠시 퇴각하는 척하다 다시 공격했다. 이러한 상황이 몇 번 반복되었다.

불량군은 대패해 겨우 스무 명이 남아 갑곶진까지 걸어서 도망갔다. 이리델 신부는 다리에 총을 맞아 계속 피를 흘렸다.

더 싸울 의지를 잃은 로즈는 물러가야 했다.

시월 사 일.

로즈는 강화읍 강령전과 남문 안 민가에 불을 질렀다.

순무영 중군 이용희는 별군관 이기조에게 포병 오십 명을 주어 덕포진에 매복시켰다.

로즈가 도망갈 때 이기조는 포를 쏘았다.

놀란 로즈도 함포로 대응했다. 로즈는 물치도까지 물러갔다.

그리고 뒤도 돌아보지 않고 천진으로 내뺐다.

이로써 조·불전쟁은 조선의 승리로 막을 내렸다.

23.

고종 3년, 병인년, 1866년, 가을.

병인년 시월 이십팔 일.

수운 탄신 제례 일을 맞았다. 이날은 강수와 박춘서도 영덕에서 올라왔다.

경상은 도인들에게 말했다.

"이제 이렇게 여러 사람이 모이게 되었으니 내년 삼월부터는 스승의 제례를 모실 때 들어가는 비용을 충당하기 위해 계를 만드는 것이 어떻겠소?"

강수가 먼저 동의했다.

"스승의 뜻을 기리고 도를 융성하게 하는 것은 우리의 의무입니다."

박춘서도 찬성했다.

"일년에 스승의 생신과 기일에 두 번 각각 사 전씩 내 봄과 가을에 제사를 지내면 좋겠소."

경상은 모인 사람과 의논하여 계안을 작성해 각처로 보냈다.

강수가 경상에게 청했다.

"이왕 모였으니 도주께서 도담을 들려주시지요."

경상이 말했다.

"내가 지난번에 세상에 대해 말했습니다. 그러나 그 말은 너무 세상의 껍질에 치중했다는 생각이 들었습니다.

　우리 삶의 가장 바깥에서 우리 삶을 온통 지배하고 있는 현실이 우리 삶의 모두라 생각하기 쉬우나 사실 그것은 나와 세상의 본질이면서도 본질이 아니기도 합니다.

　우리가 사는 세상을 바다에 비유해 봅시다.

　깊은 바다는 표면에 수시로 바람이 불고 파도가 일어 변화가 심하지만 아래로 가면 갈수록 조용합니다. 바다의 가장 깊은 곳은 표면에서 태풍이 지나가도 그와 무관하게 평화롭습니다.

　다만 거대한 해류가 바다의 심연을 향해 움직이고 있을 뿐입니다.

　우리가 사는 세상도 그렇습니다. 세상의 표면은 항상 바람이 불고 파도가 칩니다. 그러나 우리가 조용히 세상의 깊은 곳을 바라볼 수 있다면 그곳에서 실제로 세상의 본질을 이루며 조용히 움직이고 있는 거대한 흐름이 있다는 것을 알게 됩니다.

　그렇다고 파도가 바다가 아니라는 말은 아닙니다. 파도 역시 바다의 일부일 뿐이라는 것을 알아야 합니다. 파도에 시달리는 나도 진정한 나의 일부일 뿐입니다.

　진정한 나는 바람과 파도에 시달리며 그것을 운명이라 낙담하지 않습니다. 우리 도가 바로 바다 밑의 거대한 해류와 같다면 진정한 도인은 한울님을 스스로 모신 또 하나의 한울님입니다.

　진실로 한울님과 함께하며 앞으로 올 오만 년의 개벽 시대를 열어나갈 사람은 바로 여러분, 즉 우리 도인들이라 하겠습니다.

　다시 한번 강조하겠습니다.

세상은 우리가 올곧은 곳으로 바꾸어 나가야 할 하나의 사태에 불과합니다.

변화는 이미 시작되었습니다. 여러분, 이 점을 항상 염두에 두어 주기를 바랍니다."

24.

고종 3년, 병인년, 1866년, 11월 5일.

청국 예부가 영길리국 배 제너럴셔먼 호 사건 조회에 대해 회답했다.

'동치 오년 시월 팔 일 총리각국사무아문에서 아뢴 것에 준거한 것이다.

이것은 조선에서 자문을 보내 청하여 예부가 대신 상주한 것으로 근일 서양 선박의 상황을 자상히 진달한 것에 대해서 아문이 방법을 강구하여 예부가 상황에 맞게 조처하여 소홀히 하는 일이 없도록 천자에게 직접 전달하여 살펴주기를 바라는 것이다.

이달 이 일에 군기처가 조선 국왕의 자보에 의거한 예부의 주본을 가져왔는데 이것은 이국 선박의 상황을 천자에게 전해줄 것을 청한 것이었다.

이에 신들이 함께 펴 보니 해국 왕 원자의 내용은 영국인 마력승 등이 강제로 통상하기 위하여 중국에서 자문이 있었다고 빙자하고 교민과 선교사를 살해한 것에 대해 힐책하였다고 한다.

그러나 해국은 천주교를 원하지 않았을 뿐만 아니라 중국이 그들에게 자문을 주어 강제로 통상 시키려고 하지는 않는다는 것을 잘 알고 있었다.

그러자 그들은 해국의 장병들을 포로로 잡아 욕을 보이고 영길리국 배가 포화로 공격하자 해국도 포화로 그들의 배를 공격하여 양측의 배가 서로 불에 타고 침몰되었다고 한다.

그런데 그 배에 중국의 북경 성경 광동 하문의 사람들이 있는 것을 알지 못하고 공격을 한 점에 대해서는 해국에서 잘못을 인정하였으며 또 서양 사람들이 매년 바다를 건너와 계속 통상을 요청하고 있으며 심지어는 사람을 죽인 일이 있었다는 것에 대해서도 자세히 밝혔는데, 이러한 일의 사유를 갖추어 말하면서 그들에게 일에 따라 상황을 잘 설명하여 이해시켜 진정되게 하고 교역에 대해서는 더 언급하지 못하도록 하여 조선국이 영원히 안정되게 해 달라고 하였다.

지난해 불량국의 전 사신 박이덕밀이 전에 해국의 선교사를 지낸 자로서 조선에 선교하고자 하여 먼저 문서를 보내주기를 청하였는데 신들이 거절하고 미리 가지 말라고 권하여 가지 못했다.

또 금년 여름에 영길리국 사신 아례국이 윤선 한 척을 파견하여 조선의 해변 일대에 가서 해국과 함께 방책을 강구하여 그 윤선으로 하여금 조선에 도착할 수 있도록 협조를 바란다는 조회를 보내왔으며 불량국 사신인 박락내도 조선이 자신들의 주교와 전교사 등을 살해하였으니 병선을 모두 조선으로 동원하여 보내 사정을 알아보겠다는 조회를 보내왔기에 신 아문에서 유월 칠 일에 영길리국과 불량국에 회답하는 문서를 보내어 이해시키고 저지하였다.

조선에서 자문을 보내 청하여 예부가 대주한 불량국 군인이 침입했다는 일에 대해서는 팔월 이십삼 일 다시 신 아문에서 불량국 사신의 회답하는 문서에 의거하지 않고 주청하여 예부를 통해 조선에 자문을 보내 물어보게 하였다.

전일 영길리국이 윤선을 파견하여 중국의 북쪽 바다와 조선에 가겠다고 청했을 때 윤선이 청국의 바다를 다니는 것은 조약에 있어 거절할 수 없지만 조선에 가겠다고 한 것은 전일 아례국에게도 곤란한 점을 명확히 밝혔기 때문에 문서를 보내 갈 수 없다고 저지하였다.

이는 전일 주본에 상세히 진달하였는데 해국 왕에게도 예부의 자문이 도착했을 것이니 이러한 내용을 잘 알리라 생각된다.

이번에 또 칠월 이후 영길리국 사람 마력승 등이 번갈아 가며 조선에 정박하고 있다고 하였는데 영길리국은 통상을 위해 오래전부터 계략을 세워 왔으나 청국이 그때그때 저지하여 조선과 통상해도 좋다는 허가를 하지 않았다.

청국의 자문이 곧 올 것이라고 하는 영길리국의 말은 날조이니 국왕은 염려할 것이 없다.

이에 대해 신 아문에서 아례국에게 조복을 하였으나 사 개월이 지났는데도 조회를 받지 못했다.

어제 미리견국 사신 위렴사의 편지에 의하면 팔월 안에 돛대가 두 개인 배 한 척이 조선에 갔다가 좌초되었는데 조선의 장선들이 불대워 버리고 선주와 수군 등 이십사 인을 잡아갔는데 생사가 어찌 되었는지 모르겠다고 한다.

조선에서 혹 청국으로 그들을 보내줄지도 모르니 봉천부 관리들에게 지시하여 잘 보호하도록 해 달라고 청하기에 신들이 위렴사에게 답장을 보내고 성경의 장군과 산해관의 감독에게 편지를 보내어 협조하게 하였다.

조선에서 배를 불살라 버렸다는 것이 사실인지는 모르겠으나 신들이 풍문으로 들건대 영길리국과 미리견국의 저지에도 불구하고 불량국이 병사를 일으켜 조선으로 보낸다고 하니 조선에서도 의당 이 사실을 알고 대비해야 할 것이다.

원자에 따르면 이번에 격침된 영길리국 배에 탄 사람은 스무 명인데 그 중에 청국인이 열세 명이라고 한다.

청국인이 사사로이 국경 밖에 나가는 것은 엄격히 금하고 있는데도 적선에 붙어 속국을 협박하다가 공격을 받아 죽었으니 이는 스스로 죽음을 자초한 것이라 할 수 있다. 따라서 조선에는 잘못이 없으니 책임을 물을 수도 없다.

그리고 상황을 살펴 안정되도록 타일러 이해시켜 주기 바란 것에 있어서는 신들이 영길리국과 불량국이 윤선을 타고 조선에 가겠다고 여러 번 청했던 것을 저지하였으며 선교사들이 살해를 당하여 불량국이 군대를 동원하겠다고 한 것은 말만으로는 해결될 수 없는 것으로 알지만 신 아문은 어찌할 수 없어 상황에 따라 힘을 다해 이해를 시켰다.

이 때문에 불량국 사신이 조회하기를 병선을 조선의 바다에 보낼 때 청국에 다시 통보해서 정황을 상세히 조선에 알려주도록 할 것이며 절대로 그냥 싸움을 감행하지 않고 두 나라의 백성들을 보호하겠다고 하였다.

신들이 생각건대 불량국이 조선과 싸움을 한 뒤에는 전에 선교나 하려는 분위기와 다르다.

전에는 영길리국이나 미리견국이 싸우지 못하게 권하였다고 하는데 지난번에 또다시 조선과 싸움을 하였으니 앞으로 통상에 대한 일을 더욱 고집할 것이고 화해를 하려고 한다면 반드시 병비를 배상하라고 할 것이다.

한편 불량국 영길리국 미리견국이 서로 협력하려는 형세이니 지금 형편으로 보면 불량국이 가장 심하고 영길리국이 그다음이다.

이때 신 아문을 경유해 다시 영길리국이나 불량국 두 나라에 조회를 한다고 하면 조회 내용 가운데 조선과 내통하고 있다는 흔적이 드러나 불량국과 영길리국이 불안하게 여겨 곧바로 국면이 뒤바뀔 것이고 또한 반드시 통상과 선교와 배상의 일을 우리에게 요구할 것이다.

통상과 선교의 일은 절대로 받아줄 수 없다고 조선의 원자에서 말한 것도 피해를 염려해서이며 피해 배상에 있어서는 그 피해가 두 나라가 서로 비슷하다고 하였으니 신 아문에서는 조선에게 변상하라고 강요할 수 없다.

이에 칙유를 내려 예부가 조선 국왕에 자문을 보내게 하니 만전의 계책을 마련토록 해야 할 것이며 조금이라도 소홀히 해서는 안 되리라고 여겨진다.

신 아문에서 마련한 대책 외에 불량국에서 보내온 조회와 미리견국과 주고받았던 편지들을 비밀리에 올리니 보기 바란다.

이달 육 일 유지에 따라 아문에서 아뢰었던 원본과 유지를 기록한 자문을 예부에 보내니 이에 따라 조처토록 하라.'

청국 예부가 보낸 공문을 보고 승문원에서 왕에게 보고했다.

"총리각국아문이 마련한 조처 외에도 국왕은 있는 힘을 다해 일의 핵심을 가려 만전이 되도록 하고 조금도 허술한 점이 없도록 하라고 하였습니다.

이는 보통 자문과는 다르니 회자를 문임에게 만들게 하고 금군으로 기발을 정하여 사행이 있는 곳까지 보내서 가지고 갈 수 있도록 하는 것이 어떻겠습니까?"

왕이 말했다.

"그리하라."

이에 조선이 청국 예부에 회답했다.

'영길리 배가 불에 타 침몰한 일과 불량국 격문이 폐만했던 이야기와 불량국 군대가 물러간 이유는 이전 자문에서 상세히 진술했습니다. 그런데 올해 이월 칠 일에 해미현과 강화부에 다시 와 통상을 청하기에 상국의 공문이 없어 감히 임의로 허락할 수 없다고 했습니다.

이에 그들은 청국에 가서 공문과 화물을 가지고 오겠다 하고는 배를 띄워 멀리 가 버린 다음 그림자도 볼 수 없었습니다.

그자들은 자칭 영길리 사람이라 한 모리슨과 오페르트입니다.

또 칠월에 평양부에 와 정박해 장변을 붙잡아 가고 백성들을 살해하며 재물을 약탈했습니다.

총포를 마구 쏘아대다가 얕은 물에 걸려 불에 타 침몰한 것은 자칭 최난헌이라 하는 영길리 사람 토마스와 스스로 이팔행이라 하는 불량국 사람 리바항과 오귀자입니다.

원래 미리견 사람과 돛을 두 개 단 배 한 척이 얕은 물에 걸려 불에 타 버렸거나 선주와 배군 스물네 명이 붙잡힌 일은 없는데 이번에 월리엄스로부터 온 편지는 평양부에서 영길리 배가 침몰된 사실이 와전된 것을 근본을 잘 따져 보지 못한 데 기인했다고 생각합니다.

우리나라가 영길리 불량국 양국과 본래 교섭도 없었는데 어찌 화의를 잃을 수 있겠습니까?

통상과 선교의 문제는 나라의 법으로 거절했고 선교사의 문제는 다른 나라의 나쁜 사람이 변복하고 백성들을 현혹하기에 배척하고 제거했을 뿐입니다.

대체로 천하 각국이 서로 전쟁할 때 반드시 먼저 실정을 자세히 알아보고 불화의 단서를 똑똑히 잡은 다음에 비로소 군사를 일으킬 수 있는 것입니다.

지금 불량국 사람은 우리나라의 미비함을 엿보고 강화부에 느닷없이 들어와 온 성을 모두 불사르고 허물고 재화를 약탈해 갔습니다.

이것은 곧 약탈을 일삼는 포악한 도적 무리와 한가지입니다.

통상이 과연 이 같은 것입니까?

선교사가 과연 이 같은 것입니까?

마침내 그들은 두령이 섬멸되자 돛을 올려 달아났습니다.

그러나 이후의 종적을 헤아리기 어려워 다만 의리를 잡고 준비하는 데 힘써 성신을 다하고 있습니다.

이러한 시기에 병비를 배상하라는 이 문제에 대해 귀 예부와 총리 아문에서 이해관계까지 염려해 주어 매우 감사합니다.

다만 불량국 사람들이 우리나라에 보관해 두었던 무기를 빼앗아 간 수량이 적지 않습니다.

그러므로 우리나라에서 불량국에 배상을 요구하는 것이 옳지 불량국에서 우리나라에 배상을 요구하는 것은 매우 적반하장이라 하겠습니다.

대체로 불량국 사람이 통상이니 선교니 배상이니 하는 여러 일이 우리 나라의 백성과 국가의 정세로는 비록 몇 해 동안 양이들에게 곤란을 당할 지언정 절대로 시행할 수 없습니다.

　바라건대 귀 예부에서 실정을 깊이 헤아리고 기미에 따라 알려 주어서 말썽이 없게 하며 시종일관 혜택을 베풀어 준다면 천만번 다행하겠습니다.'

25.

고종 4년, 정묘년, 1867년.

삼월 십 일.
수운의 세 번째 순도 제례일을 맞았다. 난데에서 많은 도인이 와 참석했다.

강수는 영덕에서 도인들을 찾아다니며 참석을 권유했다.

영덕에서만 나중에 필제와 영해 농민저항을 이끌었던 유성원, 다음 해 무진년 삼월에 경상에게 오백 냥을 가져와 대가를 도울 김용여, 필제와 함께 움직이다 죽는 임만조·구왈선·신성우·정창국·배생 등 여러 도인이 참석했다.

그 밖에 경주 북산 중에 은신하던 도인들이 대거 제례에 참석했다. 김경화·김사현·이팔원 등 쟁쟁한 인물들도 참석했다.

제례를 마치고 경상이 제의했다.

"오늘은 그동안 추진해 왔던 계 조직을 정식으로 시작하려 합니다. 참석하신 분들의 의견을 말씀해 주십시오.

내가 지난번에 스승의 생일 제례와 순도 제례에 도인 한 사람이 사 전씩 내는 계안을 작성해 각처로 보냈습니다.

이 계안을 동의해 주신다면 작은 규모이지만 도인들이 정기적으로 모이는 자리가 마련될 수 있습니다.

우리가 일 년에 두 번 모이는 기회가 생기면 제례를 통해 도인 간 결속을 다질 수 있습니다. 그리고 대가의 살림을 도울 수 있게 됩니다."

모두가 손뼉을 쳐 동의했다.

시월 중순.

조금 여유를 찾은 경상은 흥해 매곡동 처가로 내려갔다. 이전에 경상은 매곡동에서 근 십 년을 살았었다. 여러 친구와 도인들을 만나 보았다. 그들이 경상에게 거는 기대가 컸다.

경상은 이들 앞에서 양천주에 대해서 강론했다.

"양천주란 내 몸에 모셔 있는 한울님의 뜻을 부모님의 뜻처럼 잘 받들어 모신다는 뜻입니다.

동학의 수행은 세상일에서 벗어난 오묘한 진리를 체득하려는 것이 아니요, 또한 신이한 기적을 바라는 것도 아닙니다.

오직 내 몸에 모신 한울님의 마음과 내 마음을 일치시키도록 힘쓰는 데 있습니다.

그래서 스승님도 말씀하셨습니다.

'닦는 이는 얼음이 없는 것 같지만 알참이 있고, 들어서 아는 이는 알찬 것 같지만 얼음이 없는 빈 것이 있을 뿐이다.'

그러므로 동학은 믿는 것이 아닙니다. 동학은 하는 것입니다. 우리는 모두 동학을 하는 도인들입니다.

우리 모두 천주를 잘 받들어 한울님이 직접 말씀하신 '오심즉여심'을 천착하도록 힘씁시다."

동학이 다시 살아났다. 경상은 스승이 자신에게 이어준 커다란 사명을 위해 신명을 바쳐 일했다.

스승이 항상 자신의 내면에서 자신을 주시하고 격려하고 있다고 확신했다.

26.

고종 4년, 정묘년, 1867년.

본래 조선 과거의 한 회 진사 정원은 이백 명이었다.

정묘년은 왕의 특명으로 정원에 구애받지 않고 진사를 뽑았다. 영보당 이 상궁이 회임했기 때문이었다. 이 상궁은 민비가 들어오고 나서도 계속 왕의 잠자리를 돌보았다.

정묘년 특별 과시에서는 왕과 나이가 같은 사람 몇 명을 방목 끝에 붙여 합격시켰다. 그뿐만 아니라 임금의 종친으로 과장에 들어오기만 해도 촌수가 가깝고 먼 것을 가리지 않고 은전을 주었다. 왕이 직접 나서 불법을 자행한 것이다.

사실 병인년 이후부터 간간이 대과를 치렀다.

이때 왕은 영을 내려 종친들에게만 시험에 응할 수 있도록 했다. 백성들은 이 대과를 종친과라고 빈정댔다.

종친들은 밥을 먹을 때 목이 메지 않고 길을 걸을 때 넘어지지만 않으면 대과에 합격했다.

군자 말년에 대추 씨 장사 할 일이 있나? 대동보를 만들어 본관이 완산인 이 씨들도 전부 넣어 전주 이씨와 족보가 같아졌는데 이들은 모두 난밖 사족이었다. 시골에 사는 비천한 계층 사람들도 준여를 먹으려 전주 이씨로 본관을 고쳐 대동보에 가입했다.

종친부에서 화수회를 열었는데 참석한 인원이 육칠만 명이나 되었다. 그들은 바람을 안은 학처럼 허우적거리고 뭍에 나온 물뱀처럼 비틀거리며 모여들었다.

바깥 싸움에서 기세를 올린 흥선이 이를 보고 기뻐했다.

"나는 나라를 위해 십만 정병을 얻었다."

한 해가 아스라이 넘어갔다.

27.

고종 5년, 무진년, 1868년, 6월.

죽현 경상의 집에 동네에 사는 도인 부인들이 아침 일찍 모였다.

손씨 부인은 새벽부터 일어나 국수를 삶았다. 아낙들은 새로 담근 김치를 곁들여 모처럼 아침을 맛있게 먹었다.

상을 치우자 모두 마루에 앉아 산나물과 들나물 이름을 외웠다. 오뉴월 보릿고개나 잦은 가뭄에 배를 채워 줄 귀한 산채들의 이름이다.

손씨 부인이 선창으로 "한 푼 두 푼" 하면 부인들이 후창으로 "돈나물" 하고 화답한다.

"매끈매끈"

"기름나물"

"어영부영"

"활나물"

계속 이어진다.

돌돌 말아 고비나물, 친친 감아 감돌레, 집어 뜯어 꽃다지, 쑥쑥 뽑아 나생이, 사흘 굶어 말랭이, 안 주나 보게 도라지, 시집살이 씀바귀, 입 맞추어 쪽나물, 잔칫집에 취나물, 안 주니까 달래나물….

선후창을 마치면 아낙들은 모두 호미를 들고 들로 나가 치마에서 비파

소리가 나도록 돌아다니며 나물을 캤다. 오늘 저녁상에는 나물을 넣고 끓인 죽이 조주 수비대장처럼 넉넉하게 김을 낼 것이다.

경상은 뒤뜰에서 돗자리를 짰다. 귓전을 도는 아낙들의 선후창 소리가 서글프고도 고마웠다. 사람은 고향을 떠나면 서로 친해지는가 보다.

달이 없다고 걱정하지 않아도 된다. 매화 향기가 길을 인도할 것이다.

인근에 피신해 있는 도인들의 살림은 죽 한 그릇에 숟갈 두서너 개를 넣어야 할 정도로 어려웠다. 손톱 여물을 썰기는 대가도 마찬가지였다. 밥때가 되면 등을 치고 배만 문질렀다.

모두 사자 밥을 목에 달고 사는 신세이지만 어려운 시기를 용감하게 견디고 있었다.

영덕에 사는 김용여가 오백 금을 만들어 용화동을 찾아왔다. 경상은 그 돈으로 우선 대가를 살폈다. 쌀 몇 가마를 사 넣어 드렸다. 나머지는 지역에 사는 도인들에게 나누어 주었다.

모란이 고운 것도 푸른 잎이 받쳐 주기 때문이다. 용화동은 가을 추수까지 견딜 수 있는 여력이 생겼다.

경상은 죽현 집을 전성문에게 내주고 윗대치 대가 부근에 집을 마련해 다시 올라갔다. 경제적인 여유가 조금 생기면서 대가에서 봄가을 두 번 모시던 제례가 정착했다.

도인들의 왕래가 잦아지면서 점차 소문이 나자 숨어 있던 도인들도 서서히 모습을 나타냈다.

무너졌던 접 조직이 다시 살아나고 있었다.

28.

고종 5년, 무진년, 1868년, 8월 3일.

의금부에서 낸 죄인 정덕기의 결안.

"죄인 정덕기는 제 부모를 잡아먹는 올빼미의 심보에 귀역과 같은 악독한 성품을 타고나 남을 해칠 마음을 속에 감추고 흉악한 음모를 남몰래 품어 왔습니다.

등에 사마귀가 나고 손에 무늬가 있는 것을 가지고 기이한 상이라고 하면서 사람을 끌어모으고 재물을 끌어모아 음흉한 흉계를 방자하게 행하였습니다.

길에서 통문을 돌리면서는 감히 강개한 뜻을 서술하고 산속에서는 돌을 들며 남몰래 용력을 시험해 보았습니다.

윤내형을 우연히 만난 자리에서 서로 마음을 허락하여 이후 오백 리나 되는 먼 길을 찾아가 마치 오래된 친구를 만난 것처럼 사오일씩 묵으면서 함께 흉악한 음모를 꾸몄습니다.

그리고 서찰을 써 달라고 해 그의 아버지에게 왕래하였고 부유한 백성들과 깊이 결탁하여 남쪽 고을에서 이들을 지휘하였습니다.

인재를 얻지 못한다는 한탄은 종적을 감추기 어려우며 하늘이 주는 것을 취하지 않는다는 말을 태연히 입 밖에 내었습니다.

박윤수와 더불어 서로 수작한 말은 더욱더 신하로서 감히 말할 수 있는 바가 아닙니다.

그리고 사는 곳을 가리키면서 항상 상서로운 기운이 서려 있다고 한 말은 그 내용이 지극히 참람합니다.

금년에 반드시 전쟁이 일어날 것이라고 한 말도 그 의도가 선동하는 데 있었습니다.

육지를 바다에 옮겨 놓는다는 술법은 말이 황탄스러우며 오백 개의 귀신을 부린다는 술법은 오로지 사람들을 속이기 위한 것이었습니다.

남쪽에서 의병이 일어났다는 말은 핑계 댄 것이 분명하며 후세에 주장하는 사람이 있을 것이라는 설은 어찌 차마 그런 황당한 말을 지어낸단 말입니까?

여러 사람이 공초한 말에서 역적질한 정상이 모두 드러났고 포도청에서 공초한 말에서 단안이 이미 내려졌습니다.

굴에 든 뱀은 길이를 알 수가 없습니다. 그가 지은 죄를 따져 보면 만 번을 죽여도 오히려 벌이 가볍습니다.

모반 대역에 대해 확실하게 지만이라고 하였으니 정덕기의 죄는 부대시 능지처사에 해당합니다."

죄인 윤내형의 결안.

"지체가 낮고 미천한데다 천성이 교활하여 남을 위해서는 교묘한 말로 비위를 맞추고 일을 행함에 있어서는 남의 화를 좋아하고 나라를 어지럽힐 것을 생각하였습니다.

주려 음식을 가리지 않고 추워 옷을 가리지 않고 급해 길을 가리지 않고 가난해 아내를 고르지 못하던 자가 우연히 정덕기를 만나서 곧 마음을 허락하는 친교를 맺었으며 본래 알지 못하였는데도 먼저 편지를 하였습니다.

풍수 보는 사람을 구하여 지략이 있는 사람을 얻으려고 하였고 서양 오랑캐의 소요를 핑계로 의병을 일으키려고 도모하였습니다.

등에 난 사마귀에 대한 징험이라든가 시를 지으면서 자기의 뜻을 붙인 것과 같은 일은 오히려 하찮은 것이며 호남 지방의 일을 스스로 맡아서 하려 한 일에 이르러서는 더욱더 흉악하고 패악스럽습니다.

포도청에서 구초한 것은 대부분의 종적이 드러났고 국청에서 면질한 데에서 감히 죄를 부인할 수가 없으니 정절이 모두 드러나서 단안이 이미 이루어졌습니다.

그가 지은 죄를 따지면 죽여도 오히려 가볍습니다.

역모에 동참한 사실에 대해 확실하게 지만이라고 하였으니 부대시참에 해당합니다."

죄인 박윤수의 결안.

"본래 이와 서캐같이 미천한 자로서 풍수설을 조금 알고 있었는데 천성이 우매하여 행동이 지극히 참람합니다.

우연히 환태와 이웃에 살았는데 또 정덕기의 황당한 말을 그대로 믿었습니다.

그리하여 정덕기가 사는 곳에 서기가 서리자 망령되이 구름이 빛나는 것과 방불하다고 하였고 귀신을 부리는 술법을 듣고서 귀신 섬기는 법의 내력을 탐문하였습니다.

등에 이상한 사마귀가 있다고 떠벌리고 손바닥에 무늬가 있다고 미혹시키는 데 대해서 심상하게 들어 넘기면서 서로 수작하였습니다.

남쪽에서 병란이 일어날 것이라는 말과 후세에 주장하는 자가 있을 것이라는 설은 이 얼마나 차마 들을 수 없고 감히 들을 수 없는 말입니까?

그런데도 당초에 엄하게 배척하지 못했고 또 고발하지도 않았습니다.

그러니 흉악한 자들과 한패가 되었다는 죄를 모면하기 어려우며 정절을 알면서 고발하지 않은 죄를 어떻게 벗어날 수가 있겠습니까?

그가 지은 죄를 따지면 만 번을 죽여도 오히려 벌이 가볍습니다.

모반 대역의 정절을 알면서도 관에 고발하지 않은 죄에 대해 확실하게 지만이라고 하였습니다.

부대시참에 해당합니다."

29.

고종 6년, 기사년, 1869년, 초.

기사년 설을 맞았다.

경상은 손씨 부인을 대동하고 도인들을 대표해 대가에 인사하러 갔다. 집이 좁아 인근 도인들이 모두 모일 수가 없었다.

박씨 부인과 두 아들 앞에서 모두 같이 세배했다. 박씨 부인이 흩어진 앞머리를 손으로 가지런히 다듬으며 덕담을 했다.

"올해도 탈 없이 무난하게 보내도록 합시다."

경상이 집으로 오자 마당에 인근 도인들이 기다리고 있었다. 서로 허리를 숙여 세배를 대신했다.

이렇게 하는 세배를 뜰세배라 했다. 설날, 설빔을 하고 웃어른을 찾아다니며 엎드려 절을 하는 것만이 세배는 아니었다. 이렇게 모여 뜰에서 인사하는 것도 정중한 세배로 보았다.

당시 양반집 안사람들은 나들이가 자유롭지 못했기에 예쁘게 생긴 계집종을 골라 곱게 단장시켜 대리 세배를 돌렸는데 이를 문안비라 했다. 마치 미색을 겨루는 경연이라도 하듯 다투어 예쁘게 단장시켰기에 설날 밤 사랑에서는 뉘집 문안비가 으뜸이고 버금이고를 정하는 점고 습속이 있었다.

대리 세배 외에 간접 세배도 있었다. 이를 세함이라 한다. 문전에다 칠을 곱게 한 세함이라는 상자와 지필묵을 마련해 둔다. 그러면 세배 손님이 와 간단한 덕담과 성명을 적어 세함에 넣고 돌아갔다.

꽂이 세배도 있었다. 소나무나 대나무 같은 상록수를 꺾어 들고 다니며 세배할 집의 문기둥에 꽂음으로써 세배를 대신했다. 특히 시집갈 나이가 된 이칠 처녀가 있거나 과거나 벼슬을 기다리고 있는 집에 이 꽂이 세배가 집중되었다.

살길을 찾아 떠도는 사람들이라 길을 가리지 않았고 발길 닿은 곳이 자기 집이 되었다.

윗대치 도인들은 뜰세배로 한 해 동안 탈 없이 지내기를 기원했다.

이월 초순.

찬바람이 아직 매서웠다. 양양에서 최희경과 김경서 두 사람이 윗대치로 경상을 찾아왔다.

"저희는 도를 알고자 합니다. 그러나 도를 닦는 절차를 알지 못해 천리를 마다하고 이렇게 찾아오게 되었습니다. 원컨대 주인께서 도를 닦는 법과 절차를 가르쳐 주십시오."

경상이 기뻐하며 물었다.

"자네들은 도를 어느 연원 누구에게서 처음 받았는가?"

김경서가 나서 대답했다.

"저희는 연원을 알지 못합니다. 공생이라는 분이 우연히 양양에 들어와 이적을 보이기에 우리가 그를 모시고 그 이치를 배우려 했습니다. 그러나 공생은 다만 주문 열석 자만 알 뿐 도를 닦는 법과 절차는 자세하게 알지 못했습니다.

그래서 그 이치의 깊은 근원을 알고자 저희가 오게 되었습니다. 부디 저희에게도 가르쳐 주시기를 간곡하게 청합니다."

공생은 강원도 양양·인제·정선·영월·평창 등지를 다니며 한약재를 취급했던 한약상이었다. 공생은 영월 중동면 소미원을 오가다 도인 장기서를 알게 되면서 동학에 입도했다.

장기서는 이곳에 유배 왔던 경주 출신 이경화로부터 신미년 시월에 동학을 받아 양양 지역에 전했다.

경상은 이들에게 몇 가지 문건과 주문을 보여주었다.

두 사람은 매우 기뻐했다.

"이 같은 도를 우리가 잘못 만났었구나."

두 사람이 입도를 간청해 경상은 승낙했다. 그리고 곧 양양으로 방문하겠다고 약조해 주었다.

바람을 따라 때로는 길을 따라 풀씨가 퍼지듯 퍼져나가 보이지 않는 곳에서도 동학은 자생하고 있었다.

길이 끊어진 곳에서도 매화는 피고, 정당한 사유는 핍박 속에서도 소리 없이 퍼지는 법이다.

'아직 바람은 차지만 봄은 어김없이 오고 말리라.'

경상은 두 주먹을 꽉 조이고 어깨를 쫙 폈다.

삼월 초.

경상은 박춘서와 같이 양양을 방문했다. 최희경은 그새 병이 들어 자리보전 중이어서 김경서가 나와서 맞아주었다. 포덕이 서른 가구 정도 되어 있었다.

경상은 열흘간 머물면서 가구마다 방문해 섬세하게 지도했다. 인제군 기린면 귀둔리 지역에도 입도한 도인 몇이 있다고 하여 일부러 넘어가 지도했다.

그러나 이들은 눈이 있어도 태산을 알아보지 못했다.

은근히 이경화의 연원을 강조하여 경상보다는 수운의 장자인 최세정과 만나기를 원했다.

30.

고종 6년, 1869년, 기사년, 6월 6일.

의금부에서 낸 죄인 민회행의 결안.

"언제나 다른 계략을 품고 도당을 규합하였습니다.

지난가을에는 강진에 모여들었고 올봄엔 광양에서 난리를 일으켰습니다.

남모르게 상을 치르는 것은 이인좌의 속임수와 일치하는 것이며 이름난 산에 제사를 지내는 것은 정여립이 쓰던 방식을 이어받은 것입니다.

총과 화약을 마련하고 무기를 만들었으며 인장을 빼앗고 관청 창고를 약탈하였으니 모반한 것에 대해 확실하게 지만이라고 하였습니다."

죄인 전찬문의 결안.

"패악한 무리와 결탁하여 흉악한 음모를 준비하였으며 광양에서 난리를 일으키자 스스로 군무를 총괄하여 살핀다고 말하면서 군졸들을 지휘하고 수령을 찾아다가 모욕하였으며 관청 창고를 털어내고 중죄인들을 석방하였습니다.

모반한 것에 대해 확실하게 지만이라고 하였습니다."

죄인 이재문의 결안.

"소굴에 모여들어 모반을 꾀하였고 성읍을 점령하고 관청 창고를 노략질하였습니다. 남포에 내려가 군졸들을 점검하고 수령의 대청에 올라가 수령을 끌어내었습니다.

반역을 획책한 정황이 이처럼 분명하게 드러났습니다.

모반한 것에 대해 확실하게 지만이라고 하였습니다."

죄인 권학여의 결안.

"역적 괴수의 우두머리로 패악한 무리에게 악한 짓을 하도록 도와주었습니다.

광양에서 난리를 선동하고 밤에 거사했습니다.

지갑을 뚫고 죽창을 휘두르며 정사 보는 대청에 올라가고 옥문을 열었으며 도적의 격문을 베끼고 민가를 불태웠습니다.

더구나 멀리까지 진격하려고 음모를 하였으니 이것은 더욱 극악한 행동이며 모든 죄악이 몰려드는 행위입니다.

모반한 것에 대해 확실하게 지만이라고 하였습니다."

죄인 강명좌의 결안.

"병기를 상여에 실었고 밀실에서 군사 기밀을 의논하였으며 권학여가 성을 공격하러 나섰을 때 따라나섰고 김문도와 서로 연락해 거사 기일을 암시하였을 뿐만 아니라 섬진에 모이고 우도에 묵으면서 반역 음모에 가담한 진상이 다 드러났습니다.

모반한 것에 대해 확실하게 지만이라고 하였습니다.

민회행·전찬문·이재문·권학여·강명좌는 모두 군기시 앞길에서 부대시 참 하는 데에 해당합니다."

김문도의 결안.

"고을 아전으로서 역적 무리의 부탁을 받고 고을에 대한 공격을 몰래 기도하였으며 교촌의 투장에 대하여 거짓말을 하였습니다.

장흥에서 추핵할 때 학원의 납공을 입증하였고 광양에서 변란이 일어날 때 멀리 강명좌에게 기별을 받았습니다.

그저 그 자신이 반역을 일으키는 현장에 참가하지 않았다는 것으로 인해 유독 전원이 체포되는 대열에서 빠지게 되었습니다.

다행히 하늘의 도가 밝게 비치어 간악한 죄상이 모두 폭로되었습니다.

지정불고에 대해 확실하게 지만이라고 하였습니다."

이틀 후 이조에서 왕에게 보고했다.

"의금부의 계사 내에 모반 대역죄인 민회행·전찬문·권학여·강명좌 등이 정형에 승복하였습니다.

그들의 부모 처첩 자녀 조부 손자 형제자매 아들의 처첩 백숙부와 형제의 자식들에 대하여 나이 성명 생존 여부 거주지를 한성부가 호적을 상고해 내게 하고, 또 오부와 각 해도에 분부하여 응당 연좌시킬 사람들을 일일이 조사해 책자로 만들어 첩보하게 한 뒤 법에 의거 처벌을 거행해야 하겠습니다.

그리고 가산을 적몰하고 가옥을 파괴하여 늪으로 만들고 읍호를 강등하는 등의 일에 대하여 각 해사가 전지를 받들어 거행하게 하는 것이 어떻겠습니까?

죄인 민회행과 이재문은 전라도 광양에서 살았고 전찬문과 강명좌는 구례에 살았고 권학여는 남원에서 살았다고 합니다.

남원 부사를 현감으로 강등하고 광양과 구례는 여러 현 중에서 맨 말단에 자리를 매겨 폄하하여 강등하는 뜻을 보이는 것이 어떻겠습니까?"

왕이 말했다.

"그리하라."

이틀 후 의정부에서 왕에게 보고했다.

"광양현 안핵사 남정룡이 올린 사계에 체포된 도적들에 대하여 사실을 조사하여 등급을 나누어 나열하였습니다.

민회행 등 여섯 명은 이미 법으로 처단하였으니 이제 논할 것이 없습니다.

그 외 한경삼과 유경찬 등 사십 명에 대해서 말한다면 혹은 탄환을 사고 혹은 갑옷을 만들었으며 혹은 길잡이를 하였고 혹은 깃발을 들었으며 혹은 창을 쥐고 성을 순찰하였으며 혹은 성문을 지키면서 폭도를 방조하고 변란을 일으켰으니 모두 좌수영에 압송하여 효수하여 백성들을 징계해야 합니다.

남원 진사 윤병오는 백성들을 모집하여 도적을 토벌하였으며 충성과 의분에 차 있었으니 초사에 조용해야 할 것입니다.

이방 김정길, 겸종 박준홍과 윤경운, 약정 김문주, 포수 김경준과 정수천은 민병을 모집하고 혹 총을 쏘아 도적을 섬멸하였으니 모두 체가를 만들어 주며, 수통인 이우석은 생사를 아랑곳하지 않고 처음부터 끝까지 힘껏 보호하였으니 본 고을에서 되도록 후하에 차임할 것입니다.

그 밖에 적을 소멸한 사람도 많으니 모두 본도에서 후하게 상을 주게 하는 것이 어떻겠습니까?

왕이 말했다.

"그리하라."

31.

고종 6년, 기사년, 1869년, 여름에서 겨울.

기사년 팔월.

필제는 그동안 충청도 내륙과 경상도 아랫녘에서 끊임없이 활동했다. 비 오는 날에도 해는 구름을 넘어 중천에 떠 있었다.

지식이 많고 변설에 능한 필제는 정운기에게 빼앗은 마패로 지리산 언저리에서 가끔 암행어사 노릇을 했다.

육 척이 넘는 장신에 구레나룻을 더부룩하게 길렀고 탁한 수리성을 내는 모습이 어디로 가든 두령이 되기에 넉넉했다.

한여름 더위를 헤치고 필제는 거창으로 가 김영구의 집에 머물렀다. 여기서 양영렬을 만나 고령 사는 정만식, 합천 사는 양성중, 창원 사는 성하담과 손을 잡고 진주성 공격을 모의했다.

필제는 여기서는 자신의 이름을 주성칠이라 바꾸었다. 의론은 두 달 동안 계속되었다.

필제는 조령 산채와 지리산 칠선봉 산채에 사람을 보내 도움을 요청했다.

김용권이 박희성을 필제에게 보내 진행되는 상황을 점검하게 했다.

박희성은 필제를 만나 거사 준비가 완료되면 직접 졸개를 데리고 합류하겠다고 약속해 주었다.

큰 처남 오십 줄도 졸개 몇을 데리고 거창으로 찾아왔다.

필제는 큰 처남까지 동원할 필요가 없다고 생각해 돌려보냈다.

오십 줄이 말했다.

"그동안 나는 여러 산채의 대장들을 만나러 돌아다녔네. 모두 서글픈 신세들이라 여러 산채가 힘을 합해 관과 대적하자는 데 뜻을 모아주었네.

내가 언제 한번 모임을 주선할 테니 그날은 자네도 꼭 참석하도록 하게."

필제는 허리를 깊이 숙였다.

섣달.

고령현 강변 박만원의 정자에 사람들이 모였다. 박만원을 비롯해 정만식·양영렬·양성중·성하담·김영구·필제, 즉 주성칠이 자리에 앉았다.

논의는 필제가 주도했다. 필제는 먼저 거사에 필요한 자금 조달을 해결책하기 위해 남해 관아를 습격해 군기와 전곡을 탈취하자고 제의했다.

남해 관아 습격 자금으로 창원에 사는 성하담이 백칠십 냥을 마련했다. 필제가 탈취 책임을 맡고 고령 사람 정만식이 보좌하기로 했다.

통영에서 물건을 운반해 온다고 속여 쥐대기 일꾼 열아홉 명을 품삯을 후히 주기로 하고 동원했다. 이들에게 중둥밥을 먹이고 십삼 일에 출발해 십구 일, 일행은 곤양 나루터에 도착했다.

여기서 일꾼들에게 원래 계획을 털어놓자 대부분 놀라서 떠나고 여덟 명만 동참하겠다고 남았다.

박희성이 산채에서 데리고 온 졸개 오십 명으로 공격조를 짰다. 일꾼들은 필제가 관아를 점령한 수 무기와 전곡을 운반하는 일을 돕기로 했다.

이십일 일.

필제는 먼저 남해 관아를 정탐하기 위해 그곳 지리에 밝은 정만식을 비롯해 장정 열 명을 추렸다.

하동 두치진으로 가 남해 죽도로 가는 배에 모두 올라탔다.

그런데 이건 또 무슨 조화란 말인가? 계집 때린 날 장모 오고 이 아픈 날 콩밥 한다더니 뒤늦게 군관 한 명이 배에 올랐다.

덩치가 억대우 같은 자가 장비 수염을 길러 인상이 험악했다.

군관이 정만식을 알아보더니 먼저 인사를 차렸다.

아무리 당상관보다 그 밑에 있는 놈이 더 무서운 세상이라지만 정만식은 별 볼일도 없는 하급 군관에게 지레 겁을 먹고 말았다. 같이 인사한답시고 고개를 숙였으나 시선을 마주치지 못했다.

두개골이 조각난 위에 찬물까지 뒤집어쓴 사람 모양 비실거리더니 배가 출발하기 직전에 슬며시 하선하고 말았다.

이윽고 배가 출발하자 억대우 장비는 가재 물 짐작하듯 의구심을 품은 눈으로 필제를 째려보았다. 이럴 때는 선방이 약이다. 필제는 군관을 발로 차 바다에 빠뜨렸다.

창졸간에 지궐을 당해 난장개가 된 장비는 고래고래 소리를 지르며 헤엄을 쳐 뭍으로 나갔다.

고름이 살 되랴. 곤마는 빨리 버리는 것이 좋다.

남해 관아 습격은 고드름 초장같이 날이 나고 말았다.

필제는 박희성을 따라 다시 조령으로 돌아갔다.

32.

고종 7년, 경오년, 1870년, 초.

닭은 두들기면 땅바닥에 자빠지지만 꿩은 두들기면 하늘로 날아간다.

필제는 다음 해 경오년 정월 보름 진주 덕산에 나타났다. 다시 진주 관아를 칠 거사를 도모했다.

당시 조선 땅 어느 곳에서나 관리들은 귀먹은 중 마 캐듯 도둑질을 했다. 백성의 불만이 부글부글 끓더니 급기야 쇠붙이를 이빨로 물어뜯을 형세가 되었다.

덕산 좌수 양영령이 필제에게 초계 사는 정만석을 소개했다. 정만석은 바쁘게 움직여 거사에 동조하는 사람들을 모았다.

양영렬·양성중·성하담·박만원·심영택·전재영·어치원·최봉의·박사윤·장경로가 합세했다. 필제는 이들과 같이 맹약문을 작성했다.

이전에 필제가 몇 번 거사를 치렀던 경험이 여러 사람에게 믿음을 주었다. 그들은 필제를 우두머리로 삼아 활동을 시작했다. 그러나 자금이 쉽게 마련되지 않았다.

필제는 직접 이월 보름경에 지방 부호들을 찾아가 맹약문을 보여주고 자금 후원을 청했으나 선뜻 나서는 사람이 없었다. 겨우 현풍에서 김희국이 백오십 냥을 냈다.

필제는 이월 스무하룻날 합천 사람 박사윤과 같이 진주의 정홍철을 찾아갔다. 정홍철은 선뜻 이백 냥을 내놓았다.

정홍철은 거사에 몰락 양반 조용주 형제와 홍정선과 전낙운을 합류시켰다.

거사 자금이 마련되자 필제는 거사 날짜를 의논했다. 거사 날짜는 이월 이십팔 일로 정해졌다.

필제는 다시 조령 산채로 사람을 보냈다.

박희성이 졸개 백여 명을 이끌고 산채를 내려와 곤양 다솔사 인근에 진을 쳤다.

그런데 거사를 나흘 앞둔 이십사 일.

머리에 먹물이 들어간 자들은 다루기가 쉽지 않다.

그들은 제 옆으로 개미 한 마리만 지나가도 마음이 흔들리는 작자들이다. 산들바람에 쑥새만 울어도 간이 쪼그라들어 잃을 것과 얻을 것을 저울질한다.

바람은커녕 개미도 없었으나 조용주 형제와 홍정선, 전낙운이 지다위해 관에 밀고하고 말았다. 귀신 듣는 데 떡 소리를 하니 관에서 신이 났다.

귀양이 홑벽에 가려 있었다. 필제는 이를 갈며 곤양으로 가 박희성을 만나 급히 산채로 피신했다. 나머지 사람은 모두 관에 체포되었다.

박희성이 필제에게 면박을 주었다.

"자네 일을 좀 면밀하게 하게. 이런 밑천도 못 건지는 일이 자주 생기면 바늘보다 실이 더 굵어지게 된다네."

필제가 머리를 긁으며 변명했다.

"생각해 보면 예전에 진주 거사 때 모신 유계춘 형님이 정말 주도면밀한 분이었습니다. 그분은 머리카락에서 흠을 찾아냈습니다. 저는 계춘 형님을 따라가려면 아직 멀었습니다."

정만석은 전라도 추자도에, 양영렬은 흑산도에, 양성중은 신지도에, 성하담은 금갑도에, 박만원은 지도에, 심영택은 임자도에, 전재영은 사도에, 정홍철은 위도에, 어치원은 녹도에, 최봉의는 여도에, 박사윤은 마도에, 장경로는 고금도에 유배 갔다.

봄이 왔다.
사월에 필제는 다시 산채를 내려와 단양 사람 정기현을 만났다.
정기현은 문과에 급제한 선비였다. 정몽주의 후예로 조선이 망하면 정씨가 나라의 주인이 된다는 『정감록』을 믿고 있었다.
지난 정유년에 경기도 용인에서 태어나 당시 나이 서른다섯이었다. 경기도를 떠나 단양 서면 가산리로 이사와 당시 농사를 지으며 여유 있게 살고 있었다.
그는 태백산 월정사 초운 스님이 자기를 보고 한 말을 깊이 믿었다.
"당신 관상을 보니 삼백 일 기도를 하면 불을 만나도 타지 않고 물을 만나도 빠지지 않고 전쟁을 만나도 전혀 잃을 것이 없겠다.
참외도 익으면 저절로 떨어지는 법이니 조만간 모든 일이 뜻대로 될 운세라 염려하지 말고 거사하시오."
정기현은 초운의 말을 들은 이후 얼굴에 봄바람이 일면서 살았다.
대장부는 시기를 놓치지 않는다고 정기현은 자청해 거사 자금을 모두 책임지기로 하고 측근인 최응규와 임덕유도 합류했다.

필제와 정기현은 일단 영해 관아를 쳐 무기와 식량을 확보하기로 했다. 그 이후 영해에 근거지를 두고 각 지역 화적들을 규합하고 이후에 한양과 연계해 무슨 일이든 벌이기로 계획을 잡았다.

칠월 말.

필제는 단신으로 영해로 들어갔다.

필제는 먼저 같은 도인 이수용을 찾아갔다. 이수용은 창수면 우정골 날가지 병풍바위 산중에 사는 박사헌을 소개했다. 박사헌은 전 영해 접주 박하선의 아들이었다.

수운이 순도한 후 박하선은 병풍바위 옆에 집을 짓고 들어가 도인들을 모아 가르치고 있었다.

영해에서는 이전 경신년부터 향교의 실권을 놓고 신향, 구향 사이에 치열한 향전이 있었다.

서얼 출신의 신향과 토박이 세력인 구향이 향임 자리를 놓고 싸움이 벌어졌다. 구향 세력이 관장을 매수해 향임을 독점하려 하자 신향 세력이 통문을 돌렸다.

'향임과 관아 아전을 뽑는 날짜가 하루를 격하고 있어 아직 그 시취가 어떻게 구경될지는 알지 못하나 천명의 돌보아 주심이 우리에 있고 인심의 향함도 우리에 있는지라 공이냐 사이냐 할 즈음에 고을의 안위가 판단됨이 있거늘 차마 이런 때에 감히 사사로운 뜻으로 그사이에 참작할 수 있겠는가?

저들은 심지어는 관장에게 뇌물을 바쳐서 통하고 물색으로 취하기도 하니 이는 진실로 사추를 부정하게 하며 시체를 불공하게 하는 짓이다.

대저 관장의 명을 받들어 향임을 뽑는 일이 과연 어떠한 지위인데 사사로운 정분을 좇아서 공도를 돌아보지 않고도 두려워하고 뒤돌아보는 바가 없다면 우리 신향을 속이고 숨길 수 있다고 하여 그러는 것이니 유학을 하는 선비의 분의로 어찌 이런 도리가 있는가?

또 향임 임명에 화폐가 나도는 것은 결코 사자의 도리는 아니다.

요즈음 간혹 해괴한 청문이 있는 것은 대개 구향 패류의 비도들이 감언이설로 관장을 꾀어 우연한 가운데서 향임을 임명하기도 한다.

아! 저 향외에서 구습에 젖은 자들이 권투 속에 떨어져 있으면서도 끝내 깨달아 살피지 못하니 이를 엄중히 금지하지 않고도 오히려 고을에 법이 있다고 이를 수 있겠는가?'

이에 대응해 구향 세력도 통문을 돌렸다.

'고을 관장이 우리에게 향임을 맡긴 것은 첫째는 관장을 도와 백성을 편안하게 하라는 것이요, 둘째는 백성을 보전하라는 것으로 친절하고 가엾이 여기는 음성과 내 몸을 다친 것같이 하며 어린아이를 보호하는 것같이 염려함이 애연히 봄기운이 불어와 만물이 싹트는 듯했기 때문이었다.

그러나 둥근 머리에 모난 발로 털을 이고 이를 머금은 신향 무리들이 오늘날을 보유할 수 있었던 것은 우리가 안민과 보민 네 글자를 품어 자성과 업적을 계승하는 것을 가장 급하게 여겼기 때문이다.

백성의 걱정과 고을의 계책에 큰 관심사가 아님이 없는데 지방의 수령을 보좌해 백성을 위로하고 안집시켜 사방에 흩어져 유리표박하는 근심이 없게 하는 것은 진실로 우리의 업적이라 할 만하다.

그러나 신향 무리는 서얼이 주가되어 백성의 살을 깎고 백성의 고혈을 짜내어 사복만 살찌우기를 일삼고 완악하여 법을 두려워하지 않으며 관장이 결정한 사안을 감싸고 보호하여 계문하지 않고 난만하게 저희끼리 결합한다면 이는 대행 자성의 죄인이다.

우리가 마땅히 그 죄에 의거 그들을 징치해야 한다.

이러한 우리의 지극한 뜻을 체념하여 무릇 백성을 편리하게 하는 데 딸린 일을 향임은 관장에게 보고해 번거롭고 중복됨을 꺼리지 말고 즉시 강구하여 백성들로 하여금 생업이 편안하여 생활에 즐거움을 누리게 한다면 어찌 태평한 시대를 기약할 수 없겠는가?'

말이야 서로 현란했으나 돈만 있으면 개도 멍첨지라 불리는 세상이었다. 서얼 출신들이 뭉칫돈이 있을 리 만무했다. 돈을 먹은 관장은 구향 측에게 향임을 맡겨 버렸다.

이후 구향과 신향은 내내 빙탄 사이가 되어 서로 원수처럼 지내 왔다.

신향 쪽은 노론에 속해 선조 육 년 계유년에 인천에 주자와 송시열을 배향하는 인계서원을 짓고 이를 구심으로 뭉쳐 있었다. 그런데 무진년 오월에 대원군의 서원 철폐로 인계서원이 훼철되자 중심을 잃으면서 쇠퇴하기 시작했다.

신향에 속했던 함양 박씨와 안동 권씨, 영양 남씨 등은 일찍이 계해년에 동학을 받아들였다. 이것을 빌미로 구향배들이 동학 접주였던 박하선을 관아에 고발했다.

　　박하선과 도인들은 감영으로 끌려가 가혹한 심문을 받았다. 박하선은 그 여독으로 집에서 한두 해 치료하다 기사년 말에 세상을 뜨고 말았다.

　　이로 인해 박하선의 아들 박사헌과 영해 도인들은 관장과 앙숙이 져 이를 갈고 있었다.

　　병풍바위는 마을에서 십 리 정도 떨어진 첩첩산중에 있었다. 형제봉에서 동쪽으로 약 오 리 들어간 제법 높은 산중의 골짜기이다.

　　바위 속에서도 용수가 있다더니 골짜기 중간에 세 칸 초가집이 부엉이 곳간처럼 번듯했다.

　　박사헌이 마당에 나오자 필제가 먼저 말을 건넸다.

　　"안녕하시오. 나는 이수용의 친구 정 가라고 하오."

　　박사헌은 처음에는 시큰둥하게 대했다.

　　"그러면 같은 도인이시오?"

　　필제는 십년지기에게 하듯이 다정하게 말했다.

　　"그렇소. 나도 도인이요. 스승님과도 면면한 사이였소."

　　"그런데 이 깊은 산중까지 웬일로 납시었소?"

　　필제가 소리를 낮추었다.

　　"중요한 일을 상의하기 위해서 내가 직접 왔소. 당신에게 좋은 일이니 안으로 들어가서 조용하게 이야기합시다."

박사헌은 필제에게 떠밀리듯 안방으로 들어갔다.

박사헌이 사랑채를 향해 술상을 차리라고 일렀다.

곧 산채 나물에 막걸리가 들어왔다.

그물이 삼천 코라도 벼리가 으뜸이다. 필제가 선방으로 나갔다.

"부친께서 당하신 일은 참 안됐소이다. 구향 놈들은 그 이후에는 별 간섭이 없습니까?"

박사헌은 필제가 묵은 일을 캐내자 새삼 원한이 살아나 살이 떨렸다.

"내가 조만간 영해 관아를 징치할 계획인데 더불어 부시통에 연풍대같은 향교도 없애 버리려 합니다. 부친의 원수를 갚을 기회이니 나를 좀 도와주겠습니까?"

박사헌이 부엉이같이 눈을 동그랗게 만들었다.

"그게 사실이라면 내가 무슨 일이든 돕겠소."

"이 지역 도인들의 도움도 받을 수 있겠소?"

"내가 나서 청하면 기꺼이 도와줄 것이오."

"고맙소. 그리고 또 한 가지 이번 거사에 이 집을 대장소로 써도 되겠소?"

"물론이오."

박사헌과 이수용 그리고 권일언과 박군서가 합류했다. 필제는 박군서를 모사로 삼았다.

이들이 나서서 움직이자 영해 관내에서 팔월까지 합세하기로 한 도인은 쉰 명 내외가 되었다.

그러나 이 적은 인원으로 영해 읍성을 공격할 수는 없었다. 그렇다고 북단 거둥에 보군진 몰리듯 조령 산채에 도움을 청하기도 마음이 쉬이 내키지 않았다.

이번 거사는 자신의 힘으로 성사시켜 보란 듯이 산채에 체면을 세우리라 생각했다.

구월에 필제는 다시 단양으로 정기현을 찾아갔다.

33.

고종 7년, 1870년, 경오년, 8월 10일.

시임대신과 원임대신이 의금부 당상 좌변포도대장 우변포도대장을 거느리고 청대하여 입시하였을 때 판중추부사 이유원이 왕에게 보고했다.

"진주의 여러 죄인에 대한 일은 참으로 일대 변괴입니다. 한 사람의 수신이 참작하여 처리하는 데서 그칠 수 없는 문제이므로 신속히 의금부로 하여금 잡아와서 국문하게 하여 왕법을 흔쾌하게 펴는 것은 결단코 그만둘 수가 없습니다. 그러므로 신들이 서로 이끌고 나와서 면대할 것을 청하였습니다."

영의정 김병학이 말했다.

"방금 조사한 보고서가 내려온 것을 보니 흉도를 구미고 역절을 배포한 것은 신명과 사람이 다 같이 분개할 일이며 천지간에 용납되기에 어렵습니다. 속히 추국하고 조사하여 전형을 분명하게 바로잡지 않아서는 안 됩니다."

우의정 홍순목도 말했다.

"이와 같은 흉도와 역절은 나국하여 실정을 알아내고 흔쾌하게 전형을 바로잡은 뒤에야 난리의 싹을 꺾어버릴 수 있고 백성들의 마음을 진정시킬 수 있을 것입니다."

왕이 말했다.

"흉악한 역적에 관한 결안이 이미 작성되었으니 그 괴수와 공모하여 사정을 알고 있었던 이상의 여러 놈들을 모두 진주 영장이 형구를 채워 압송해다가 작년 광양의 예에 따라 거행하라. 죄인들이 강어귀에 도착한 뒤 의금부 낭청을 파견하여 의금부로 압송한 뒤 추국하고 조사하도록 하라."

김병학이 말했다.

"도망친 주성칠 외에 공모하여 사정을 알고 있는 놈이 열두 놈이니 모두 압송하게 하는 것이 마땅합니다. 그리고 전 정언 김희국은 여러 사람의 공초에 나왔으나 일찍이 시종을 지냈으므로 병영에서 규례대로 조사하지 못하고 있으니 어쩔 수 없이 의금부에서 추문하겠습니다.

여러 죄인을 압송해 올 동안은 우선 잡아와서 남간 옥에 가두겠습니다. 도망친 주성칠은 흉악하고 망칙한 도모를 주도한 이 옥사의 주모자인데 아직도 법망을 빠져나가 잡지 못하고 있으니 속히 좌포도청과 우포도청 및 각도와 각 진영이 기한을 정해 잡아내게 하여 왕법을 흔쾌하게 펴는 것이 어떻겠습니까?"

왕이 말했다.

"그리하라."

34.

고종 7년, 경오년, 1870년, 8월 28일.

의정부에서 왕에게 보고했다.

'선혜청에서 보고한 것을 보니 밀양의 사공 하정도는 수포곡 팔십오 석을 더 실은 것을 모두 훔쳐 먹거나 은닉했습니다.

또 다른 사공이 실은 곡식 사십일 석도 건몰했습니다.

사공 박기득은 작년의 부포가 백이십이 석 이상이나 되어 본읍에 압송하여 징수해서 갚게 하였는데 미납된 흠축이 또한 백이십일 석이나 됩니다.

두 놈이 범한 것이 모두 용서할 수 없는 범죄에 관계되니 징계를 시행하는 것이 합당합니다.

곡물을 조운하는 법의 뜻이 얼마나 무겁고 엄한 것인데 하찮은 사공의 무리가 허다하게 건몰한 것이 이같이 무엄하고 거리낌이 없단 말입니까?

나라의 곡식이 날로 줄어들고 나라의 기강이 날마다 해이해지는 것을 보니 통탄스러움이 극에 달해 차라리 말하고 싶지도 않습니다.

이런데도 그들의 간교한 허위에만 일임해 두고 크게 징계하지 않는다면 이후로 무궁한 폐해는 또한 어느 곳에서 끝나겠습니까?

죄는 용서할 수 없고 정상은 용서할 만한 것이 없으니 사공 하정도와 박기득 두 놈을 형조에서 경상 좌병영으로 압송하여 수신이 군민을 크게 모아 효수하여 여러 사람을 경계시키도록 하고 포흠한 곡식은 법전에 의하여 탕감해 주소서.

그리고 포흠을 지고 있는 사공은 다시 차임 말라는 이미 새로 반포한 절목이 있는데도 두 영읍이 또한 이들을 차임한 것은 매우 정식에 어긋난 것입니다.

해당 도신을 추고하고 해당 수령을 해부에서 나문하여 처리하게 하는 것이 어떻겠습니까?'

왕이 말했다.

"그리하라."

35.

고종 7년, 경오년, 1870년, 10월.

큰 처남 오십 줄이 여러 산채 두목들을 초청한 자리에 필제를 불렀다.

시월 초순.

필제는 칠선봉 산채로 갔다.

여러 색으로 단풍이 든 골짜기는 늦가을 햇빛을 받아 무릉인 듯 찬란했다.

넓은 대청에 두령으로 보이는 사내들이 모여앉아 개고기를 안주로 술을 마시고 있었다.

상 양편에 두텁이 산처럼 쌓여 있었다.

여옥이 딸아이를 품에 안고 필제를 맞았다.

필제는 대청에 올라 허리를 숙여 인사를 했다.

"행수 어르신들 무강하십니까. 저는 이필제라는 사람입니다. 지금 조령 청풍당에서 김용권 행수님을 모시고 있습니다."

오십 줄이 좌중을 둘러보며 거들었다.

"오늘 이 자리에는 팔도의 의적 행수들을 모셨소이다. 모두가 산도 허물고 바다도 메울 장한 분들입니다. 이 사람은 임술년 진주 거사 때 유계춘 밑에서 일을 배운 사람이오. 일찍이 무과에 합격하고 유학을 익혀 문무를 겸비한 재원이라오.

나와는 처남 매부 사이이기도 합니다. 자, 오늘은 서로 안면을 트자고 만든 자리이니 우리 통성명이나 합시다."

황소 뿔을 양쪽에 붙인 모자를 쓴 비대한 젊은이가 일어나더니 걸걸한 목청으로 말했다.

"나는 황해도 신천 궐산에서 온 장상길이라 하오."

머리를 박박 밀고 코가 도낏자루처럼 긴 사내가 일어났다. 앉아 있을 때는 몰랐는데 일어나니 키가 지리산 고사목처럼 비쭉하니 길었다.

"강원도 명주 오대산에서 온 조천제라 하오."

장상길이 물었다.

"오대산 어디에 산채를 두었소?"

"비로봉 밑이오."

"거기는 명주와 홍천, 평창에 걸친 장소라 화적질하기는 딱 좋은 곳이오."

"그런 걸 어떻게 아시오?"

"내가 배때 벗은 곳이 진부 월정사 아랫동네요."

이번에는 온몸이 근육투성이로 뭉친 땅달보가 일어났다. 필제는 용권 형님이 생각나 속으로 웃었다.

"이 몸은 경기 양평 용문산에서 온 여길이라 하오."

여길은 말을 마치자 자리에 털썩 주저앉았다. 소나무를 덧댄 대청마루가 삐거덕거리며 먼지가 피어올랐다.

조천제가 술 한 사발을 단숨에 마시고 물었다.

"용문산 행수는 성이 여 씨요?"

여길이 조천제를 바라보고 씩 웃었다.

"나는 백정 출신이라 본래 성이 없는 사람이오."

조천제는 고개만 끄덕였다.

몸이 노가리처럼 바짝 말라 비 틈으로도 빠져나갈 듯한 사내가 천천히 일어났다.

"나는 전라고 영암 월출산에서 온 지승이라 하오."

여길이 물었다.

"그러면 행수도 나처럼 백정 출신이오?"

"아니요, 나는 지가 성을 쓰는 사람이오."

"지 가도 본래 천인이 쓰던 성이 아니오?"

"그런 건 나도 잘 모르겠소. 우리 부친이 지 가라 나도 지 가 성을 쓸 뿐이오."

지승이 자리에 앉자 이번에는 얼굴이 대추처럼 붉고 검은 수염을 길게 기른 사내가 일어났다.

"나는 함경도 단천 두류산에서 온 김순대라 하오."

지승이 물었다.

"행수는 전생에 관우였소? 수염이 참 보기 좋습니다."

김순대가 허허 웃었다.

"동장군과 싸우다 보니 수염만 길었소이다."

오십 줄이 마무리했다.

"평안도 백산 백호당 행수 윤말봉은 자식 혼사가 있어 오늘 불참했소. 나하고는 동갑이라 친구로 지내기로 한 사이요. 오늘 우리가 가래는 결심은 무조건 따라오기로 했소.

자 이제 마지막으로 우리 칠선봉 산채 행수를 소개하겠소. 여옥아 두령님들께 인사드려라."

여옥이 아기를 싼 포대기를 필제에게 넘기고 좌중을 향해 다소곳이 허리를 숙였다. 그 나긋나긋한 자태가 천상 선녀였다.

그 아름다운 모습에 행수들은 새삼 정신이 아득해졌다.

장상길이 한숨을 쉬었다.

"하늘의 선녀가 이 험한 세상에 뭘 하러 왔을꼬?"

조천제가 선심이나 쓰듯 말했다.

"오늘은 좋은 날이니 선녀도 이리와 합석하시오."

여옥이 다소곳이 말했다.

"저는 술이 약해 메밀밭 근처도 못 갑니다. 하오나 제 낭군으로 대신하겠습니다."

여옥의 말이 채 끝나기도 전에 산을 타 목이 말랐던 필제가 지승 옆을 비오는 날 나막신 찾듯 급하게 파고 앉았다.

수인사가 끝나자 술잔이 빨리 돌았다. 술 항아리가 계속 들어왔지만 들어오는 족족 금방 비어 버렸다.

"이렇게 좋은 날 가무가 없을 수 있나?"

오십 줄이 일어나 기침을 해 목을 풀었다.

'인간서름 만흔중에
독수공방 더욱설다.

상사불견 이내진정

어내뉘가 짐작하리

이런저런 허튼근심

다풀쳐 버려두고

자나깨나 깨나자나

님못보아 가슴답답

묘한태도 맑은소리

눈에암암 귀에쟁쟁

보고지고 님의얼골

듣고지고 남의 말쌈

비나니다 비나이다

진정으로 비는거슨

님을보기 비나이다.'

여옥이 아기를 셋째 오라비에게 맡기고 오십 줄 옆으로 가 이어 불렀다. 옥을 굴리는 목소리가 천상에서 울리는 듯했다.

남매가 어깨를 추스르며 춤을 추니 벌이 꽃을 희롱하듯 구름이 달을 희롱하듯 했다.

'전생차생 무삼죄로

우리양인 서로만나

님과나와 한번만나

이별말자 굳은언약
천금가치 맺었더니
세상일이 마가만하
일조낭군 이별후에
소식조차 돈절하다
이별이 불이되어
타오난이 간장이라
눈물이 비가되면
붓난불을 끄려만은
한숨이 바람되어
간장이 더욱탄다
나며들며 빈방안에
다만한숨 벗이로다
만첩청산 드라간들
어내낭군 날찾으리
날개조흔 학이되면
날아가서 볼언만은
산은첩첩 천봉이오
물은둥둥 소이로다
오동추야 밝은달에
이내시름 깊었어라.'

두령들이 비웃 두름 엮듯 모두 넋이 나가 입에서 침이 흐르는 줄도 모르고 손뼉을 쳤다.

"정녕 하늘이 내린 선남선녀로다."

장상길이 황소 뿔 모자를 벗어 던지더니 웃통을 벗고 마당으로 나갔다. 덩치가 산 같은 사내가 쿵쿵 걸으니 마당에 지진이 이는 듯했다.

장상길은 마당 한쪽에 놓여 있는 커다란 절구를 단숨에 두 팔로 번쩍 들었다. 두령들이 항우가 환생한 듯 여겨 혀를 내두르며 감탄했다.

장상길은 절구를 공깃돌 놀이하듯 하늘로 던졌다 받았다 했다. 그러더니 절구를 가슴에 안고 한번 끙하고 힘을 주니 절구가 몇 조각으로 부서져 버렸다.

대청에서 와 하고 탄성이 나왔다. 장상길은 어깨를 한번 으쓱하더니 자리로 돌아와 사발 채로 술을 들이켰다. 조천제가 다시 한잔을 가득 부어 권했다.

"내가 탯줄을 끊고 나서 당신 같은 장사는 처음 보았소."

장상길이 그 술도 단숨에 마셨다.

"예전에 어떤 형님은 벌겋게 단 화로를 맨손으로 종이짝 찢듯 뜯어냈다고 하는데 거기에 비하면 나는 하룻강아지요."

"대관절 그 형님이 뉘시오?"

"꺽정이라는 형님입니다."

"그 사람은 구월산에 본채가 있었다던데 행수가 그 사람을 어떻게 압니까?"

"그때 구월산이 지금 궐산이오."

조천제가 혀를 찼다.

"행수가 그 형님의 기를 이어받은 모양이오."

장상길이 조천제에게 받은 술잔에 술을 가득 채워 건넸다.

"이러나저러나 행수도 무얼 하나 보여주시우."

"나는 이렇다 할 재주가 없어서….."

장상길이 조천제의 등짝을 철썩하고 갈겼다. 제 딴엔 살짝 건드린 것이 조천제는 하마 허파가 떨어지는 줄 알았다.

"오대산 행수가 칼을 잘 쓴다는 건 세상이 다 아는 일인데 무얼 그리 빼시오? 어서 한 수 보여주시오."

조천제가 옆에 두었던 장검을 들고 마당으로 나갔다.

검을 빼 천천히 품세를 잇더니 돌연 손속이 빨라졌다. 순간 검광만 남고 사람의 모습이 사라졌다. 검광이 마당 끝에 선 오래된 산벚꽃나무 쪽으로 이동하니 한편 가지에 달려 있던 잎 수백 장이 몽땅 검풍에 날려 흩어졌다. 허공을 헤매던 나뭇잎들이 검광 쪽으로 모이더니 다시 분수처럼 날려 땅에 떨어졌다.

이윽고 검광이 사라지자 조천세가 멀뚱한 얼굴로 칼을 칼집에 넣었다.

박박 깎은 머리와 우뚝 솟은 콧잔등이 만추의 햇살을 받아 반짝였다.

조천세는 대청으로 들어오면서 문득 생각난 듯이 손가락으로 마당을 가리켰다.

마당에 두 조각난 나뭇잎들이 友(우) 자를 만들어 누워 있었다.

장상길이 두 손으로 배를 두드리며 웃었다.

"역시 오대산 조천세로구나."

용문산에서 온 여길이 오뚜기 모양 펄쩍 뛰어 마당으로 나갔다. 잘 발달한 근육이 용트림하듯 뭉쳐 구리로 조각을 한 듯 찬연했다.

여길은 잎이 잘린 산벗꽃나무 옆에 선 홍송을 한 손으로 뿌리째 뽑았다. 그리고 그 옆에 있던 커다란 검은 바위를 다른 한 손으로 들더니 마당 가운데로 돌아왔다.

대뜸 홍송을 하늘로 집어 던지더니 훌쩍 날아올라 발길로 차 나무 허리를 부러뜨리고 내려오면서 주먹으로 바위를 치니 벼락 치는 소리가 나면서 바위가 두 쪽으로 갈라졌다.

장상길이 좋아서 춤을 추었다.

"강호에 인물이 많다더니 내가 오늘 호강을 하는구나."

여길은 역시 통통 튀는 걸음으로 자리에 가 앉았다. 장상길이 말했다.

"여보시오 용문산 행수, 당신은 정말 영웅호걸이오. 내가 호를 하나 지어드리고 싶은데 받아주겠소?"

"백정 주제에 무슨 호가 가당하겠소?"

"사양하지 마시오. 마침 오늘이 보름이니 이따가 어두워지면 보름달이 나올게요. 행수는 이 어두운 세상에 밤을 낮처럼 환하게 비추는 보름달 같은 사람이오. 땅 지 자에 달 월 자를 붙여 오늘부터 호를 지월이라 하면 어떻겠소?"

"기꺼이 받겠소이다."

여길은 장상길이 자기를 알아주자 흐뭇해서 호를 받았다.

장상길이 호탕하게 웃으며 술잔을 들었다.

"자 여러분 지월 행수를 위해 한잔 가득 부어 마십시다."

모두 단숨에 잔을 비웠다. 여길은 좋아서 석 잔을 연거푸 마셨다.

여옥이 슬며시 오십 줄에게 말했다.

"오라버니, 장 행수가 오대산 행수에게 농을 쳤습니다."

"무슨 말이냐?"

"지월을 우리 말로 풀면 땅과 달이 아닙니까? 오대산 행수가 키가 작다고 놀렸습니다."

가만히 생각하던 오십 줄이 배꼽을 잡고 웃었다.

"땅딸보를 지월이라 했으니 무슨 문제가 있겠느냐? 어쨌든 너는 모른 척하고 가만히 있거라."

사람들 눈길이 월출산 행수 지승에게 모였다. 지승은 마지못해 일어나는 시늉을 했다. 지승이 머뭇거리며 말했다.

"나는 별로 보여드릴 만한 재주가 없소이다. 그러나 굼벵이도 구르는 재주가 있다 했으니 삭단에 떡 맛보듯 보아주시면 족하겠습니다."

지승은 자리에서 일어나지도 않았다. 다만 앉은 채로 눈을 감더니 산 까마귀 염불하듯 주문을 외기 시작했다.

조금 있으니 맑던 하늘이 컴컴해지기 시작했다. 갑자기 벼락과 우레가 치며 장대비가 쏟아졌다. 빗줄기가 점점 굵어져 마치 폭포처럼 우렁찼다. 지승이 집게손가락을 한번 팅기니 돌연 돌개바람이 일어나 대청으로 비바람이 몰아쳐 들어왔다.

대청에 앉았던 사람들이 물에 빠진 생쥐 꼴이 되고 말았다.

다시 지승이 장지를 튀기니 바람이 자갈을 몰고 들이쳤다. 사람들이 자갈에 맞지 않으려 이리저리 피해 다녔다.

싱긋 웃던 지승이 손바닥을 딱딱 치자 순간 천둥 번개가 사라지고 비바람도 그쳤다. 무지개가 일어나더니 한 가닥은 하늘로 솟고 한 가닥은 대청으로 들어왔다. 하늘과 땅이 모두 무지개에 묻혀 신선이 사는 곳인양 황홀했다.

다시 지승이 손바닥을 딱딱 치자 모든 현상이 사라지고 이전 대청 모습으로 돌아왔다. 비에 젖은 사람도 없고 돌에 맞은 사람도 없었다.

지승은 그림처럼 제자리에 앉아 의미심장한 미소를 지었다.

귀신이 곡할 노릇에 사람들은 모두 현기증이 났다.

김순대가 말을 더듬거렸다.

"이게 무슨 조화인가? 우리가 모두 헛것을 보았단 말인가?"

지승이 자리에서 일어나 허리를 숙였다.

"행수님들을 놀라게 해드려 송구합니다. 제가 보여드린 것은 기문둔갑의 아주 기본이 되는 술수였습니다."

김순대가 찬탄을 했다.

"참으로 놀라운 재주이외다. 신선이 아니면 부릴 수 없는 조화가 아니겠소?"

지승이 겸손하게 김순대에게 고개를 숙였다.

"두류산 행수도 숨겨 둔 기량을 한번 보여주시지요?"

김순대가 자리에서 일어나 좌중을 둘러보며 말했다.

"모든 분이 참으로 재주가 대단합니다. 여러분에 비하면 저는 재주라고할 수도 없는 작은 기술이 하나 있기는 있습니다만⋯."

장상길이 말 사이에 끼어들었다.

"아따 너무 재지 말고 한번 보여주시오."

떠밀리는 흉내를 내며 김순대가 마당에 나갔다. 마당은 부서진 절구와 부러진 홍송, 두 조각난 바위로 어수선했다.

김순대가 마당 끝으로 가 마당을 보고 섰다. 천천히 호흡을 조정하더니 기마자세로 소리를 내지르기 시작했다.

고음의 비명에 가까운 소리에 사람들은 모두 손으로 귀를 막았다.

들기만 했던 사자후였다. 소리가 바람을 불러 마당에 흩어졌던 물건들을 한꺼번에 본래 있던 자리로 옮겼다. 그러나 김순대의 길게 늘어진 수염은 조금도 흔들이지 않았다.

절구는 조각난 것들이 다시 붙어 본래 자리에 가 멀쩡하게 놓였다.

홍송은 부러진 허리가 다시 붙어 본래 자리에 뿌리를 앉혔다. 두 조각난 바위는 다시 하나가 되어 홍송 옆에 놓였다. 마당은 다시 이전의 모습을 되찾아 단정해졌다.

다만 조천제가 두 조각으로 잘라 友(우) 자를 만들었던 산벗꽃나무 이파리가 모양이 바뀌었을 뿐이었다. 어느 사이 나뭇잎들은 情(정) 자를 만들고 있었다.

행수들은 읻어나 와 하고 환호성을 질렀다. 김순대가 대청으로 들어오자 모두 다시 술잔에 술을 채웠다.

장상길이 술을 마시다 말고 필제를 쳐다보았다.

"가만가만, 우리가 빼먹은 인물이 있습니다. 천상 선녀를 아내로 둔 저 삼밭에 쑥대를 닮아 두목지가 왔다가 울고 갈 사내가 차례를 기다리고 있습니다."

행수들이 기대에 찬 눈으로 손뼉을 쳤다.

필제가 천천히 일어났다.

"여러 행수님께서 훌륭한 기량은 보여주셔서 저의 광영이 컸습니다. 저도 무예는 조금 익혔습니다만 행수님들 앞에 내세우기는 매우 부끄럽소이다. 그러나 그냥 지나갈 수는 없을 터이니 저는 병법을 외어보겠습니다. 알고 있는 병법을 한번 읊어보겠습니다."

말을 마치자 필제는 손자병법 일 장부터 오자병법을 거쳐 한비자에서 조조병법 그리고 제갈량의 기문둔법 마지막 장까지 한 자도 빠뜨리지 않고 모두 외웠다.

탁한 수리성이 대청을 쩡쩡 울렸다.

행수들은 감탄해서 부엉이 눈을 하고 필제를 쳐다보았다. 여옥도 심장이 뿌듯해 품속의 아기를 더 꼬옥 안았다.

조천제가 말했다.

"문무를 겸한 천하의 신동이 우리와 같이 어울렸군. 이보게 내 술 한잔 받으시게."

필제는 조천제가 따라 준 술을 단숨에 마셨다.

"어떻게 그 많은 문장을 다 외울 수 있었소?"

"그것은 모두 한울님의 조화입니다. 여러 행수님이 보여준 기량도 모두 한울님의 조화입니다.

우리는 한울님 조화의 한 가닥씩 얻어 간직했던 것입니다. 사람은 모두 내면에 한울님을 모시고 있기 때문입니다."

여길이 물었다.

"그러면 백정도 한울님을 모시고 있다는 말이오?"

"물론입니다. 신분이라는 굴레는 한울님이 만든 것이 아닙니다. 한울님에게는 모든 사람이 모두 아름답고 소중한 존재입니다.

어찌 양반만 사람이겠습니까? 이 땅에 사는 모든 사람이 모두 똑같이 귀한 존재입니다."

여길이 손으로 가슴을 쳤다.

"오늘 내가 이 소리를 들으려 여기까지 왔구나. 여보게 필제 당신은 그런 말을 어디에서 들었소?"

"내 친구, 아니 내가 스승으로 모셨던 분에게 들었습니다. 그분은 고된 수련을 이기고 직접 한울님을 만났습니다. 그리고 한울님으로부터 천도를 받았습니다.

그 후 그분은 백성들이 자신이 진정 어떤 존재인지를 용담에서 가르치기 시작했습니다. 저도 그때 도를 받고 제자가 되었습니다.

그분은 새 사람으로 태어난 백성들이 새 세상을 만들 사상의 뿌리를 튼튼하게 박으신 분입니다.

제가 무력으로 새 세상을 만들겠다고 하자 언젠가 사상과 무력이 합쳐 이룰 거대한 개벽의 아침이 오리라고 예언했습니다. 그날은 꼭 오고야 말 것입니다.

그분은 결국 나라의 박해를 받아 돌아가셨습니다.

그분이 대구 감영 감옥에 갇혀 죽음을 기다릴 때 나는 그분을 구출하러 형님들을 모시고 감방을 습격했습니다. 그리고 감방으로 직접 찾아가 나가자고 말했습니다.

그러나 그분은 거절했습니다. 그분은 죽어야 사는 길도 있다고 나를 보고 웃었습니다.

나는 그때 분명히 보았습니다. 그분 뒤에서 그분을 지키는 천상 선녀의 모습을요.

나는 깨달았습니다. 그분이 하시는 일은 한울님이 직접 관여하시는 세상의 개벽이라는 것을.

그리고 그분의 뜻을 받들어 움직이는 모든 거사에 한울님이 항상 같이 계신다는 것을 말입니다.

그분은 억울하게 돌아가셨습니다. 그러나 그분이 남긴 가르침은 지금이 순간에도 온 나라에 두루 퍼지고 있습니다."

"그 가르침을 무어라고 부르오?"

"동학이라 합니다."

"그렇다면 나도 동학에 들겠소. 어떻게 하면 되오?"

여길이 묻자 다른 행수들도 기대에 차 필제를 바라보았다.

김순대가 말했다.

"우리가 비록 산채를 만들어 의적이라 행세하고 가난하고 핍박받는 백성 편에 서서 움직이고 있으나 나라에서는 우리를 화적이라 멸시하고 틈만 있으면 잡아 죽이려 용을 쓰는 판이다.

우린들 가족과 친지를 모시고 농사를 지으며 사람답게 살고 싶지 않겠는가? 그렇게 하고 싶어도 하지 못하게 만든 장본인이 바로 나라의 왕과 벼슬아치가 아니던가?

여러 해 산 사람으로 살았으나 나는 항상 고향으로 돌아가 친한 사람들

속에서 함께 일하며 사람답게 사는 꿈을 꾸었다.

그러지 못하는 안타까움에 밤에 자다가 깨어나 피눈물을 흘린 적이 한 두 번이 아니었다.

그런데 오늘 모든 사람이 차별이 없고 모두 한울님을 모신 소중한 존재라는 말을 들으니 내 마음이 왜 이렇게 기쁘고 한량없이 좋은지 모르겠다.

행수님들, 나도 동학에 들겠소. 동학의 가르침을 받아 온전한 본래의 나를 다시 찾아야겠소. 그래서 나도 사람답게 살아보겠소. 여러분들은 어떠시오?"

대청이 온통 숙연해졌다.

오십 줄이 말했다.

"우리 칠 남매는 필제에게 주문을 받아 이미 동학에 입도했소. 여러 행수님도 동학도인으로 들어올 의사가 있으면 오늘 필제에게 주문을 받으면 되오."

장상길이 분연히 말했다.

"여러 행수님, 우리 오늘 모두 동학에 입도합시다. 그래서 새 사람으로 다시 태어납시다. 내 말에 동의하면 손뼉을 쳐 주시오."

모두 기쁘게 손뼉을 쳤다.

장상길이 다시 말했다.

"오늘처럼 기쁜 날은 내 생전 처음이오. 나는 오늘 진정한 나로 다시 태어났소. 여러 행수도 그렇게 생각한다면 우리 오늘 이 자리에서 형제의 의를 맺읍시다.

그래서 앞으로는 친형제처럼 서로 의지하고 격려하면서 살아봅시다. 어떻소이까?"

"참으로 좋은 말이오."

"그럽시다."

서로 나이를 따져 보니 오십 줄이 맏형이었다. 다음으로 김순대, 여길, 조천세, 지승, 장상길, 필제 순이었다. 마흔여섯 먹은 필제가 가장 막내였다.

여길이 감격에 겨워 눈물을 흘렸다.

"내가 오늘 호를 얻어 양반이 되더니 기라성 같은 아우를 여럿 두게 되었구나. 세상에 내게 이런 날이 올 줄은 꿈에도 몰랐다."

그러더니 입매를 엄숙하게 만들어 말했다.

"우리 형제에게 동학의 가슴 벅찬 주문을 전해 줄 필제를 우리 팔도 행수들의 우두머리로 추천합니다. 어떻소이까?"

"좋소이다."

"그럽시다."

모두가 동의했다. 오십 줄이 필제에게 재촉했다.

"여보게 어서 형제들에게 주문을 알려주게."

필제가 앞으로 나가 먼저 허리를 숙여 예를 표했다.

"형님들 제가 형님들을 모시기에 매우 부족하지만 이렇게 저를 위해주시니 제 목숨을 다 바쳐 형님들을 모시겠습니다. 앞으로 우리가 사람답게 살 수 있는 세상을 만들기 위해 신명을 다해 뛰겠습니다.

우리가 세상을 바꾸는 일은 한울님도 원하시는 일입니다. 우리는 한울님의 군사라는 것을 항시 잊지 말아 주십시오.

이제 제가 열석 자 주문을 외겠습니다. 형님들이 따라 해 주십시오."

필제는 주문을 선창했다.

"시천주 조화정 영세불망 만사지."

대청에 우렁찬 주문 소리가 울려 퍼졌다.

"시천주 조화정 영세불망 만사지."

"시천주 조화정 영세불망 만사지."

"시천주 조화정 영세불망 만사지."

주문 소리는 대청을 나가 칠선봉을 돌아 지리산을 넘어 온 천지로 퍼져 나갔다.

시월 초.

양양 도인 공생과 이경화가 대가로 최세정을 찾아왔다. 성품이 찰찰한 이경화가 최세정에게 권했다.

"저희가 양양에서 용화동까지는 너무 멀어 가르침을 받으러 왕래하기가 힘이 듭니다. 저희는 양양에 유배 왔던 이경화 연원으로 이경화는 장기서에게, 장기서는 저에게 도를 전했습니다.

이경화는 스승님께 직접 도를 받은 사람이므로 저희가 지금 다른 사람의 지시를 받기가 격에 맞지 않습니다.

그래서 지금 도주 대신 스승님의 적자인 분을 모시자는 의견이 있어 이렇게 찾아왔습니다. 양양 도인들은 살림이 넉넉해 아마 생계도 이곳보다는 나을 듯합니다.

원주 사는 장기서 도인이 이미 소미원에 집을 마련하였으니 대가를 양양으로 옮기는 것이 어떻겠습니까?"

최세정은 용화동보다 살림이 넉넉하다는 말에 귀가 솔깃해 경상에게 의논도 없이 대가를 양양 소미원로 옮기고 말았다.

최세정이 갑자기 양양으로 대가를 옮기자 경상은 매우 섭섭했다. 동학이 지금 매우 어려운 처지에 놓여 있음에도 불구하고 이렇게 두 갈래로 나뉘면 결집력도 약해지고 적지 않은 잡음이 생길 것이 염려되었다.

그러나 이미 가 버린 대가를 지금 와서 다시 돌려 올 도리는 없었다.

단양·영춘·영월·정선·평창 지역은 단양 접주 민사엽이 관할하고 있었다. 그리고 양양과 인제 지역은 이경화를 통해 관리되고 있었다.

민사엽이 죽자 민사엽이 관할하던 지역은 자연스럽게 경상에게 넘어왔으나 양양·인제 지역은 이경화가 연원이므로 무언가 최세정을 따르자는 분위기였다.

을축년부터 약 오 년간 경상의 노력으로 동학 조직은 서서히 회복되기 시작했으나 동시에 양양과 인제 그리고 정선과 영월·단양 지역에서는 새로운 조직이 생겨나고 있었다.

그렇게 경오년 한 해가 저물었다.

36.

고종 8년, 신미년, 1871년, 초.

필제는 경상과 잘 아는 도인 이인언을 일월산 용화동 윗대치로 보냈다. 경상에게 영해 도인들의 움직임을 설명하기 위해서였다.

"관이 나라를 온통 뒤져 도인의 씨를 말리려 하는 판국에 왜 환난을 자초하시오?"

이인원이 말했다.

"스승의 억울한 죽음을 신원하자는 뜻도 있습니다."

"작은 영해 고을을 친다고 스승님이 신원 되겠소?"

"우리 정 대장은 발이 넓어 대원위 대감과 한양 오 영이 뒤를 받치고 있습니다. 전국의 산 사람들도 도울 것입니다."

"그렇다면 직접 대원위 대감께 청을 넣으면 되지 구태여 영해를 치는 이유는 무엇이오?"

"도주께서 직접 정 대장을 한번 만나보시면 어떻겠습니까?"

필제는 이때 정 씨로 성을 바꾸고 움직이고 있었으므로 경상은 정 대장이 누군지 도무지 알 수 없었다. 경상은 이인언을 좋은 말로 타일러 돌려보냈다.

필제는 이번에는 도인 박군서를 보냈다. 경상은 역시 좋은 말로 돌려보냈다. 이제 겨우 접 조직을 살리는 중이어서 스승의 신원은 시기상조라 판단했기 때문이었다.

며칠 후 이인언이 다시 찾아왔다.

경상은 또 한 번 완곡하게 사양했다.

이월 초.

눈이 많이 내렸다. 무릎까지 빠지는 눈을 헤치고 이번에는 박사헌이 경상을 찾아왔다.

"앞서 몇 사람이 다녀갔으나 오시지 않아 남나중으로 제가 오게 되었습니다. 저는 전 영해 접주 박하선의 아들입니다. 도주께서 저를 믿고 정 대장을 한 번 만나 보시면 어떻겠습니까."

경상은 사양했다.

"노형은 그 사람과 몇 달간 같이 있어 보았으니 그 사람을 잘 알겠으나 나는 그렇지 못합니다. 그리고 앞서 나를 찾아왔던 사람들은 미덥지 않았습니다. 정 대장이라는 사람은 대관절 어떤 사람입니까?"

"전들 어찌 사람 속을 들여다보겠습니까? 다만 그의 행동을 보고 말을 들어보면 모두 당당하고 옳습니다. 오직 스승님을 위하는 말만 하니 저도 역시 그렇게 여기고 있습니다."

"꼭 필요하면 정 대장이 나를 한번 찾아오라 이르시오."

박사헌이 질겁을 했다.

"정 대장이 도주를 만나려다 관의 미행이라도 당하면 도주의 신변이 위험해집니다. 그 일은 가당치 않습니다."

경상은 형편이 허락하면 한번 가보도록 하겠다고 완곡하게 거절하여 돌려보냈다.

이월 중순.

다섯 번째로 권일원이 경상을 찾아왔다. 권일원은 다른 사람과 달리 좀 강경하게 발언했다.

"스승을 위해 설원하는 방법을 의논하자는 것이니 도주께서 만나 주셔야 그 사람을 대접하는 모양새가 됩니다."

경상은 좀처럼 믿음이 서지 않았다.

그렇지만 이미 여러 사람이 자신을 찾아와 정 대장을 만나 보라 권했고, 또한 영해 도인들의 의견을 무작정 외면만 할 수도 없어 일단 권일원을 따라 박사헌의 집으로 갔다.

필제는 당시 마흔일곱 살이었고 경상은 마흔다섯이었다.

박희성이 한양 오 영의 군관들과 접촉해 상당수의 동조자를 확보해 놓았다. 더욱이나 박희성은 김정태와 연계해 흥선과도 줄을 넣고 있었다. 흥선은 이들과 적당한 거리에서 거래할 준비가 되어 있었다.

전국의 산 사람 조직도 무시할 수 없는 세력이었다. 그들은 시기가 무르익으면 언제라도 필제를 도울 판이었다.

제대로 녹도 받지 못하는 관군은 빛 좋은 개살구가 된 지 오래여서 사실상 오합지졸에 불과했다.

이런저런 준비를 마친 필제는 영해를 접수해 근거지로 삼아 점차 영역을 확대하면서 동지들과 합세해 세력을 펴나가면 승산이 있다고 판단했다. 세력이 확장되면 스승의 신원 정도는 부수적으로 얻을 수 있는 조건이 된다.

그 첫 거사 대상이 바로 영해였다.

필제는 경상을 보자 씩 미소를 지었다. 경상은 그때야 비로소 정 대장이 필제임을 알았다. 필제는 경상을 상석에 모셨다.

"스승님이 선전관 정운구에게 잡혀갈 때 나는 새재에 매복해 구출하려 기다렸습니다. 대구 감영 감방에 계실 때도 도주는 알지 못할 이야기를 하며 회피했으나 내가 직접 청풍당을 이끌고 감옥 앞까지 쳐들어갔습니다.

스승님의 간곡한 뜻을 거절할 수 없어 그냥 나오기는 했으나 스승님과 도를 위하는 마음은 결코 도주보다 내가 모자라지 않습니다. 스승님과 나는 서로 취한 길은 달랐으나 방향은 같았고 언제라도 서로 필요하면 돕자고 약조한 바도 있었습니다.

나와 도주도 가깝지 않다고 할 수는 없는 사이인데 스승님의 일로 도주 집에 네댓 번이나 사람을 보냈는데 그처럼 나를 괄시할 수 있습니까? 나는 스승님의 억울한 죽음을 바로잡고자 하는 뜻을 가진 지 이미 오래입니다. 그리고 이제 스승의 신원을 도모할 때가 되었습니다.

옛글에 하늘이 주는 것을 받지 않으면 대신 재앙을 받는다고 했습니다. 지금은 하늘이 주는 시기입니다. 이 시기를 놓치면 절대 안 됩니다. 오는 삼월 십 일에 영해 관아를 치기로 했으니 도주께서 나를 도와주서야 합니다."

경상이 차분하게 물었다.

"스승님의 억울한 죽음을 신원하는 일과 영해 관아를 습격하는 일이 무슨 관련이 있습니까?"

"작은 곳에서부터 관을 징계해야 합니다. 우리가 힘이 있어야 조정과 타협할 수 있습니다. 다른 방법은 통하지 않습니다. 언제까지 침묵만 지키며 숨어 살아야 합니까? 우리가 먼저 움직여 관의 생각을 바꾸어야 합니다. 나는 그동안 여러 곳에서 이러한 작업을 계속해 왔습니다. 이 방법이 가장 효과가 있습니다."

경상은 한 발 빠졌다.

"무슨 소리인지 나는 잘 이해가 되지 않습니다. 역모를 일으키자는 말이오?"

필제는 억지를 부려보았다.

"스승님이 이르기를 동쪽에서 태어나 동쪽에서 받았으므로 도의 이름을 동학이라 한다고 했습니다. 동학은 동에서 일어났으며, 영해는 나라의 동쪽입니다. 따라서 이제 동에서 거사하는 것이니 스승님을 위하는 자라면 모두 나를 따라 주어야 합니다."

경상은 자리에서 일어났다.

"스승님의 신원은 내가 원하는 바이나 역모는 가당치 않습니다. 지금은 은인자중해 더 힘을 길러야 할 때입니다.

설령 영해 관아를 공격해 부패한 관리를 우리 손으로 처벌한다고 하더라도 조정이 우리를 역적으로 몰아 토벌할 터인데 적은 인원으로 경군과 싸울 방도는 있소이까?"

필제가 느긋하게 웃었다.

"물론 준비는 다 되어 있소이다. 내 말을 좀 더 들어보시오. 내 이름은 이미 세상에 드러나 조정에서도 알고 있습니다.

이번 거사는 이미 금군과 훈련대장도 묵인하고 있습니다. 이것이 어찌 천운이 아니겠소?

이번 거사는 하늘로부터 내리고 땅의 귀로부터 나온 기회입니다.

우리도 한시바삐 스승님의 신원을 도모해 떳떳하게 도를 펴나가야 하지 않겠소? 스승님이 돌아가신 날이 삼월 십 일이므로 거사를 이날로 잡았으니 다른 말은 듣지 않겠소이다."

경상은 좋게 거절했다.

"대장의 말에도 일리가 있으나 이렇게 큰일은 서두르면 실패하기 쉬운 법이니 신중하게 가을로 연기하는 것이 좋겠소이다."

"그런 자세로는 백 년이 지나도 현도는커녕 신원도 못 이룰 것이오. 다시 생각해 주시오."

두 사람은 팽팽히 의견 대립을 하다가 일단 다시 의론키로 하고 헤어졌다.

경상은 다시 용화동으로 돌아갔다.

필제가 경상의 말을 이해하지 못한 것은 아니었다. 수난을 곁들인 요람기에 참을성 있게 성숙할 시기를 기다리며 동학을 키워나가는 것이야말로 도주가 취해야 할 현명한 처사일 것이다. 그는 침착하고 무거운 사람이라고 필제는 생각했다.

그러나 경상의 처지와 자신의 처지는 매우 달랐다. 경상은 수운의 뒤를 이어 도를 보존해 나가는 사람이고 자신은 무력으로 거사를 일으켜 조정을 흔드는 사람이었다.

37.

고종 8년, 신미년, 1871년, 초.

필제를 만나고 온 경상은 그가 한 말 중 스승님의 신원이라는 말이 머리에 남아 일단 영덕으로 내려가 강수를 만났다. 스승이 억울하게 뒤집어쓴 죄를 벗고 신원된다면 동학을 마음 놓고 가르치고, 도를 더 널리 펼 수 있을 터였다.

강수는 학식이 깊고 세상을 보는 눈이 넓어 필제의 거사를 어떻게 읽을지 궁금했다.

경상은 당시의 교세로 조정에 스승의 신원을 요구하기에는 아직 힘이 부족하고 때가 이르다고 판단했다. 그러나 다행히 현도를 이룬다면 죽어서도 스승을 만날 면목이 생긴다.

대구 감방, 세상에서 가장 비참하고 어두운 곳에서 마지막으로 스승을 만나던 밤을 생각했다. 스승은 자신은 도를 위해 죽을 터이니 경상더러 고비원주하라 했다. 높이 날고 멀리 날리라는 당부는 도의 확장과 현도를 위해 노력하라는 스승의 간곡한 뜻이었다. 그날 이후 하루도 스승의 그 말씀을 잊는 적이 없었다.

경상에게 자초지종을 들은 강수는 자신과 함께 필제를 다시 만나 본 후 의논하자고 했다. 경상은 강수와 함께 영해로 내려가 필제를 만났다. 필제는 같은 말을 반복했다.

필제의 말을 듣고 난 강수가 물었다.

"나는 노형의 진정한 의도를 알 수 없소. 어째서 도인을 빙자해 무모한 일을 꾸미려 하는 거요?"

필제는 화를 냈다.

"당신은 도를 배반한 사람이다. 내가 지금 스승님을 위하자는데 사근취원하란 말인가. 스승을 위한 일에 도인이 앞장서지 않고 어떻게 세류를 취한단 말인가."

강수는 반박했다.

"남아로서 세상일을 하는데 단독으로 욕심을 내 이치를 살피지 않으면 그 폐해는 종국에 가서는 실패를 맛보게 됩니다.

당신은 항우가 실패했던 까닭을 알지 못합니까? 고집만 부리다 뜻을 잃게 되었으니 범증의 간언을 물리친 것을 후회하지 않았소?

노형이 거사를 일으키려는데 내가 어찌 막을 수가 있겠소? 그러나 그것은 노형 개인의 생각이니 깊이 살펴 결단하도록 하시오."

필제는 강수의 말을 듣더니 한 걸음 물러섰다.

"노형의 말은 옳으나 이미 날짜가 정해졌으니 물러나기도 어렵고 나가기도 어렵게 되었소. 운도 다시 오지 않으며 때도 다시 오지 않습니다. 거사 일은 삼월 십 일이오. 스승과 우리 도인들의 원한이 맺힌 날이 아니겠소?

춘삼월이라 사람이 움직이기도 좋은 때입니다. 일이란 급하게 부딪힐 경우도 있으므로 때를 놓지 말아야 합니다."

강수는 이 말을 듣고 조금 부드럽게 말했다.

"노형의 뜻은 내가 알겠소. 다만 바라건대 서두르지만 마시오."

이때 김낙균이 들어와 한양에서 사람이 도착했다고 알렸다. 군관 복장을 한 박희성이 방에 들어왔다.

필제가 반색하고 박희성을 맞았다.

"형님, 마침 잘 오셨소."

필제는 경상과 강수를 가리켰다.

"이분이 동학 도주입니다. 그리고 옆에 계신 분이 강 도인입니다."

오십이 넘은 박희성이 먼저 허리를 숙였다.

"박희성이라고 합니다."

경상과 강수도 마주 인사했다.

박희성이 소매에서 관인이 찍힌 서찰 두 장을 꺼내 필제에게 주었다.

"이것이 무엇입니까?"

필제가 서찰을 받아 읽어 보더니 금방 얼굴에 화색이 돌았다.

"도주, 이 서찰은 금군 대장과 훈련대장의 글이오. 정녕 이와 같으니 내 말을 어찌 의심하겠소?"

박희성이 거들었다.

"대원위 대감이 영해와 영덕 부사는 김씨 문중 줄을 잡은 놈들이니 얼마든지 쳐도 좋다 하셨네."

"신원 문제는 말씀드렸습니까?"

"음 그것은 조금 기다리며 때를 보자 하셨네."

필제가 경상에게 말했다.

"내가 그사이 한양에 손을 좀 써 두었소. 울어야 젖을 얻어먹을 것 아니오? 스승님 신원도 일단 대원위 대감에게 청해 놓았으니 조만간 좋은 소식이 올지도 모르겠소."

필제는 그 자리에서 서찰 두 장을 경상과 강수에게 보여주었다. 종이에는 그들이 필제를 후원한다는 글 밑에 금군 대장과 훈련대장의 관인이 선명하게 찍혀 있었다.

필제는 그 자리에서 도인들을 동원하는 격문을 써 경상에게 주었다. 경상은 격문을 받아 줄 수밖에 없었다. 그러나 확답은 미루었다.

경상과 강수는 병풍바위에서 내려와 영해 읍내로 갔다. 영해 도인들의 의견을 듣기 위해서였다. 전동규의 집에서 도인들을 만났다.

전동규는 이미 필제와 손을 잡고 있었다.

"나는 이미 오래전부터 준비하고 있었으니 주인께서도 속히 돌아가 때를 잃지 않았으면 합니다."

다른 도인들도 생각이 같았다. 영해 도인들의 분위기를 대강 파악하고 경상과 강수는 영해를 떠났다.

영양과 영덕이 갈라지는 길목에서 강수가 말했다.

"필제가 저렇게 기세등등하니 이번 기회를 이용해 필제를 앞세워 도세도 확인하고 조정의 속도 한번 떠보는 게 어떻겠습니까?"

경상은 신중하게 말했다.

"글쎄 말이오. 나도 그러한 생각을 하지 않은 것은 아니나, 고작 변방에 있는 작은 고을인 영해를 친다고 해서 조정이 꿈쩍이나 하겠소?

지난 임술년 한해 내내 전국에서 저항이 일어났으나 백성들만 희생되고 말았소.

그 이후 백성들이 목숨을 걸고 요구한 무엇 하나 변한 게 없지 않소? 지금은 오로지 도세를 확장해 우리의 힘을 길러야 하는 시기이니 스승의 신원은 아직 때가 이른 감이 있소."

강수는 경상과 작별하고 영덕으로 내려가던 중 박춘서를 만났다. 저간의 사실을 말하자 박춘서도 이미 필제를 만났다며 스승님을 위하는 길이니, 그의 뜻에 따르자고 했다.

강수는 청하로 가 유배 중인 이경여 부자와 동생, 조카들을 불러 필제의 격문을 보여주었다. 그들도 이치에 통하는 문장이라며 따르겠다고 했다.

경상은 용화동으로 돌아와 이웃에 사는 도인 이군협·정치겸·장성진 등 중견 지도자들의 의견을 물었다. 양자인 갑이도 불렀다. 그들도 거사가 필요하다고 입을 모았다.

그러나 경상은 쉬이 결정을 내리지 않았다.

그날 밤.

경상은 마당에 단을 차리고 청수를 모셨다. 마음을 다해 한울님과 스승님의 지혜를 구했다. 내두로 심장이 터질 듯이 아렸다.

"한울님, 스승님, 제가 올바른 판단을 할 수 있도록 지혜를 보태 주십시오."

필제는 거사를 시작하면 온 나라의 백성이 동조하리라 믿고 있다. 그러나 그것은 필제의 기대이지 실제로 그렇게 되리라는 보장은 없다.

영해 한 곳만 징치하고 만다면 거사 이후에 반드시 다가올 조정의 보복을 어떻게 감당한단 말인가? 겉으로 위무하는 척하면서 뒤로 후려치는 조정의 위선적인 행사는 이번에도 재연될 것이다.

스승님이 천명에 따르시고 나서 몇 년 동안 관의 지목을 피해 가면서 여러 도인이 목숨을 걸고 뛰어다녀 이제 겨우 자리를 잡아 가는 우리 도가 이번 일로 다시 조정의 탄압을 받게 된다면, 많은 도인이 죽임을 당하고 요행히 살아남아도 고향을 떠나 객지를 떠돌며 관의 추적을 견디며 모질게 살아가야 할 터이니 그 죄를 어떻게 감당한단 말인가?

그렇다고 도주의 입장에서 무턱대고 여러 도인의 의사를 무시할 수도 없는 일이 아닌가?

새벽이 밝아왔으나 경상은 결정을 내리지 못했다.

영해 관아 형방 김도식은 노름방에서 큰 빚을 지고 전주에게 채근을 당하다 못해 관내 백성에게 동학한다는 죄를 뒤집어씌워 돈을 뜯어낼 궁리를 세웠다.

뻔뻔하기가 양푼 밑구멍 같은 자였다.

김도식은 영해 부사 이정을 꾀어 손끝에 기름이 들어 쌀독에서 인심이 나 내는 백성 몇을 잡아들였다. 여기에 전동규가 걸려들었다.

다른 이들은 돈을 내고 풀려났으나 전동규는 딱 잡아떼고 끝까지 버텼다.

"썩은 동앗줄을 잡아 온 것 아니냐?"

이정이 쑥떡 먹은 놈처럼 쓴소리를 뱉었다.

김도식은 난장을 차리고 전동규에게 치도곤을 먹였다. 매를 이기지 못한 전동규가 헛소리에 섞어 도인 몇 사람의 이름을 불고 말았다.

김도식은 양반 김칫국 떠먹듯 이정에게 보고했다. 입이 함지박이 된 이정이 모두 잡아들이라고 어질병 든 놈처럼 고함을 질렀다.

전동규야 얼뜬 봉변이라지만 뒤에 잡혀 온 도인들은 업족제비가 풍선을 탈 지경이라 튀어 박힌 불똥에 뿌리 없는 평초가 될 판이었다.

김도식은 백송고리 생치 차듯 이들을 들들 볶았다. 그러나 산중 놈 풋농사라 쥐어짜도 나오는 게 없었다. 김도식은 다시 난장을 차렸다.

"이판사판 합이 육판이다. 누가 뒈지더라도 결판은 내고 보자."

곤장이 난무하더니 도인 두 사람이 숨을 거두고 말았다.

일이 커졌다. 남은 도인들이 살아나간다는 보장도 없었다.

이왕 벌인 판이라 김도식은 눈에 불을 켜고 도인을 잡으러 관내를 헤집고 다녔다. 전동규를 도우러 영해에 왔던 박춘서가 김도식에게 잡혔다. 박춘서도 곤장 아래서 삶은 개 다리 버드러지듯 바둥거렸다.

강수가 영덕에서 경상을 찾아왔다.

"도주, 영해가 심상치 않습니다. 도인들이 줄초상 나게 생겼소이다."

"어쩌다 그렇게 되었답니까?"

"형방 놈이 제 노름빚 잔치를 백성들에게 씌우려다 일어난 일이라 합니다. 부사도 삼각산 밑에서 짠 물을 먹은 놈이라 일이 매우 곤란하게 되었습니다."

경상은 입술을 깨물었다.

'한울님이 내 등을 미시는 것인가?'

경상은 강수를 달래 내려보내고 다시 심고를 계속했다. 강수가 내려가고 얼마 되지 않아 거지꼴을 한 사내아이 둘이 울면서 들어왔다.

전동규와 박춘서의 어린 아들이었다. 두 아이는 경상 앞에 꿇어앉아 눈물과 콧물을 섞어 애원했다.

"제발 저희 아버지를 살려주십시오."

어린아이 둘이 제 아비를 살리려 먼 길을 마다하지 않고 찾아왔다.

경상은 분연히 일어났다.

"알았다. 너희는 그만 집으로 가거라."

38.

마음을 정한 경상은 수운 생전에 접주였던 이들에게 사람을 보냈다.

'삼월 십 일 영해에서 스승님 신원 운동을 할 터이니 모두 빠짐없이 하루 전에 우정골 병풍바위 박사헌의 집으로 모이시오.'

그리고 바로 영해로 내려가 필제를 만났다.

"도주께서 도와주시겠소?"

"신원은 신중하게 해야 하겠으나 지금 영해 관아에 잡혀 들어간 도인들 목숨이 오늘 내일 하오. 내가 무얼 도와주면 되겠소?"

"사실은 거사 자금이 부족하오. 정기현이 주는 돈만 가지고는 어림도 없소. 인원도 충분하지 않소. 영해 도인만으로는 턱없이 부족해 지리산 산채에서 지원 오기로 했소이다."

"모든 비용을 다 부담하기는 어려우니 나도 일부는 준비하겠소. 신원보다는 우선 갇혀 있는 도인을 빼내는 것이 급선무요."

"알겠소. 밀리는 신원을 보고 가까이는 도인을 구합시다. 그리고 도주는 이번 거사에 가담하지 마시오. 만에 하나 다치거나 관에 신분이 탄로 나면 큰일이 아니오?

일단 명분은 탐관을 징치하고 억울한 도인을 구하는 것으로 하겠소. 판을 크게 벌였으니 일이 되어 가는 기미를 보며 신원을 요구하겠소."

"그렇게 하리다. 내가 동원할 수 있는 도인은 최대한 모아 드리겠소. 거사가 무사히 끝나면 다시 만납시다.

필요하다면 다음 계획을 용화동에서 논의해도 좋습니다. 일이 여기까지 온 이상 나도 이제는 숨어만 있지는 않겠소이다."

"알겠소이다. 그러면 용화동에서 만납시다."

거사 준비는 신속하게 진행되었다.

필제는 먼저 박기준을 관아로 보내 호방 신택순을 매수했다.

박사헌은 삼월 초부터 조총과 도검을 준비했다. 거사 당일 필제가 입을 청색 윗도리와 유건도 마련했다. 식량과 주류, 천제 때 쓸 소 두 마리도 제수와 함께 준비했다.

김낙균이 죽창 이백 개를 마련해 우정동 주막에 숨겨 두었다.

경상이 도인들에게 스승님을 신원하는 거사라는 명분을 제시했으나 이 것만으로 많은 사람을 모으기는 어려웠다. 그래서 몇몇 접주는 우정골에 이인이 나타났으니 만나 보러 가자고 도인을 설득하기도 했다.

박사헌은 영양 북면 대성곡에 사는 안대제를 찾아갔다.

"본읍 경포에 왜선 수천 척이 오는 초 십 일에 들어와 영해 읍을 점령할 첩보가 있습니다. 우리가 모여 있는 생왕방은 가히 화를 면할 수 있는 곳입니다. 당신도 화를 면하려면 우리 집으로 오면 됩니다."

지도부는 장정을 모을 수 있는 가능한 모든 방법을 동원했다.

삼월 육 일부터 구 일까지 모인 인원은 약 오백 명이었다. 영해·평해·울진·진보·영양·안동·영덕·청하·홍해·연일·경주-북산중·울산·장기·상주·대구·영산·칠원 등 여러 지역의 도인이 모였다. 동학 조직이 있는 곳이면 거의 다 참여한 셈이다.

경상의 지도력이 여러 지역에서 힘을 발휘했다.

도인 외에 동학과 관련이 없는 백성과 낭속도 다수 참여했다.

필제는 강수·김낙균·김진균·전인철·남두병·박영관을 별무사로 임명해 각자 구역을 나누어 대오를 정리하게 했다.

오십 줄이 칠선봉에서 이끌고 온 산 사람 오십여 명은 별동대를 구성해 척후를 담당했다.

삼월 구 일.

장정들은 소 두 마리를 잡아 저녁을 먹었다. 밤이 되자 서쪽 능선으로 가 천제를 올렸다. 필제는 청항라 주의를 차려입고 김낙균은 갑옷으로 무장했다.

별무사들은 유건을 쓰고 반소매 청주의 차림으로 뒤를 따랐다. 일반 백성과 도인들은 평시 차림에 검은 유건을 썼다.

좨주는 필제가 맡았고 축문은 필제가 지은 것을 김낙균이 읽었다. 천제를 무사히 마쳤다.

삼월 십 일 아침.

병풍바위에 모인 장정들은 공격에 앞서 다시 대오를 편성했다.

중군에는 전 장교였던 전인철, 참무사에 장성진, 참모에 이군협, 세작에 박기준, 별무사에 김덕창·정창학·한상엽을 임명했다. 강수는 일부러 여기에서 빠졌다.

별무사가 인솔할 인원을 배정하고 도록*을 만들었다.

이날 영해 관아는 평상시와 같이 조용했다.

호방 신택순에게 세작을 맡은 박기준이 찾아가 미실 등지에 많은 적도가 모여 있다고 거짓 첩보를 전했다. 신택순은 이 말을 곧 부사 이정에게 보고했다.

이정은 포수와 교졸을 차출해 오서면에 보냈다. 이들은 동면 미실 마을까지는 갔으나 수상한 사람을 발견하지 못하고 되돌아왔다.

그러나 서쪽 골짜기에 사는 백성이 관아로 달려와 영양 수비면 접경에 이상한 행색을 한 무뢰배들이 왕래한다고 부사에게 알렸다. 부사는 도사령 전일봉과 별포 두 명을 파견해 사실 여부를 탐색해 오라 했다.

그들이 오서면 인천으로 가 엿보니 무장을 한 정정들이 오이씨처럼 모여 있어 분위기가 예사롭지 않았다. 전일봉은 민란이 일어났다고 판단했다. 언제 일어나도 일어날 일이 지금 벌어지고 있었다.

전일봉은 따라온 별포에게 엄살을 떨었다.

"우리는 죽은 목숨이다. 지금 저들을 건들면 안 된다."

전일봉은 무리를 못 본 척하고 인근 주막에 방을 정해 하룻밤 자고 가겠다고 선금을 주었다. 그리고 별포를 데리고 산속으로 숨어 버렸다.

영해 부사는 오후 내내 오조 먹은 돼지 벼르듯 전일봉을 기다리다 소식이 없자 거짓 소문이라 판단하고 잠자리에 들었다.

---

* 참가자 명단.

필제는 저녁 술시 초에 출동 명령을 내렸다.

강수가 장정들에게 알렸다.

"군호는 도인은 청이고 일반인은 홍이요."

우정골로 내려가는 골짜기는 좁고 험했다. 장정들은 십여 리 어두운 산길을 외갓집 들어가듯 걸었다.

장정 중에는 화승총을 소지하기도 하고 환도를 쥔 사람도 있었으나 많은 사람이 빈손이었다. 이들이 우정골 주막에 도착하자 전동규가 미리 준비해 두었던 죽창을 무장하지 못했던 사람에게 하나씩 나누어 주었다. 다시 쉬지 않고 이십 리를 계속 걸어갔다.

해시 초에 영해 관아 입구에 도착했다. 달도 없는 캄캄한 밤이었다. 잠시 기다리자 미리 성안에서 기다리던 호방 신택순이 서문을 열어주었다. 동문은 신택순의 처남 정 가가 열어주었다.

일이 여기까지 순조롭게 진행되자 필제는 공격 명령을 내렸다. 한 손으로 횃불을, 다른 손에는 죽창을 들고 함성을 지르며 도인들은 동시에 서문과 남문으로 냅떠 들어갔다.

당직 수교 윤석중과 포수 두 명은 아닌 밤중에 홍두깨라 깜짝 놀라 임진년 원수 보듯 발포했다. 작년 겨울에 조정의 명으로 포수 스무 명을 특별히 포교로 선발해 관아를 수비하도록 했었다. 그러나 이날은 포수 대부분이 집에 가 자리에 없었다.

첫 발포로 선봉장을 맡았던 경주 북면 사동에 사는 박동혁과 장기에 사는 정 가가 죽었다. 강수도 옆구리에 총알이 스쳤다. 강수는 허리의 통증을 참으며 소리쳤다.

"발포하는 포수들을 먼저 잡아라."

포수 두 사람은 강수의 호령을 듣자 두려워 바로 담장을 넘어 도망쳤다. 앞장섰던 필제는 강수를 박동혁 대신 선봉에 서게 했다. 별무사 김창덕·정창학·한상엽이 분대를 거느리고 강수를 보좌했다.

김천석·이기수·남기진은 군기를 탈취했다. 신화범은 동헌으로 들어가 닥치는 대로 문을 부쉈다. 강수는 감옥으로 달려가 도인들을 챙겼다.

전동규와 박춘서가 살 맞은 범처럼 뛰어나왔다.

"자네들 살아 있었는가?"

강수는 두 사람과 얼싸안고 뒹굴었다.

필제는 공격을 개시한 지 반 시각도 못 되어 관아를 완전히 장악했다. 김낙균이 별무사들에게 지시해 동헌에 불을 지르자 삽시간에 불길이 타올랐다.

성 밖 백성들은 관아에 불빛이 치솟고 총성이 끊이지 않자 난리가 일어난 줄 알고 겁에 질려 우왕좌왕했다.

부성을 완전히 장악하자 이재관은 철창을 들고 성문 밖을 순찰했다. 최기호가 백기를 허리춤에 꽂고 이재관의 뒤를 따라갔다. 김창복이 횃불을 들고 앞장서 인도하고 박명관·임영조·손경석·권영화·김정환·박한태·박춘집·김일언이 죽창을 들고 뒤를 엄호하며 순찰했다.

황억대는 재빨리 무기고를 열어 연환을 챙겼다. 허성언은 한쪽에서 소를 잡아 장정들을 먹였다. 늦은 저녁밥을 지어 먹으려 돈을 지불하고 민가에서 솥을 빌려 왔다.

신화범은 부사 이정을 잡아 뜰 앞에 꿇어 앉혔다. 이정은 관기를 끌어안고 방사를 치르다 졸지에 된서리를 맞아 불에 덴 듯 일어났다. 옷도 제대로 입지 못하고 도둑개처럼 뙤창문 구멍으로 도망치려다 구차하게 잡혔다.

　그는 자기 생일에 경내 백성들을 불러 모아 잔치를 베풀면서 떡국 한 그릇에 삼십 금씩 받아먹은 인간이었다. 수없이 부정하게 백성들의 재물을 탐한 것이 수를 헤아릴 수 없었다.

　삼척 부사로 재직할 때도 탐관오리의 전형으로 소문이 났던 자였다.

　이정은 지릅뜨고 손이 발이 되도록 살려달라고 지망지망 빌었다. 그러나 잠자리가 돌기둥을 흔들 수 있겠나? 자발 없는 귀신은 무랍도 못 얻어먹는다. 고리 삭게 제 체신만 떨어졌다.

　필제는 김낙균과 강수를 대동하고 동헌 마당에 섰다.

　강수 바로 뒤에 전동규와 박춘서가 저승사자처럼 서 있었다. 불길에 갇힌 관아와 사방에 피운 횃불로 마당은 대낮처럼 밝았다.

　필제는 부사의 인부를 빼앗아 강수에게 주었다. 이정을 꾸짖는 수리성이 동헌 마당을 떵떵 울렸다.

　"영해 부사 이정은 들어라. 너는 나라의 녹을 먹는 신하로서 정사를 잘못하여 세상을 어지럽혔다. 백성을 학대하고 재물을 탐하기가 저와 같아 네거리에 너를 고발하는 방이 나붙고 시중에 백성들의 원성이 높았다.

　이것이 영해 읍내 실정이니 너의 죄가 어디로 가겠는가. 이것은 도무지 용서할 수 없는 행위이므로 탐관오리인 너는 죽어 마땅하다."

이정은 지실받이 흉내를 내며 고개를 땅에 박고 살려달라고 애원했다. 평소에 오만하던 태도는 어디로 갔는지 지저구니가 영락없는 소인배였다. 옆에는 이정의 자식들도 결박해 놓았다.

필제는 김진균에게 손짓했다. 기다리던 김진균은 즉시 칼을 들어 이정의 목을 베어 버렸다.

전동규와 박춘서는 박달나무 몽둥이를 들고 형방 김도식의 집으로 달려갔다. 채 잠이 덜 깬 김도식을 목덜미를 잡아 밖으로 끌어내어 때려죽였다.

날이 밝았다.

필제는 관아 공전 백오십 냥을 다섯 개 동민에게 나누어 주었다.

돈이 제갈량이라 그들은 허리를 숙이고 돈을 받았다.

"이번 거사는 부패한 부사의 죄를 성토하는 데 있으니 백성들을 상하게 하지는 않겠다."

혹시 있을 수도 있는 읍민의 저항을 잠재웠다.

술동이를 풀어 장정들에게 돌렸다.

애비 위세를 빌려 진대 붙이던 부사의 자식들은 따귀를 몇 대씩 붙이고 풀어주었다. 이들은 한양을 바라고 진동한동 도망갔다.

그렇게 우렁찬 하루가 지나갔다.

다음 날 아침.

필제는 별무사들에게 인근 영덕군 관아를 공격하는 것을 검토하게 했다. 별무사들의 의견을 모아 김낙균이 보고했다.

"많은 이가 이미 날이 밝았고 영덕은 여기서 오십 리나 떨어져 있으므로 지금쯤 이미 소식을 들어 미리 방비하고 있을 터이니 공격하기가 어렵다는 의견입니다."

사실 다른 군현을 공격하는 일은 다시 시간을 두고 계획을 짜야 하는 일이다.

김낙균이 말했다.

"우리가 관아를 쳐 부사를 징치했으니 감사 장계가 바로 조정으로 올라갈 것입니다. 그러면 사방에서 관군이 우리를 치러 동원될 것입니다. 어떻게 대비하렵니까?"

"조정은 대원위 대감이 있으니 걱정하지 않아도 된다. 경군 동원은 어영대장과 훈련대장이 지체시킬 것이니 이것도 걱정하지 않아도 된다.

문제는 감영군이다. 그들은 내가 생각한 바가 있으니 염려하지 마라. 거사는 성공했으니 일단 장정들을 철수시키고 지도부는 용화동으로 이동한다. 그곳에서 상황을 살피며 도주와 다음 수순을 의논하기로 하자."

도인들은 읍성을 빠져나와 각자 갈 길을 갔다. 일부는 서협 인아리로, 일부는 남면 웅곡으로, 일부는 북면 백석으로 빠져나갔다. 강수도 영덕으로 갔다.

거사에 가담했던 영해 백성들도 자신의 집으로 돌아갔다.

오십 줄은 용화동으로 가는 길목인 흥림산 기슭으로 가 대기하고 있던 김용권을 만났다.

필제는 정치겸과 박영관을 시켜 남아 있는 장정 오십여 명과 인아리 쪽으로 철수해 용화동 윗대치를 향해 나아갔다. 그러나 쉼섬재와 옷재·허릿 재를 넘으면서 몇 무리로 나뉘고, 영양 수비면 기산 쪽으로 가다가 다시 몇 무리로 나뉘어 서로 원하는 방향으로 흩어졌다. 박영관도 가족이 있는 영해로 돌아갔다.

필제와 정치겸은 마지막까지 따르는 사람들과 인천으로 들어갔다. 여기서 일박하고 십이 일에 보림동에 도착했다.

저녁이 되자 비바람이 세차게 몰아치더니 십삼 일에는 폭우가 쏟아졌다. 종일 큰 비바람이 불어 모래를 일으키고 돌을 날렸다.

십사 일 저녁에 필제는 영해 인부를 장대 끝에 매달고 윗대치에 도착했다. 남은 인원은 모두 합쳐 서른 명 정도였다.

경상은 그들에게 숙식을 배정하고, 다음 날 천제를 지낼 준비를 했다.

39.

한편 집안에서 숨만 죽이고 있던 영해 유생들이 장정들이 철수하자 하나둘 얼굴을 내밀었다.

십이 일.

괴시의 남유진이 관내 향원 사백여 명을 모아 대책을 논의했다.

"흙은 오행의 어미요 물은 오행의 근본이다. 흙이 없으면 태어나지 못하고 물이 없으면 자라나지 못한다. 나라와 임금을 능멸한 놈들을 우리가 징치하자."

잠시 사이에 여기저기서 분기탱천 소리를 높여 동의가 빗발쳤다.

그러나 누가 들어와 장정들이 다시 쳐들어온다고 하자 태반이 어마 뜨거라 하고 도망쳤다. 얼마 후 그것이 헛소문이라는 것이 알려지자 다시 진물진물 모였다.

이들은 거사를 주도한 자들이 동학도인이라 넘겨짚고 사람을 몇 명 뽑아 형제봉 아래 박영관의 집으로 보냈다. 이미 박영관은 가족을 데리고 도피해 집은 텅 비어 있었다. 집안에는 가마솥 여섯 개와 먹다 남은 쇠머리 두 개가 있었다.

농을 열어 전대를 뒤져보니 청포와 흑건이 여러 개 남아 있었다. 그들은 헛걸음만 하고 다시 돌아갔다.

그러나 이것이 관에서 거사 주동자를 동학도인이라 지목하는 근거가 되고 말았다.

십삼 일에는 비바람이 거세 향원들이 모이지 않았다.

영해 고을 장라 오촌에 사는 백중호·권취근과 진보 밤골에 사는 오맹선이 무고한 사람 셋을 잡아 대강 문초한 후 읍민이 보는 자리에서 때려죽였다. 엉뚱한 사람에게 분풀이해 저들의 망가진 위신을 세우려 한 짓이다. 유생들의 민낯이 한심했다.

십사 일에는 날이 개었다.

다시 향원을 모았다.

"목마를 때 한 방울의 물은 감로수와 같고 아플 때 약의 처방이 닿으면 병은 금방 낫는 법이다. 지금 우리의 역할이 매우 중요하다."

그들은 질둔한 남유진을 도유사로 추대하고 여러 교임을 임명하여 수습책을 논의했다. 이 자리에서 부사의 장례를 치르는 일과 도인을 체포하는 일과 놀란 민심을 수습하는 일이 논의되었다.

그러나 역시 유생들이라 입에 발린 논의만 무성할 뿐 별다른 대책을 세우지는 못했다.

이날 오전. 흥해 군수 김홍관이 영해부 겸관으로 임명되어 영덕 현령 정중우와 같이 병력을 이끌고 영해부에 들어왔다. 오후에 연일·장기·청하 세 고을 현감도 별포를 대동하고 영해로 들어왔다.

십오 일에는 장기 이방이 별포 및 이교 백여 명을 더 인솔하여 사시에 당도했다. 뒤이어 안동 진영과 경주 진영에서 동원된 병사들이 영해 관아에 도착했다.

안동 진영에서는 상당수의 병력을 보냈고 경주진영 영장은 별포와 이교 백스무 명을 이끌고 왔다. 너미룩내미룩하고 산속으로 도망쳤던 도사령

전일봉과 별포 두 명도 시치미를 떼고 슬며시 돌아왔다.

그제야 안심한 영해부 유생과 교졸들이 다시 덕적게 꿈지럭거리며 무엇을 하는 척했다.

영해 가산리에서 도인 권영화가 먼저 잡혔다. 그는 도인 중 일부가 영양 일월산으로 들어갔다고 자백했다. 안동 진영 영장의 명령을 받은 영양 현감 서중보는 십오 일 아침 별포를 이끌고 일월산 윗대치로 출동했다.

도계를 지나 주곡으로 가려면 홍림산 골짜기를 넘어야 한다. 수목이 울창해 대낮에도 햇빛이 들지 않아 음침한 골짜기였다. 서중보는 말 위에서 투덜거렸다.

"명색이 영장이라는 놈이 골치 아픈 일은 모조리 내게 덮어씌우는구나."

골짜기 소로를 한참 올라가니 길 위에 갓 베어진 소나무가 무더기로 쌓여 있었다. 길이 막히자 서중보는 짜증이 났다.

"어서 나무를 치워라."

별포 대장이 미심쩍은 얼굴로 말에서 내려 소나무 더미 가까이 가는 순간 화살이 날아와 가슴에 박혔다.

순간 수도 없는 화살이 골짜기 양편 언덕에서 날아왔다.

서중보는 고슴도치가 되어 죽었다. 별포들도 화승총 한 방 쏘지 못하고 전멸했다.

오십 줄은 김용권과 함께 조령과 칠선봉 산 사람들을 이끌고 무장동으로 이동했다.

영해 관아에 모인 관군과 군정들도 십오 일에 인천 보림 고개를 넘어 용화동을 향해 진군했다. 이들은 영양 현감에게 공을 빼앗길까 염려해 진동

걸음을 걸었다. 무장 언덕을 올라가려니 진이 다 빠졌다.

언덕 중간에서 휴식을 취할 때 한쪽 숲에서 화살이 날아왔다. 건너편 숲에서는 총알이 날아왔다.

안동과 경주 진영 군사들이 여기에서 전멸했다.

홍해 군수 김홍관이 겁에 질려 학질이 걸린 놈처럼 떨고 있자 영덕 현령정중우가 말했다.

"일단 감사에게 알려 대책을 강구합시다."

보고를 받은 감사는 조정으로 장계를 띄웠다. 홍선은 짐짓 훈련대장 이봉구를 초토사로 임명해 비적을 섬멸하라 지시했다.

이봉구는 출동을 미적거리면서 필제에게 편지를 써 보냈다.

'경군이 용화동으로 내려가는 흉내만 낼 터이니 행수는 도인들과 잠시 피하도록 하시오.'

사방에 짙은 풀색이 깔리고 봄 향기를 품은 바람이 지나갔다.

어스름 저녁에 경상은 필제와 마주 앉아 술을 마셨다.

서로 잔을 건네는 손길이 가벼웠다.

경상이 말했다.

"행수는 참으로 신출귀몰한 재주를 가진 분이요."

필제가 너털너털 웃었다.

"하하하, 손자병법에 있는 허허실실의 수법이지요. 적이 우리를 얕보지 않으면 통하지 않는 병법입니다. 그러나 나는 스승님께 비하면 발뒤꿈치도 못 따라가는 사람일 뿐이오."

"이번 일은 행수의 활약이 대단했소. 조정에서도 전처럼 우리를 우습게

만 보지는 않을게요. 그나저나 위에서 잠시 피하라 한다니 행수는 어디로
가겠소?"

"나는 칠선봉으로 가 있겠소이다. 도주는 나와 같이 갈 의향은 없소?"

"나는 인근에 잠시 피해 있겠소. 때가 되면 다시 만납시다."

40.

경상은 강수, 전성문과 일월산 북쪽 대치를 넘어 봉화군 춘양으로 넘어 갔다. 날이 밝자 사람의 눈을 피해 질삐를 잡은 손이 아리도록 숲속으로 걸어 들어갔다.

온종일 해가 지기를 기다려 다시 나섰다. 혹여 행인이 있을까 염려해 험 준한 사잇길로 돌아다녔다.

밤이 오자 희미한 달이 떴다. 물줄기가 깊은 골짜기로 떨어지는 소리에 소름이 돋았다. 이따금 짐승이 울부짖는 소리가 가까이서 들렸다.

며칠이 지나자 준비했던 양식이 바닥이 났다.

산속에서 굶으면서 버티는 것은 미련한 짓이었다.

며칠을 주린 채 길은 가니 배에서 우레가 쳤다.

강수가 경상에게 말했다.

"대가가 있는 곳으로 가 보면 어떻겠습니까?"

이곳에서 연고가 가장 가까운 곳은 영월 중동면 소미원에 있는 대가였 다.

거기에는 지난 경오년 초겨울에 이사 간 박씨 부인이 살고 있었다.

전성문이 걱정했다.

"도주께 말도 없이 이사 간 대가에서 우리를 반겨주겠습니까?"

경상이 무겁게 말했다.

"우리가 일을 저질러 대가도 편안하지 못할 것이니 가서 안부라도 살피고 떠납시다."

대가까지는 이틀을 더 걸어야 했다. 낮에는 숨고 밤에만 걸었다.

춘양에서 도래기재를 넘어 영월 하동면에 들어서고, 다시 큰모래재를 넘어 옥동천을 건너 와룡마을 옆으로 들어왔다. 이틀 후 간신히 영월 중동면 화원리 동구 앞에 이르렀다.

화원리에 소미원 마을이 있다. 좁은 골짜기에 난 외길을 따라 십 리를 들어와 겨우 소미원에 닿았다.

마을 앞에 이르자 허기와 피로로 모두 주저앉고 말았다. 경상은 강수를 마을 안으로 보내 대가를 찾아보라 했다. 강수가 지친 몸을 이끌고 마을 입구로 들어갔다.

좁은 골짜기라 바른쪽 산 밑으로 실개울이 흐르고 있었다. 개울을 건너기 전에 샘이 하나 있었다. 한 젊은 아낙이 옆구리에 물동이를 끼고 다가왔다. 언뜻 보니 대가의 큰며느리였다.

강수가 반갑게 다가갔으나 며느리는 다가오는 사람이 강수임을 확인하자 못 본 체 고개를 저으며 발길을 돌려 황급하게 집으로 들어가 버렸다.

며느리는 이미 영해에서 벌어진 일로 관에서 눈에 불을 켜고 도인들을 잡아들인다는 것을 알고 있었다. 이런 상황에서 뜻밖에도 강수가 나타났으니 스물세 살 먹은 젊은 아낙이 당황한 것은 당연했다.

뒤따라온 강수에게 며느리는 왜 찾아왔느냐고 힐난하며 냉대했다.

강수는 애써 마음을 다스렸다.

"사모님은 평안하며 자제분들도 평안합니까?"

며느리는 차갑게 대답했다.

"어머님은 영해 소식을 듣고 정선으로 피신 가시고 남편과 도련님도 어디론가 떠났는데 아마 모르긴 해도 양양 서면으로 갔지 싶습니다."

강수는 박씨 부인이 대가에 있었으면 하룻밤이라도 쉬었다 가고 싶었으나 모두 피신했다 하니 그냥 집을 나올 수밖에 없었다. 그러나 뱃속에서 장이 요동을 쳤다.

"우리가 대가에 죄를 지었습니다. 정말 미안합니다. 그렇긴 하지만 지금 배가 고파 도저히 움직이기조차 어려운 형편이니 혹시 밥이라도 있으면 한 그릇 줄 수 있습니까?"

며느리는 부엌으로 들어가더니 조밥 한 그릇을 가지고 나왔다.

"여기도 양식이 이미 다 떨어져 이웃에 사는 장기서 어른의 집에서 좁쌀을 조금 얻어 왔습니다."

강수는 조밥을 손에 담을 수가 없어 보자기가 있으면 달라고 했다. 며느리는 동생 몽치의 물건이라며 조그만 보자기 하나를 꺼내 주었다. 강수는 보자기에 조밥을 싸서 돌아왔다.

세 사람은 허겁지겁 조밥을 나누어 먹었다. 조밥도 많이 먹으면 배가 부르다던데 셋이서 한 줌씩 나누어 먹었으니 뱃속의 허기는 여전했다.

강수가 말했다.

"대가를 내려오면서 이곳 촌로를 만났는데 본부 전령이 말하기를 정수막을 만들어 수상한 사람을 탐문하고 잡아 관아에서 다스린다고 한다고 했습니다."

밤을 기다려 세 사람은 조용히 동구를 빠져나갔다. 달이 없어 지척을 가리기 어려웠다. 나무를 꺾어 지팡이를 만들어 짚고 길을 더듬어 걸었다.

이마가 석벽에 닿고 새벽이슬에 옷은 젖고 발은 언덕에 미끄러졌다.

강수가 허기를 이기려 우스개를 했다.

"흥부는 자식을 스물다섯이나 두었답니다. 젊은 나이에 어떻게 그렇게 많은 자식을 낳았을까요? 한 해에 한두 배, 한 배에 두셋씩 낳았답니다. 굶기를 밥 먹듯 하던 흥부가 첫 박을 탔더니 양식이 무진장으로 쏟아졌습니다. 당장 밥을 지어 놓으니 하얀 쌀밥이 남산만큼 쌓였답니다. 한 달에 아홉 끼 먹던 자식들이 화살처럼 밥 더미 속으로 들어가 소식이 없더니 한참 후에 나타나는데 남산 같던 밥 더미는 어느 사이 사라지고 자식들 배가 노적가리만큼 불러 한강 세공선처럼 움직이지 못했답니다."

전성문도 한마디 했다.

"세조 때 흥일동이라는 사람은 산으로 놀러 가 떡 한 그릇, 국 세 사발, 밥 세 바리에 두부국 아홉 대접을 먹고, 다시 산 밑에 내려와 찐 닭 두 마리, 생선국 세 그릇, 어회 한 쟁반, 술 사십여 잔을 먹었답니다. 세조가 이 말을 듣고 장하게 여겨 다시 술을 아름드리 항아리로 주었더니 항아리에 입만 대고 다 마셔 버렸다 합니다."

경상은 웃으려 했으나 입에서 쓴 바람만 새어 나왔다.

먼 길에 가벼운 짐이 없다. 가파른 산길을 걷자 등에 진 보따리가 버거워 이마가 석벽에 닿아 긁혔다. 밤새 걸어 새벽이 되자 이슬에 옷이 모두 젖었다. 언덕과 골짜기를 만나면 미끄러워 자주 넘어졌다. 사방 어디를 보아도 숲과 산봉우리뿐이었다.

산은 길을 막지 않았으나 모든 길은 산으로 통했다.

강수가 경상에게 청했다.

"단양 가산에 있는 정기현의 집으로 가면 어떻겠습니까?"

"그럽시다."

가산으로 가려면 외룡의 긴 골짜기를 되돌아가 영월 중동면 와석리의 깊은 골짜기를 거쳐 노루목을 지나 베틀재 준령을 넘어 영춘으로 가야 한다.

영춘에서 다시 가곡면 보발리의 산길을 통해 천동을 지나 장림과 사인암을 거쳐야 삼가리에 닿는다.

단양읍을 피해 뒷길을 잡았다. 이틀 후 한밤중에 정기현의 집에 도착했다. 정기현은 일행을 반갑게 맞아주었다.

날이 밝자 정기현이 경상은 직동 정석현의 집으로, 강수와 전성문은 영춘에 있는 김용권의 집으로 보냈다.

상주 진영에서 교졸 열여섯 명, 대구 진영에서 교졸 열두 명이 차출되어 다시 일월산을 뒤졌다. 교졸은 날일 때는 장승이고 도급일에는 귀신이다.

득이 없는 일에는 짐이 나지 않는 자들이었다. 며칠을 이 잡듯이 뒤졌으나 빈손으로 내려갔다.

41.

고종 8년, 신미년, 1871년, 3월 16일.

영의정 김병학이 왕에게 말했다.

"어제 안동 부사가 상경하였는데 본부의 공형들이 문장을 올려 치계한 것을 들어보니 영해부에 불량배 수백 명이 관청에 난입하여 본 고을 수령이 피해를 당하는 변고까지 있었다고 하였습니다. 어떤 불량배들인지 알 수 없지만, 이들 중에 이전에 괴수를 처벌한 사학의 잔당이 섞여 있었다 하니 대단히 놀라운 일입니다.

대개 사학은 괴수를 잡아 죽이면 자연히 흩어지게 마련인데 이들은 괴수가 죽은 이후에도 그들의 학을 이어가고 있으므로 나중에 큰 우환이 되지 않을까 우려되는 바가 있습니다.

지금 수령이 없는 형편이니 이정필을 영해 부사에 차하해 말을 주어 밤을 도와 내려 보내는 것이 어떻겠습니까? 그리고 안동 부사 박제관을 영해부 안핵사에 차하하는 것이 어떻겠습니까?

그리고 영덕현은 영해부와 접해 있는 곳이므로 불량배들을 없애 버릴 방도를 소홀히 해서는 안 됩니다. 부호군 한치림을 영덕 현령에 차하하여 말을 주어 보내고 현재 수령은 경직 중에 자리가 나면 우선 검의하도록 분부하는 것이 어떻겠습니까?"

왕이 말했다.

"그리하라. 이 나라는 선대가 나에게 물려준 가업이다. 어찌 백성들이 무엄하게 임금이 내려 보낸 수령에게 저항한단 말인가. 그것은 백성이 취할 도리가 아니다. 도신에게 신칙해 엄히 다루도록 하라. 그리고 전번에 서원 문제를 가지고 전교한 일이 있고 또 명륜당 유생들 입시 때도 하교했는데 경은 알고 있는가?"

"이미 하교는 받들었습니다만 유생들 입시 때 내린 하교에 대해서는 미처 듣지 못하였습니다."

"서원을 설치한 것은 처음에 전조의 사람인 문성공 안유의 도학을 사모하는 뜻에서 서원을 세우고 신위를 안치한 것이다.

그런데 근래에는 끝없는 폐단이 일어나 집마다 서원이 있는가 하면 또 한 사람에 대해서 여러 개소에 서원을 세운 것이 흔히 있다. 각기 후손들이 주선하여 가묘를 세운 것은 원래 제현을 존경하는 뜻에서 나온 것인데 근래에는 조상들을 위한 일로 되었다.

도학에 관한 학문과 충성과 절개가 있는 사람을 고사하고 한 차례 보도의 직에 있는 사람이면 매번 서원을 세우고 산 사람을 위한 사당을 세우는 일도 많으니 이것은 타당하지 못하다. 듣자니 영안 부원군도 그를 주벽으로 모신 서원이 있다고 한다. 그는 국구로 몇십 년 동안 나라에 공로를 세웠으니 성대히 하지 않을 수 없으나 사론만은 기필할 수 없다.

갑자년 초에 사론이 일제히 제기되어 인평대군의 서원을 세운다고 하던 것을 아버님 흥선대원군이 당장 허물어 버렸다. 이번에 서원 문제를 바로 잡는 것은 멀리 내다본 계책이다. 나에게도 제현을 존경하는 마음은 있지만 중첩하여 서원을 설치하는 것은 참으로 제현은 존경하는 본의가 아니다. 오늘 연석에서 있은 이야기를 조지에 반포하는 것이 좋겠다."

"서원을 세운 것은 백록동에서 시작되었으니 우리나라에 주세붕이 처음으로 문성공 안유의 신위를 모시기 위해 세웠던 것입니다. 그 후에 이것을 본받아 왔는데 갑자년 초에 인평대군의 서원을 명을 받아 헐어 버렸으니 멀리 내다보고 취한 흥선대원군의 계책에 대해서는 칭송을 금할 수 없습니다. 그리고 전후하여 내린 성상의 하교에 매번 민간에 끼치는 폐단을 걱정하여 중첩하여 세운 서원을 바로 잡으라는 하교까지 있었으니 백성들을 걱정하는 성상의 생각은 천만 번 지당합니다. 예조판서가 아뢰어 바로잡은 뒤에 차례로 거행하여야 할 것입니다."

왕이 말했다.

"그리하라."

영해 부사 이정필, 영해부 안핵사 안동 부사 박제관, 영덕 현감 한치림은 급히 현지로 달려갔다. 그들은 이십이 일 밤 초경, 모두 현지에 부임했다.

관직을 겸하고 있던 흥해 군수는 날이 새자 서자 징건하지만 팔 일 만에 자신의 임지로 돌아갔다. 이후 영해 부는 본격적으로 포교와 민정을 동원해 도인을 잡아들였다.

기린이 잠자는 고을에 스라소니가 춤을 추었다. 처음에는 서로 실적을 올리려 밀고가 들어오는 대로 아무나 무조건 잡아들였다. 그러다 보니 억울한 백성이 많이 잡혀 들어가 원성이 높았다.

농사철이라 모두 바쁜 시기에 기찰포교들이 넘나게 인상을 쓰고 돌아다니니 농민들은 그들을 대접하느라 부담이 컸고 시간을 빼앗겨 불만을 내뱉었다.

42.

고종 8년, 신미년, 1871년.

미리견국은 병인년부터 조선 원정을 계획했다.

불량국 함대가 조선 원정에 실패하고 나서 영길리국은 불량국과 같이 다시 조선을 원정하자고 제안했으나 불량국이 거절했다.

그러자 영길리국은 미리견국에 같이 조선을 원정하자고 제안했다. 미리 견국도 그 제안을 거절했다. 미리견국은 이미 단독으로 조선 원정을 계획 하고 있었기 때문이었다.

미리견국은 자국 동부 코네티컷 주와 메사추세츠 주에서 인삼을 생산해 청국에 독점 판매하려 했는데 조선 개성 인삼에 밀려 판매가 잘 이루어지 지 않았다. 이에 미리견국은 조선에 통상을 요구했다.

조선은 통상을 거절했다. 결국 미리견국은 무력으로 시장을 개방하기로 했다. 미리견국 정부는 조선에 대한 정보를 북경 공사관 서기와 상해 총영 사로부터 보고 받았다. 그들은 일찍이 왜국을 개항시켰던 방법으로 조선 을 다루려 했다.

신미년 미리견국은 극동함대를 동원했다.

북경 공사 로우와 태평양함대 사령관 해군 소장 로저스에게 해원조난구 호조약 체결로 명분을 세우라 했다. 대통령 그랜트는 가급적 무력 사용을 자제하라고 주문했다. 그랜트는 미리견국 남북전쟁 때 북군 사령관이었다. 그는 가능하면 통상 수교도 한 번 더 요청해 보라 지시했다.

로저스는 기함 콜로라도호를 비롯해 알래스카 호, 버니시아 호, 모니카시 호, 팔로스 호 등 함선 네 척과 병사 천이백삼십 명으로 원정대를 구성해 직접 지휘했다.

신미년 삼월 이십칠 일.

이들은 상해를 떠나 왜국 나가사키를 거쳐 사월 삼 일, 월미도 부근에 정박했다가 물류도와 율도 사이로 이동해 아산만 풍도에 도착했다.

다음날 로저스는 강화도 부근 물치도 손돌목을 정찰했다. 로우 공사는 섬에 상륙해 주민들에게 놋단추와 유리병 그리고 포목을 선물했다.

남양 부사 신철구는 이러한 상황을 보고받고 물치도로 달려갔다. 콜로라도 호에서 로우 공사가 중국인 통역을 대동하고 신철구를 만났다. 신철구는 극동 함대의 규모에 위축된 자세로 문정에 임했다.

로우는 서신 한 통을 건넸다. 신철구는 서신을 조정에 보냈다. 조정에서는 반응이 없었다.

사월 팔 일.

로저스는 풍도를 지나 영종도를 거쳐 물치도에 돛을 내렸다. 홍선은 청국 통역관 세 명과 인천읍 아전 김진성을 보내 문정하게 했다.

메고 나면 상두꾼이고 들고 나면 초롱꾼인데 로우는 김진성의 직급이 낮은 것을 문제 삼아 공사관 서기관 대리 에드워드 드류가 상대하게 했다. 에드워드 드류는 김진성에게 홍선에게 보내는 선물과 편지를 건넸다.

김진성이 이것을 홍선에게 보내 하문을 구했다. 그러나 홍선은 아무 대답이 없었다. 홍선은 미리건국과 아무런 협상도 할 생각이 없었다.

사월 십사 일.

홍선은 호군 어재연을 강화 광성진 파수진무중군으로 임명했다. 어재연은 명을 받자 사월 십오 일 훈련도감과 각 영문에서 포군 오백 명을 선발해 강화도로 내려갔다. 밤에 광성진에 도착해 포대를 정비하고 배수진을 치고 복병을 매복시켰다. 척후병은 두지 않았다.

어재연의 동생 어재순이 형을 도우러 광성진에 왔다.

"여기 있으면 목숨을 부지하기 어렵다. 내가 죽더라도 너는 남은 가족을 돌보아 주어야 한다. 그러니 어서 이곳을 떠나거라."

어재연은 동생에게 광성진을 떠나라고 했다.

"형님, 뺨 맞는데 구레나룻이 한 부조 한다고 했습니다. 방귀를 뀌어서라도 병사들 기세를 돋우겠습니다. 형 홀로 위험한 곳에 두고 제가 떠날 수는 없습니다."

어재순은 진에 머물렀다.

홍선은 이어 강화 판관에 이창회, 초지 첨사에 이염, 덕포 첨사에 최경선을 임명해 전쟁 준비를 시켰다.

사월 십사 일.

로저스는 조선 조정에서 응답이 없자 팔로스 호 함장 호모 블레이크 중령을 시켜 강화 해협을 측량했다. 블레이크는 해협 주위를 면밀하게 관찰했다.

광성진 포대가 눈에 띄었다. 광성진에는 황색 깃발이 무수하게 진열해 바닷바람에 나부끼고 있었다. 깃발에는 帥(수) 자가 선명했다. 조선군 대장이 주둔하고 있다는 표시였다.

블레이크는 조선 병사가 다수 매복하고 있음을 눈치챘다. 갑자기 광성 진에 배치된 대포 이백 문이 불을 뿜었다.

팔로스 호와 모니키시 호도 동시에 발포했다. 미리견국 대포는 조선 대 포보다 성능이 우수했다. 광성진 포대는 무너지고 병사들은 후퇴했다.

이때 모니키시 호가 암초에 부딪혀 배 안으로 물이 새 들어왔다. 블레이 크는 일단 퇴각해 로저스와 합류했다.

로저스는 조선 포대에서 발포한 것을 미리견국에 대한 선전포고로 간주 했다. 적반하장은 양인들이 쓰는 상투적인 수법이었다. 그는 이것을 문제 삼아 압력을 가해 왔다.

홍선은 오 일이 지나서 잔말 말고 물러가라는 회신을 보냈다. 강화 유수 도 로저스에게 내해를 침범한 책임을 강경하게 물었다.

대통령 그랜트의 권고에도 불구하고 로저스는 계속 무력을 사용하기로 결정했다. 로우 공사는 강화도를 먼저 점령하기로 했다. 로저스는 강화도 공격 부대를 편성했다. 병사 칠백오십구 명을 선발했다. 선발된 병사 중에 는 미리견국 해군이 자랑하는 해병대원이 백오 명 포함되었다.

팔로스 호와 모니카시 호에 함포를 비치했다. 스무 척의 소함정에는 박 격포를 실었다.

사월 이십삼 일.

미시에 모니카시 호는 강화도 남단 초지진을 포격했다. 초지진은 곧 무 너졌다. 초지 첨사 이염은 광성보로 물러났다.

로저스는 루안 킴벌리 중령에게 해병대를 이끌고 강화도에 상륙하라 지 시했다.

다박솔은 재목은 못 쳐도 그늘은 짙다. 강화도 해변은 썰물 때 갯벌이 길었다. 해병대는 긴 갯벌을 지나가느라 절반이 군화를 잃어버렸다.

모니카시 호는 덕진진으로 진격했다. 강화 해협은 폭이 좁은데다가 물살이 거셌다. 암초가 많아 매우 위험한 길이었다. 덕진진 포대에서 맹렬하게 포격했다.

이때 팔로스 호가 다시 암초에 걸렸다. 선발대는 철수해 밤을 새워 팔로스 호를 수리했다.

킴벌리 중령은 해병대원을 데리고 초지진을 점령해 야영했다. 간간이 기습을 당했으나 박격포로 반격해 겨우 넘겼다.

사월 이십사 일. 인시 말.

날이 새자 니카시 호는 다시 덕진진에 함포를 발사했다. 초지진에 야영한 킴벌리도 덕진진을 공격했다.

강화 진무사 정기원은 위급한 상황을 장계로 보냈다. 조선군은 광성보로 물러났다. 광성보는 강화 해협에서 제일 험준한 요새였다.

중군 어재연이 대포 백사십삼 문을 설치하고 포수 출신 정에 병사를 이끌고 기다리고 있었다.

이날은 안개가 사위에 자욱했다. 킴벌리 중령이 이끄는 해병대는 무더위 속을 행군했다. 졸도하는 병사가 속출했다.

해병대는 손도끼로 길을 고르고 나무를 베었다. 좁고 긴 길을 만들었다. 조선군은 측면에 나타나 해병대의 배후를 위협했다.

킴벌리는 로저스에게 광성진으로 진격하라고 연락했다. 그리고 휠터 소령에게 삼 개 중대를 주어 조선군의 매복을 경계시켰다. 배후를 공격하려던 조선군은 휠터 소령의 매복에 걸려 궤멸했다.

진무사 정기원은 미리견국 군인에 포위된 광성진에 구원군을 보내지 않았다. 오천 명의 군사로 강화 읍성만 지켰다. 오히려 광성보에 도망가 있는 초지 첨사 이염을 불러 갑곶영 군장으로 보냈다.

모니카시 호에서도 광성보를 향해 함포를 발사했다. 킴벌리도 박격포를 쏘았다. 포격이 끝나자 해병대가 성으로 기어 올라가면서 총을 쏘았다. 조선군의 갑옷은 아홉 겹 솜옷으로 총알이 잘 뚫지 못했다.

이윽고 조선군은 해병대와 백병전을 벌였다. 조선군이 사용하는 칼은 해병대의 강철로 만든 칼과 부딪치면 바로 휘어졌다. 밥 구운 것이 떡 구운 것보다 못했다. 마누라 못된 것은 평생 원수이고 된장 쉰 것은 일 년 원수라지만 쇠가 여린 것은 천고의 원수가 되었다. 광성보 밖 전투도 치열했다.

시간이 흐르자 조선군은 불과 백여 명이 남아 싸웠다. 천총 김현경은 칼을 휘두르다 기운이 다하여 죽었다. 무사 별장 유예준은 중군을 호위하다 총에 맞았다. 어영 초관 유풍로도 힘을 다해 싸우다 죽었다. 군관 이현학은 시종 큰소리를 지르며 싸웠다. 승산이 보이지 않자 일부는 바다에 투신하고 일부는 스스로 목을 베었다.

중군 어재연은 포탄과 탄환을 두려워하지 않고 병사들을 독려했다. 칼이 부러지자 쇠사슬을 움켜쥐고 휘둘렀다. 이에 미리견 군인 여럿이 맞아 쓰러졌다. 쇠사슬이 망가지자 미리견군은 창으로 어재연의 배를 찔렀다. 그는 반걸음도 못가 넘어졌다.

어재순도 스스로 목을 베어 장렬하게 전사했다.

사월 이십사 일.

미시에 미리견 해병대 브라운 하사와 퍼비스 일등병이 성조기를 광성진에 꽂았다. 조선인 부상자들은 포로가 되지 않으려 스스로 불 속으로 뛰어들었다.

미리견 해병대는 장수와 병사의 시체를 구덩이에 던지고 다시 불을 질렀다.

조선군 전사자는 이백사십삼 명, 부상자가 스물여섯 명, 미리견국 전사자는 단 세 명이었다. 전쟁이라기보다는 무자비한 살육이었다.

사월 이십오 일 밤.

로저스는 일단 함대를 먼 바다로 철수시키고 사세를 염탐했다.

강화 진무사 정기원은 군관 조상준을 보내 피해를 조사했다. 성벽과 보루는 모두 무너지고 장대 밑에 구덩이마다 흙이 가득 차 있었다. 인근 백성을 동원해 흙을 파헤치니 시체들이 나왔다.

중군 어재연과 그의 아우 어재순, 군관 이현학, 겸종 임지팽, 천총 김현경의 피투성이가 된 시체가 이어 나왔다. 병사들의 시체는 불에 타 누구인지 구별할 수 없었다. 광성 별장 박치성의 시신은 바다에서 건졌는데 인신을 옆에 끼고 있었다.

미리견군은 또 다른 군사가 매복해 있을 것으로 지레 판단하고 두려워 도망쳤다. 미리견국 공사는 이 만행에 대해 일부 군인들이 벌인 전투에 대해서 본국 정부는 모른다고 시치미를 뗐다. 군대가 한양으로 진입하려면 본국 정부의 훈령이 있어야 하는데 그런 일이 전혀 없었다는 것이다.

이에 사령관과 의논한다더니 독립기념일 전날에 닻을 올리고 돌아가더니 다시 오지 않았다.

왕은 영의정 김병학에게 미리견이란 어떤 나라인가 물었다.

김병학은 말했다.

"단지 몇 개의 부락이 모여 있을 뿐인 징근 옷을 입은 해랑적에 불과합니다. 그들의 두목은 귀신이 무서워 왕궁을 온통 흰 칠을 한 백옥성에 산다고 합니다.

미리견에는 국왕이 없고 스물여섯 개의 부락이 있는데 이 부락을 사질이라 부르고 스물여섯 개 사질로 이루어졌다 하여 육내사질국이라 부릅니다. 각 사질에는 각기 두목이 있고 이 두목들이 모여 대 두목을 뽑는다고 합니다. 처음 대 두목이 화성돈이고 두 번째가 담사 백리이천덕이라 합니다."

나중에 조미 수교 사절로 미국에 다녀온 민영익이 왕과 대화했다.

왕이 미국 대통령을 어디서 몇 차례 보았느냐, 그 접대가 후하더냐, 대통령이 개체된다더니 몇 년 만에 어떻게 개체되느냐, 그리고 궁궐 제도가 어떠하냐고 물었다.

이에 민영익은 미국 궁궐은 매우 협소하여 도리어 여느 상민의 집보다 못하다고 말했다.

이에 왕은 알궂다만 연발했다.

43.

고종 8년, 신미년, 1871년, 봄.

신미년 사월 이십일 일.

영해부 안핵사로 임명된 안동 부사 박재관은 안동 진영에 국청을 설치했다. 이십이 일에는 국문을 시작하기 위해 각 고을에서 체포한 동학도인들을 안동으로 이송하라 명했다.

각 고을에서는 진상 조서를 꾸며 도인들을 안동 진영으로 압송했다.

이십사 일부터 박재관은 도인들을 한 사람씩 국청으로 끌어내 짜개발리고 가혹하게 심문했다. 새로운 연루자를 실토하면 바로 군현에 체포하라 지시를 내렸다.

"잡초를 없애려면 뿌리까지 뽑아버려야 한다. 샅샅이 잡아 올려라."

해당 군현에서는 지시에 따라 동학도인을 잡으러 동분서주했다.

그러나 애꿎은 백성만 잡아 들볶았다.

관문이 연이어 내려와 방백 수령들은 놀라 두려워할 짬도 없었다. 각 진영과 군현 포졸들은 시도 때도 없이 온 동네를 휘몰고 다녔다. 조금만 수상하면 체포되는 상황이라 도인들은 숨어서 꼼짝도 하지 않았다.

오월 이 일까지 영해·청하·평해·영양·영덕·청송·경주·밀양·울진·삼척·남원 등지에서 도인이라고 체포된 이가 거의 백 명에 가까웠다.

그러나 그중 실제 도인은 손가락을 꼽을 정도였다.

유월 중순.

박재관은 심문을 종결하고 결과를 조정에 보고했다. 이미 심문 중 물고한 이가 열두 명이나 되었다.

조정은 이를 검토해 유월 하순 처리할 방침을 결정한 다음 이십사 일 형량을 정했다.

애먼 백성들이 처형되고 유배 갔다. 관련이 밝혀지지 않은 열다섯 명은 방면되었다. 그들은 고향을 버리고 떠돌이가 되었다.

44.

고종 8년, 신미년, 1871년, 4월 29일.

진무사 정기원 장계에 중군 이하 전사한 장교와 병졸들의 성명을 책자로 만들어 올려 보냈다.

전교
'중군 이하가 목숨 바쳐 싸운 사실을 이번 장계를 보고서야 비로소 상세히 알았다.

늠름한 충성과 용기가 마치 그 사람들을 직접 눈으로 보는 듯하다.

몸소 칼날을 무릅써 흉악한 적들을 격살하다 수많은 총알을 고슴도치의 털처럼 맞아서 마침내 순직하였으니 그 혁혁한 절개는 적의 간담을 떨어뜨릴 만하고 아군이 마음을 고무시킬 만하다.

죽은 진무중군 어재연에게 특별히 병조판서와 지삼군부사를 추증하고 홍문관에서 시장을 기다릴 것 없이 시호를 의논하도록 하라.

장례 물품은 호조에서 넉넉하게 실어 보내고 해사에서 거행하도록 하고 그의 아들들은 상복을 마치기를 기다려 각별히 수용하되 만약 아직 과거에 입격하지 않은 자가 있으면 음직에 서용하라.

그의 아우 어재순은 이미 명을 받은 신하가 아니었고 또한 관리로서의 직책이 없었음에도 불구하고 의분에 복받쳐 몸을 돌보지 않고 곧바로 나아가 싸우다 죽었다.

그 우애의 돈독함과 충의의 격렬함은 평소부터 강구해서 그런 것임을 알 수 있다.

특별히 이조참의를 추증하고 반장에 필요한 물품을 또한 호조에서 더욱 신경을 쓰도록 하며 정려와 치제를 일체 시행하도록 하라.

어영청 초관 유풍로는 의기를 격려하여 선봉을 담당해 몸을 잊고 순국하였으니 특별히 좌승지에 추증하라.

대동 군관인 출신 이현학은 크게 소리쳐 적을 꾸짖으면서 의를 지키고 굽히지 않았으니 특별히 삼 품직에 추증하라.

천총 절충장군 박치성은 죽음 보기를 자기 집으로 돌아가는 것처럼 여겼고 적개의 대의를 능히 알았다.

모두 상당하는 자리에 추증하도록 하라.

전사한 군졸들과 중군의 겸종에 대해서는 본영에서 각별히 휼전을 지급하여 후히 장사지내도록 하며 처자들을 방문하여 위로하고 더 보조해 주도록 하라.

그리고 단을 진의 입구에 쌓아 크게 초혼하여 강신제를 올려 굽이굽이 서린 떠도는 영혼을 위로하도록 하라.

상처만 입고 죽음에 이르지 않은 사람의 경우에는 널리 약물을 지급하여 다방면으로 구제하고 치료하여 조정에서 측은히 여기는 뜻을 보이도록 하라.

그 나머지 애를 쓴 사람들에게도 아울러 본영에서 후하게 포상하도록 하라.'

45.

경상은 단양 직동 정석현의 집에서 고용살이로 자리를 잡았다.

경상은 매일 밭일에만 매달렸다.

필부처럼 밭을 가니 생각은 언덕 위를 나는 기러기처럼 날아다녔고 소를 먹이니 모습이 목초지 위에서 풀을 뜯는 양과 닮았다.

혹 산에서 나무를 하고 물에서 고기를 잡았다.

정석현은 경상을 유심히 살펴보고 부지런한 사람이라고 믿음이 가자 가족을 데려와 살림을 차리라 했다. 그는 넘너리성이 있는 사람이었다. 다행히 손씨 부인과 연락이 되어 가족이 직동에 모일 수 있었다.

"말 갈 데 소 갈 데 다 다니며 겨우 입에 풀칠했어요."

손씨 부인은 목이 메어 말을 제대로 하지 못했다.

"나는 내일이라도 지목이 있으면 또 피해 다녀야 할 몸인데 그때마다 고생해야 할 당신이 고생스러워 어찌 한다오?"

"당신이 하시는 일이 뜻깊은 일이라면 저는 어떤 모진 가시밭길이라도 걸어갈 수 있습니다."

경상은 손씨 부인을 꼭 안아주었다.

경상은 농사일로 바쁜 중에도 틈나는 대로 멍석을 짜거나 이웃의 궂은 일을 찾아 도와주었다.

직동 안쪽 외진 막동에 서당이 하나 있었는데 오랫동안 훈장을 들이지 못하고 있었다. 강수는 이곳 서당 훈도가 되었다.

직동에 사는 박용걸은 경상보다 나이가 위였는데 어느 정도 학식이 있었다. 그는 경상과 강수를 예사롭지 않은 사람으로 보았다. 저만한 인품과 지식을 가진 이가 산중에 들어와 궂은일을 마다하지 않는 데는 필시 숨은 사연이 있을 것이라 여겼다. 박용걸은 물심양면으로 경상을 도와주었다.

유월 초 피신 중인 영양 접주 황재민이 인근 마을에 살고 있다는 것을 알았다. 세 사람은 서로 왕래하며 고달픈 처지를 달렜다.

46.

고종 8년, 신미년, 1871년,

오월이 되자 필제는 칠선봉에서 단양으로 내려와 정기현과 손을 잡고 다시 거사를 준비했다. 필제는 정기현의 형인 정옥현이 사는 단양 벌내로 갔다.

아이야 소년아
이화 밭에 가지 마라
이화는 늙고 병들었으니
당나귀를 타고 놀아라.

길가에서 아이들이 부르는 동요는 『정감록』을 의식하는 참요였다. 세간에 퍼져 있는 『정감록』은 곧 역성혁명이 일어날 것이라 예언했다. 이화는 배꽃으로 전주 이씨이고 당나귀는 정 씨를 의미했다.

단양 벌내는 문경 동로면과 연결되는 길목이어서 사람들의 이목에 띌까 두려웠다. 얼마 후 마을 뒤 높은 산 위에 있던 산안 최해진의 집으로 옮겼다.

유월부터 장마가 져 비가 자주 내리는 통에 필제는 정기현과 한 달가량 서로 만나지 못했다.

장마가 그친 칠월 중순부터 필제는 다시 동패를 모으기 시작했다. 이번에는 자신의 이름을 이유회라 고쳤다.

지도부는 거사 명분과 집회 장소 그리고 공격할 고을을 짝자궁이했다. 주변 백성들에게는 홍선의 서원 철폐로 위축된 유회 활동을 복원시키기 위해서 사람들이 모인다고 그늘막을 쳤다.

일단 무리를 무장시킬 무기가 필요했다.

새재는 낙동강을 거쳐 상주에서 서울로 올라가는 중요한 길목이다. 임진왜란 이후 조정은 새재 상초곡에 진을 세우고 군창을 설치해 두었다. 이 군창을 습격해 무기를 탈취하기로 정했다. 공격할 고을은 무장을 마친 다음에 논의하기로 했다.

필제는 산채의 김용권과 박희성에게도 이러한 사실을 미리 통지했다. 두 사람은 그즈음 홍선으로부터 복직하라는 권유를 받고 고민하는 중이었다.

필제는 정기현이 보내준 거사 자금으로 문경 상주 연풍 충주 화령 경기 음축에서 약 이백 명 정도 인원을 동원할 수 있을 것으로 예상했다.

무술년에 유계춘을 도와 진주 초군을 이끌었을 때 알았던 유생 김남수를 불러 모사로 삼았다.

김남수는 몰락한 양반으로 자신의 초라해진 신세에도 불구하고 겉으로는 기개가 남아 있는 듯 가장하고 살았다. 일이 있는 곳을 찾아다니며 푼돈을 얻어먹었다. 그는 필제가 부르자 바로 단양으로 올라와 필제의 곁에 찰떡처럼 붙었다.

"선비는 자기를 알아주는 사람을 위해 죽는다고 했습니다. 무슨 일이라도 시켜주십시오."

"당장은 내 말을 동지들에게 전하는 일을 맡아 주시오."

김남수는 허리를 깊이 구부렸다.

여러 지역에서 사람들이 동원되므로 집합 장소는 문경 새재 상초곡 입구로 하고 군창을 습격할 날짜는 팔월 초이틀로 잡았다.

팔월 일 일.

아침 일찍 필제와 정기현은 정옥현·최응규·임덕유·김낙균·최해진·초은·김남수와 문경 주막에서 노구메를 짓고 치성을 올린 후 동원한 사람을 기다렸다.

하루 내내 기다리다 저녁이 되었으나 주막에 모인 사람은 겨우 오십여 명이었다.

모였던 사람들은 적은 인원에 실망해 동요했다.

귀인의 몸에도 이가 두세 마리는 있다더니 김남수는 얼굴빛이 변해 고개를 설레설레 저었다. 닭도 모이를 먹어야 알을 낳는다. 이 거사는 승산이 없어 제 목숨을 부지하지도 못하겠다는 계산이 나왔다.

그러나 필제는 이 인원으로도 쩍말없으니 상초곡으로 쳐들어가자고 모인 사람들을 설득했다. 김낙균과 초은이 먼저 앞에 나섰다.

"우리가 앞장서겠소."

결국 그들은 밤이 늦어서야 출발했다. 일행은 손에 죽창을 들고 밤길을 걸었다.

김남수는 무리에서 빠져 다른 길로 달렸다.

힘이 센 용도 땅바닥을 기는 지렁이에게 당하게 생겼다.

팔월 이 일.

이날은 아침부터 비가 내려 길에는 인적이 뜸했다. 필제는 비에 흠뻑 젖은 무리를 이끌고 오시에 상초곡 군창 부근에 도착했다.

지난밤에 새도록 걷고 오전 내내 걸어 무리는 매우 지쳐 있었다. 필제는 비를 맞으며 어두워지기를 기다렸다.

김낙균이 김남수가 보이지 않는다고 필제에게 알렸으나 필제는 약한 유생이라 뒤에 처졌거니 생각하고 말았다.

조령별장 김종원은 이날 아침 김남수로부터 첩보를 받았다.

"오십여 명의 무리가 군창을 습격하러 몰려오고 있습니다."

김종원은 이 말이 의심스러웠다.

"네가 그것을 어찌 아느냐?"

"나도 그들과 같이 모의했습니다. 그러나 생각이 바뀌어 고변하니 목숨만 살려 주십시오."

실로 간이 탈 일이 벌어졌다.

"만일 네가 한 말이 거짓으로 판명 나면 너에게 관을 희롱한 죄를 중하게 묻겠다."

김종원은 하도 김남수가 정색하고 우기자 일단은 일어날 사태를 대비하고 기다리기로 했다. 휘하 병사들을 화승총으로 무장시켜 군창 입구에 매복시켰다. 민정들도 동원해 집안에 대기시켰다.

이윽고 날이 어두워졌다. 빗줄기가 굵어지고 바람이 불기 시작했다. 굿은 날씨였다.

필제는 무리를 이끌고 군창과 이어지는 다리 쪽으로 다가갔다. 다리 폭은 좁았으나 개울이 깊어 물 흐르는 소리가 우렁찼다.

어둠 속에서 갑자기 사람의 무리가 다가오자 별장 김종원은 장졸들에게 화약을 장전하라고 이르고 상황을 예의 주시했다. 필제는 다리를 건넜다. 군창 쪽에서 별 움직임이 없자 공격하라고 함성을 질렀다.

무리가 고함을 지르며 군창 입구로 달려들자 대기하고 있던 별장은 그 즉시 발포 명령을 내렸다.

어둠 속에서 갑자기 쩍지게 뿜어 나오는 섬광과 총성에 필제는 하늘이 무너지는 줄 알았다. 불의의 선방을 당해 혼비백산한 무리는 싸우기는커녕 기함하여 도망가기에 바빴다.

사람들은 서로 엉키어 밀치며 좁은 다리로 밀려가다가 몇 사람이 개울 바닥으로 떨어졌다.

승기를 잡은 김종원은 장졸을 급히 문경현으로 보내 교졸의 지원을 요청했다. 문경현에서는 급보를 받자 교졸을 동원해 발에 불이 나도록 달려왔다.

앞뒤로 포위된 필제는 빠져나갈 길이 없었다.

정기현은 다리 위에서 개천으로 떨어지면서 머리를 돌에 부딪혀 기절했다. 정기현의 형 정옥현은 동생을 구하려 다리 밑으로 내려갔다. 이때 조령 유생 권상곤이 몇 사람의 동민과 힘을 합쳐 형제를 붙잡았다.

무리는 밤중에 길을 잃고 빗속을 우왕좌왕하다 수십 명이 고스란히 문경현 교졸에게 잡혔다. 역시 길을 잃고 헤매던 최응규는 이튿날 아침 문경

한량 김상국에게 잡혔다.

필제는 왼쪽 다리에 총알이 여러 개 박힌 채로 기다시피 걸어 칠선봉으로 피신했다.

김낙균과 초은도 살아남아 산으로 들어갔다. 초은은 김낙균을 데리고 계룡산 쪽으로 방향을 잡았다.

삼 일까지 체포된 인원은 모두 마흔네 명이었고 연풍 지역으로 넘어가다 여덟 명이 체포되어 이번 거사에서 모두 쉰두 명이 잡혔다.

팔월 이십오 일.

정기현·정옥현·정직현·최응규는 서울로 압송되었다. 정기현과 최응규는 좌포도청에, 정옥현은 우포도청에 갇혔다.

양 포도청은 이십구 일부터 심문을 시작했다.

구월 일 일.

최응규는 심문 중에 물고했다. 김남수도 매를 못 이겨 저승으로 떠났다.

이후 여러 지역에서 연루자를 색출해 시월 십이 일까지 모두 예순여덟 명이 더 체포되었다. 문경에서 잡힌 마흔네 명은 상주진과 안동진에 나누어 수감되었다. 연풍에서 잡힌 여덟 명은 충주진에 갇혔다.

47.

고종 8년, 신미년, 1871년, 가을.

경상은 팔월 말경에야 필제가 문경에서 다시 거사를 일으켰다는 소식을 들었다. 한 걸음 내딛는 때마다 사람의 목숨이 우수수 떨어졌다. 경상의 가슴속에서도 무수히 별들이 떨어졌다. 그러나 별이 지는 자리보다 산 사람의 자리가 더 위태로웠다. 경상은 붙잡힌 정기현이 심문 과정에서 혹시 도인들을 거론하지 않을까 염려했다.

며칠 전 경상감사의 명으로 관에서 네뚜리로 정석현의 일족인 정진일의 가산을 몰수하고 정사일의 처를 잡아갔다. 정진일은 경상과 강수와 호형 호제하는 사이였다.

영월 직곡리 박용걸의 집에 숨어 동향을 살피던 경상은 사태가 이미 신변에 가까워졌다고 판단하고 강수와 황재민을 대동하고 다시 산속으로 들어갔다. 산중에서 며칠 굶으며 지내니 역시 견디기가 어려웠다.

찾아갈 곳은 소미원에 있는 대가였다.

황재민은 도중에 다른 길로 갔다.

경상은 강수와 약초 캐는 사람으로 변장하고 소미원 동리로 들어갔다. 박씨 부인은 깜짝 놀랐다. 저간의 사정을 이야기하자 머리를 쪼지고 있던 세정과 세청은 얼굴빛을 바꾸었다.

"우리 형제는 내일 양양으로 세청의 혼례 때문에 가니 여자만 있는 집에서 어찌 머물려 하시오?"

이 말을 듣고 강수는 마침 잘되었다며 한 사람은 말고삐를 잡고 한 사람은 함을 지고 가면 수상하게 보지 않을 것이라고 동행을 부탁했다.

세청의 처가는 양구 남면에 있었다. 이들은 영월에서 정선과 강릉을 거쳐 양양으로 가 혼례 준비를 마치고 혼인날 양구로 넘어갈 참이었다. 가는 길이 산길이라 얼마쯤 동행하다 헤어지면 능히 위험 지역을 벗어날 수 있었다.

형인 세정은 수긍했으나 장가가는 당사자 세청은 불안해서 투덜거렸다.

이날 밤늦게 경상 일행이 잠자리에 들자마자 한밤중에 큰며느리가 조반상을 들고 들어왔다.

강수가 물었다.

"아직 첫닭도 울지 않았는데 조반상을 가져오는가?"

그러자 세정의 처는 더듬거리며 세청의 말을 전했다.

"이웃에 사는 장기서가 두 분을 빨리 보내지 않으면 우리 집에 화가 미칠 터라 해 이럽니다."

강수는 이 말을 듣자 노해서 몸을 떨었다.

"스승님에게서 저런 자식들이 나오다니."

경상은 강수를 말렸다.

"어려운 궁지에 빠진 것도 하늘의 뜻이라 할 수 있으니 누구를 원망하며 누구를 허물하겠는가?"

경상이 다시 큰며느리에게 말했다.

"내 보따리에 돈 일곱 냥이 있소. 이것이면 한 달 노자는 된다오. 초행길에 우리를 잠시만 이끌어 주면 우리가 관에 잡히지는 않을 것이니 세청에게 일러 다시 한번 잘 생각해 보라 하시오."

그러나 세청은 끝내 들어주지 않았다. 해 뜰 무렵 두 형제는 황황히 대가를 나섰다.

경상은 강수와 행장을 꾸리고 박씨 부인에게 작별을 고하고 다시 산길로 접어들었다.

구월이 지나가는 산중은 가을이 깊어 온통 황엽이 지천이었다. 그림은 아름다우나 늦가을 추위가 다가오는 시절이었다.

산속은 적막해 새소리조차 들리지 않았다. 경상과 강수는 골짜기를 넘기도 하고 암벽을 오르기도 하면서 산속으로 점점 더 깊이 들어갔다.

발은 부풀어 누에고치처럼 되었고 지팡이를 끌고 다리를 절며 걸으니 향할 곳이 마땅치 않았다.

산 중턱 큰 바위 아래 이르자 소미원으로 가던 도중 헤어졌던 영양 접주 황재민이 나무 아래 앉아 불을 지피고 있었다. 서로 반갑게 얼싸안았다.

"지금 어디서 오는 길입니까?"

"사가에서 오는 길이오."

"지금은 어떻게 마땅한 방도가 없습니다. 살든지 죽든지 태백산에 깊이 들어가 배가 고프면 소나무 잎을 먹고 목이 마르면 샘물을 마시며 한울님의 보살핌을 기다리는 수밖에 없습니다."

다시 산속을 헤매다 소백산 썩은 다리에 이르니 암석이 높이 서 있는 절벽 아래 물이 흐르고 서너 명이 무릎을 맞댈 수 있는 암반이 하나 있었다.

낙엽을 쓸고 자리를 만들고 나뭇가지로 초막을 치고 바닥에 낙엽을 깔았다.

낮에는 땔감과 열매나 풀뿌리를 모으고, 밤이면 불을 피우고 잠을 잤다. 높고 깊은 산중이라 새벽이 되자 추워서 몸이 오그라들었다. 나뭇가지를 모아 밤새도록 불을 지폈지만 추워서 잠을 이루지 못했다. 늦가을에 여름옷을 입었으니 추위를 해결할 도리가 없었다.

이튿날은 구들장처럼 생긴 널찍한 돌을 찾아 모닥불 옆에 세워 달구었다. 이것을 바닥에 깔고 누워 보니 마치 온돌처럼 등이 따뜻했다.

하룻밤에 돌아가며 세 차례만 갈아 주면 되었다. 저고리를 벗어 얼굴과 윗몸을 덮으면 아랫도리는 얼어드는 듯했으나 잠을 잘 수 있었다.

돌이 찬 나무토막으로 베개를 삼았다. 나무토막에 박힌 옹이가 새벽이 되면 머리를 파고들어 고통이 심했다.

강수가 우스갯소리를 했다.

"베개에는 쌀이나 풀 여물 겨로 만든 초침, 메밀이나 기장 또는 팥을 넣은 곡침, 그 밖에 면침·각침·지침·피침·목침·도침·석침·옥침 등 별 베개가 다 있으나 살 베개보다 즐거운 베개는 없어요.

선비들은 울퉁불퉁한 옹이가 박힌 영목침으로 심신을 수련하는데 글을 쓸 때는 구양수침이라는 베개를 베었답니다. 반은 잠들고 반은 깨어 있을 수 있는 특수한 구조로 만들었는데 북송 문장가 구양수가 비몽사몽 간에 글을 잘 지었다는 고사 때문이었답니다.

우리가 베고 자는 베개가 구양수침보다 더 낫습니다."

문제는 식량이었다. 가지고 온 것은 몇 줌의 소금과 몇 숟가락의 된장뿐이었다.

하루 내내 나뭇잎과 풀뿌리를 씹었다. 곤드래 풀잎을 소금에 절여 씹었다. 깊은 산중이라 나무뿌리와 물 이외에 별다른 먹거리가 없었다.

야생동물은 어찌나 재빠른지 접근조차 할 수가 없었다. 열흘이 지나자 소금과 장도 바닥이 났다.

경상은 산을 뒤지다가 한 곳에서 김이 오르는 것을 발견했다. 가까이 가보니 동삼이 몇 뿌리 자생하고 있었다. 얼른 캐어 강수와 황재민을 불렀다.

세 사람은 동삼을 두서너 뿌리씩 나누어 허겁지겁 먹었다. 먹고 나니 오히려 허기가 더 지는 듯했다. 동삼 몇 뿌리 먹었다고 당장 속에서 불이 올라오지는 않았다. 그날 밤은 더 오그리고 잤다.

강수가 농담을 했다.

"동삼을 지나가는 물이 수박에 들어가면 그 수박은 천하의 보물이 된다고 하더이다.

우리 살아서 내년 여름을 맞으면 같이 수박밭에 오줌이나 눕시다."

세 사람은 웃었으나 목구멍에서 소리가 나오지 않고 바람 새는 소리만 나왔다.

십삼 일째.

절기가 가을이라 단풍이 소슬하고 색바랜 나뭇잎이 하염없이 바람에 나부꼈다.

황재민은 도저히 못 견디고 영남 쪽으로 가겠다며 산에서 내려갔다.

경상은 비감한 심정으로 강수에게 말했다.

"우리 저 암벽에 올라가 같이 얼싸안고 떨어져 죽어 버립시다."

강수가 경상을 만류했다.

"도주 말씀이 옳습니다. 그러나 옛말에 사람이 죽을 지경에 이르러도 반드시 살아날 구멍이 있다 했습니다. 세상이 아프니 우리도 아픈 것입니다. 우리 두 사람이 같이 여기서 죽어 버리면 동학이란 이름은 십 년 안에 잊혀질 것입니다.

그러면 한울님을 위하고 스승님을 위한 이 도를 누가 설원하고 누가 세상에 드러나게 하겠습니까? 도인들은 몸을 버려 화염 속에 뛰어들어 이마를 그슬리면서도 새 삶을 구하고 있습니다.

열흘을 바닷가에서 기다리다가도 순풍을 만나면 하루에 구백 리를 간다고 했습니다. 아무리 괴로워도 지금은 목숨을 보전하는 것이 마땅하지 않겠습니까."

이치에 맞는 말을 하자 경상은 무겁게 고개를 끄덕였다.

구월 보름 전후로 밤이 되자 큰 호랑이 한 마리가 와 곁을 지켜 주었다.

경상이 찐더워 물었다.

"너는 산중의 왕인데 무슨 뜻이 있기에 밤마다 와 우리를 보호하느냐."

호랑이는 다만 고개를 끄덕일 뿐이었다.

백두대간에서 시베리아까지 이어지는 상수리나무 숲의 먹이 사슬 중 가장 꼭대기에 있는 것이 호랑이다. 호랑이 한 마리가 살려면 산돼지 수백 마리가 있어야 하고 산돼지 수백 마리가 살려면 다람쥐 수십만 마리가 있어야 하고 다람쥐 수십만 마리가 살려면 상수리나무 수천억 그루가 있어야 한다.

그래서 호랑이 한 마리가 지배하는 영역은 매우 넓다.

호랑이는 자기 영역에 포수가 들어오면 본능적으로 그것을 알아챈다. 쇠붙이에서 나는 냄새는 매우 짙다. 호랑이는 경고 조로 먼 산 위에서 한 번 우렁차게 부르짖는다.

포수는 조용한 산속에서 호랑이가 부르짖는 소리를 한울님이 내는 소리로 받아들였다. 한울님은 호랑이 울음을 통하여 자신을 드러냈다.

그 영물인 호랑이가 깊은 가을밤 내내 두 사람을 지키고 있었다.

산에 들어온 지 십사 일 만인 구월 십오 일 삼경.

두 사람은 더 견딜 수 없어 다시 막동 박용걸의 집을 찾아갔다. 박용걸은 엷은 옷을 입고 추위에 얼마나 고생이 심했느냐고 따뜻한 방안으로 안내했다.

"이 추운 겨울에 어디로 가시겠습니까? 아무 말씀 마시고 우리 집에서 겨울을 나십시오."

경상은 도리를 찾았다.

"고마운 말씀이지만 동리에 사람 눈이 많으니 난처해지지 않겠습니까?"

박용걸은 너털웃음을 웃었다.

"안방을 치우고 있으면 누가 알겠습니까?"

경상이 고맙고 미안해서 말했다.

"우리는 친척도 아닌데 안방에 있기가 미안하니 이참에 노형과 결의형제를 하는 것이 어떻겠습니까?"

박용걸은 기뻐하며 결의를 맺었다.

사람의 인품은 가장 어려운 처지에 이르면 속속들이 드러나게 마련이다. 바람은 땅에서 일고 구름은 산에서 생긴다. 어려운 처지에서도 서로 도리를 벗어나지 않으려 애를 썼다.

48.

고종 8년, 신미년, 1871년, 겨울.

동짓달 초사일.

민비는 원자를 낳았다. 여관 어의가 아기를 들어 보였다. 사타구니에 달린 고추가 보였다. 아기는 조그마한 입을 벌려 우렁차게 울었다.

왕이 산실청 밖 동령을 쳤다. 소주방에서 미역국과 쌀밥을 들여왔다. 부대부인 민 씨가 소식을 듣고 일부러 찾아와 치하하고 돌아갔다.

그런데 지밀상궁과 어의가 안색이 좋지 않았다.

아기는 항문이 없었다. 대변불통증상인 쇄항이었다. 서양에서는 직장항문기형이라 하는 희귀한 경우였다.

어의들은 산삼이 든 탕제를 써야 한다고 하기도 하고 쇠붙이를 써 구멍을 내야 한다고도 했다. 민비는 쇠붙이를 쓰고자 했고 흥선은 산삼을 쓰고자 했다. 왕은 어쩔 줄을 모르고 안절부절했다.

민비가 어의에게 쇠붙이나 가위로 구멍을 내라 명하자 어의들은 지존의 몸에 손을 대는 것을 꺼려 아무도 나서지 않았다. 사실은 어의들도 사람 몸에 쇠붙이를 써 본 경험이 없었다.

아무런 조치도 취하지 못하고 사흘이 훌렁 지났다. 나가는 기가 통하지 못하자 원자의 몸이 부어올랐다. 어의가 산삼이 든 탕제를 들고 산실청으로 들어갔다.

원자는 탕제를 들지도 못하고 해시 초에 죽었다.

민비는 홍선을 원망하며 울었다.

49.

고종 8년, 신미년, 1871년, 겨울.

섣달 스무이튿날.

문경 거사 심문이 종결되어 사람들은 의금부로 넘겨졌다.

이십삼 일.

의금부는 주모자인 정기현은 부대시 능지처참하고 정옥현은 부대시 참하라는 결정을 내렸다. 정직현은 양덕현의 종으로 보냈다.

이 결정에 따라 이십사 일에 정기현은 무교동 앞길에서 형이 집행되었다. 온몸이 형틀에 묶여 단단히 고정되었다. 정기현은 담담했다.

형졸이 왼쪽 팔을 잘라냈다. 정기현은 얼굴을 조금 찡그리며 견디었다. 오른쪽 팔을 자르자 이빨을 악물고 입속에서 신음을 뱉었다.

"초의 스님이 하신 말씀은 과연 무슨 뜻이었을까?"

피가 사방으로 튀며 칼을 든 형졸의 몸도 피투성이가 되었다. 뿜어져 나오는 피를 뒤집어쓴 형졸의 얼굴에서 피가 땀과 섞여 흘러내렸다.

형졸이 바뀌어 이번에는 왼쪽 다리를 잘랐다. 정기현은 정신을 잃지 않으려 애를 썼다. 지옥의 고통이었다.

"내가 이렇게 될 줄을 초의 스님도 알았을까?"

잘못된 틀을 바꾸어 보겠다고 정감록을 믿고 뛰어든 세월이었다. 온 백성이 더불어 사는 세상을 꿈꾸며 살아온 세월이었다. 그 세월에 돌아온 보답은 팔다리를 자르는 능지처참이라는 잔혹한 형벌이었다.

정기현은 자신과 싸웠다.

"그래도 나는 과거에 합격한 선비가 아니던가?"

가물가물하는 정신의 끈을 놓지 않으려 발버둥 쳤다. 문득 누가 앞에서 자신의 어깨를 잡고 있다고 느꼈다. 누군가 쳐다보니 군복을 번듯하게 차려 입은 필제였다. 왼쪽 다리가 없어 한쪽 바지가 바람에 날렸다.

"아니 자네 필제가 아닌가?"

정기현은 반가워 가슴이 뛰었다.

"이 사람아 자네는 잘 피신했다고 들었는데 자네가 여기에 웬일인가? 그리고 많이 다쳤는가?"

필제는 두 손으로 정기현의 어깨를 가볍게 주물러 주었다.

"별거 아닐세. 나는 칠선봉으로 가 다시 세월을 보고 있네. 그나저나 여보게 친구 수고 많았네. 이제 자네가 여기서 할 일은 다 마쳤네. 다 내려놓고 그만 떠나시게. 한울님이 자네를 기다리고 계실 것일세."

정기현이 속을 털어놓았다.

"이 사람아 내가 말은 안 했지만 속으로 자네를 얼마나 의지했었는지 아는가?"

필제가 정기현의 두 손을 잡았다.

"다 아네. 나도 알고 한울님도 다 아시네. 어서 가시게. 자네가 못 이룬 세상은 내가 기필코 이루고 말겠네. 걱정하지 말고 편히 가시게."

어느덧 정기현의 가슴이 후련해졌다.

마침내 오른쪽 다리도 잘려 나갔다. 아무런 고통도 없었다. 마지막으로 목이 잘렸다. 그러나 정기현은 이미 한울님을 만나고 있었다.

경상 감영에 수감되었던 일행 중 열일곱 명은 엄형 일 차 후 원지에 유배 갔고, 네 명은 일 차 엄형 후 방송했고, 나머지 다섯 명은 그냥 집으로 보냈다.

충청 감영에서는 열두 명의 일행 중 다섯 명은 유배 보내고 나머지는 석방했다.

이로써 문경 거사는 넉 달 만에 종결되었다.

50.

고종 8년, 신미년, 1871년, 겨울.

경상과 강수는 박용걸의 집 안방에서 사십구 일 기도를 올렸다. 깊은 산속 조그만 방안에서 동학은 다시 살아나기 시작했다.

동짓달 스무날, 순흥에 사는 박용걸의 형이 찾아왔다. 형제는 같이 입도식을 올리고 도인이 되었다. 형제는 경상과 강수에게 옷 한 벌씩 지어주었다. 박용걸의 죽마지우였던 지달준도 입도했다.

섣달 중순.

정선 무은담리에 사는 도인 유인상을 비롯해 동면과 남면에 사는 열 사람이 꽃꺾기재를 넘어 경상을 찾아왔다. 노늠몫으로 쌀을 가져왔다.

당시 정선에는 동면과 남면에 학문을 갖춘 도인들이 수십 호 있었다. 지난 삼월. 박씨 부인이 정선 동면 지역으로 피신한 것도 이곳에 도인들이 있었기 때문이었다.

동면과 남면에서 영월 중동면 직곡으로 오자면 꽃꺾기재라는 험준한 고개를 넘어야 한다. 산길이기 때문에 관의 지목을 받지 않고 안심하고 오갈 수 있다.

모처럼 경상을 만난 도인들은 도담을 청했다.

경상은 진지하게 강론했다.

"사람을 대하거나 생물을 대할 때 생명을 존중하는 마음으로 존엄하게 대하십시오. 사람이 만나러 오면 사람이 왔다 하지 말고 한울님이 강림하셨다 생각하고 말하십시오. 또한 어떤 일을 처리할 때는 첫째 우직하게 둘째 말없이 셋째 어눌하지만 신중하게 행하십시오."

도인과 일반인이 달라야 하는 점을 가르쳐 몸에 익혀 실천하게끔 했다. 부연하여 도인을 대나무에 비유했다.

"대나무는 식물이므로 감정도 없고 다른 곳으로 움직이지도 못하며 땅에서 생명을 받아 가지가 뻗고 잎이 붙어 있는 것이 다른 초목들과 하등 다를 게 없습니다.

그러나 『시경』과 『예기』를 보면 사람들은 현명하거나 어리석거나 귀하거나 천하거나 가리지 않고 모두 대나무를 애호할 줄 알아 수천 년이 지나도 싫증 내지 않습니다. 이것은 서리와 눈 속에서도 꿋꿋해 사계절을 우뚝 뻗어서 굽히지 않는 것이 도인의 덕과 같기 때문입니다.

『시경』「소아, 거할」에 '높은 산을 우러러보며 큰길을 간다.' 했으니 비록 우리가 그러한 경지에 이르지는 못하더라도 마음이 그러한 길을 향하는 것은 백성들이 본래 타고난 떳떳한 천성입니다. 옛날에 채백개[*]가 죽자 북해태수 공북해[**]가 호분의 군사를 데려다가 함께 앉아서 말하기를 '비록 덕 있는 늙은 신하는 없지마는 그 전형은 아직도 있다.' 했으니 백개는 문인이요 북해는 단지 채백개와 모양이 비슷했을 뿐인데도 이러했으니 하물며

---

[*]   채옹.
[**]   공융.

도인으로서 덕성이 형상에 드러나는 것에 있어서이겠습니까?

대나무가 사람에게 사랑을 받는 것은 진실로 마땅한 일이다. 천하의 사물은 그 진실보다 더 귀중한 것은 없습니다. 그 진실을 사랑한 후에 다시 그 비슷한 것으로 미루어 나가는 것이니 본말의 순서가 그러합니다. 삼대 이후로 군자가 때를 만나 현달하는 일은 역대에 드물지만, 대나무에 대한 사랑은 하루도 변한 적이 없어서 수레로 옮기고 배로 운반하여 잘 심어서 정원의 조경을 뽐내게 한 것이 많으니 이것은 또 왜 그렇겠습니까?

『장자』에 이르기를 '큰 대장장이가 금속을 주조하는데 금속이 뛰면서 말하기를 나는 반드시 막야검이 될 것이라 하면 대장장이는 반드시 상서롭지 못한 일이라 한다.' 했습니다. 그렇다면 대나무가 사람의 사랑을 온전히 받을 수 있는 것은 감정이 없고 작용이 없기 때문입니다.

만약 또렷한 지각이 있어서 우뚝하게 스스로 예쁜 꽃이나 널려 있는 풀들과는 다르다고 뽐낸다면 그것을 꺾거나 뽑거나 자르지 않을 사람이 없을 것입니다. 그러니 만사를 주지하고 몸소 온갖 변고를 다 겪고서 아름답다 더럽다 좋다 싫다 하며 서로 한쪽을 원망하는 자들이 그 화를 만남을 어찌 이루 다 말하겠습니까?

꼿꼿하면서도 빛나지 않고 곧으면서도 자랑하지 않아 도인의 지조를 지키면서도 도인이 당하는 액운이 없으니 이것은 지극히 자기를 비우고 고요함을 지키는 자이어야만 이룰 수 있으니 대나무의 덕이 이에 가깝다고 하겠습니다."

51.

고종 9년, 임신년, 1872년, 초.

경상은 그동안 수운의 시천주를 사인여천으로 재해석하여 사회적 병폐인 신분제 타파를 각성시키는 데 공을 들였다. 이것으로 어느 정도 도중을 안정시켰다.

수행에서도 잘못 이해할 염려가 있는 천어를 재해석하여 '참된 말이라면 천어 아닌 것이 없다.'고 선을 그어 신이한 체험보다 일상에서의 성실함을 다하는 수행으로 나아가게 했다.

수운 생전 접 조직에 비하면 비록 도인 수는 적지만 조직을 어느 정도 되살렸고 계 조직을 통해 재정도 안정시켰다.

어느덧 정선에도 도인 수가 늘어났다. 경상은 여기에 맞추어 동학을 다시 세우기 위한 굳은 다짐을 보여줄 필요가 있었다.

정월 초닷새.

경상은 박용걸의 집에서 결의 예식을 올렸다.

식을 마치자 이튿날 육 일에 소미원으로 박씨 부인을 찾아갔다.

박씨 부인은 병석에서 일어나 반갑게 맞아주었다. 그리고 지난번 두 아들이 경상과 강수를 괄시한 것에 대해 미안한 뜻을 밝혔다. 부인의 몰골이 말이 아니었다. 두 눈이 깊이 패어 산 사람 같지 않았다. 경상은 가슴이 아려 고개를 들 수 없었다.

경상은 박씨 부인의 쾌유를 기원했다.

"그때의 일을 마음에 담아두었다면 이렇게 다시 찾아왔겠습니까?"

대가에 식량이 떨어진 것을 보고 순흥에 사람을 보내 박용걸의 형에게 부탁해 쌀을 가져왔다.

임신년 정월.

영월읍 포도청 박 가가

"신미년 팔월에 장계로 하달된 죄인 최경상과 강수 두 사람이 남면 직곡리 박용걸의 집에 숨어 있다는 첩보를 얻었다."

하며 영을 내려 포졸을 발동해 체포하려 했다. 이 사실을 안 도인 지달준이 행수를 불러 꾸짖었다.

"이미 체포령이 철회되어 무사한 이 고을에서 어찌 시끄러운 일을 일으키려 하는가. 이런 일을 무리하게 하면 자네 마음인들 편하겠는가."

당장 그만두라고 엄히 타일렀다. 박 가는 지달준의 기세에 밀려 추금을 포기했다. 이에 경상과 강수는 화를 면하게 되었다.

경상은 지달준에게 사례하기 위해 북어 한 꿰미를 들고 강수와 같이 읍으로 나갔다.

지달준은 사람으로서 도리를 다한 것일 뿐이라며 오히려 노자 두 꾸러미와 붓 두 자루, 먹 한 정을 주었다.

경상과 소미원 대가가 무사하게 지낼 수 있었던 것은 지달준의 음덕이 컸다.

지달준은 얼마 후 무과에 급제하여 삼척 영장이 되었다.

정월 이십 일.

경상은 순흥으로 넘어갔다.

이십오 일.

양양에서 임생이 와 수운의 큰아들 최세정이 관에 체포되어 양양 감옥에 갇혔다고 알려주었다.

최세정은 신미년 구월에 분가하여 양양 김덕중의 이웃으로 갔다가 시월 그믐에 인제 귀둔리로 옮겨 살았다. 최세정은 기린면 출신 장춘보가 마련해 준 인제면 소물안골 집에 있다가 이십이 일, 양양 교졸에게 체포되었다. 이때 수운의 둘째 딸 최원과 최세정의 처 강릉 김씨도 같이 잡혀갔다.

양양 도인 김덕중이 동학에 입교해 수운의 큰아들과 어울린다는 첩보를 받은 양양 관아는 먼저 김덕중을 잡아다 고문했다. 덕중은 고문을 이기지 못해 인제 소물안꼴에 수운의 큰아들이 산다고 실토했다.

연루자로 이일여와 최희경도 같이 체포되었다.

경상은 이튿날 강수와 함께 소미원으로 달려갔다. 전성문이 이미 와 있었다.

세 사람은 양양 관아에서 대가를 덮치기 전에 피신시키기로 했다. 갈 곳은 직동 박용걸의 집뿐이었다. 이때 임생이 와 합류했다.

이십팔 일.

저녁에 어둠이 깔리자 아낙들에게 남자 옷을 입도록 했다. 아낙들은 걷고 아이들은 네 사람이 업거나 손을 잡고 산길을 더듬어 겨우 박용걸의 집에 이르렀다. 그러나 직동에도 오래 있을 형편은 못 되었다.

삼월 십 일.

스승의 순도 제례를 마치고 다시 대가를 영춘으로 옮겼다. 정선 도인들이 오십 금을 모으고 박용걸도 보태 영춘 의풍 장현곡 깊은 산중에 집과 텃밭을 마련했다.

삼월 십팔 일.

경상은 수운의 둘째아들 최세청과 임생을 데리고 양양으로 떠났다. 이십 일에 도착해 사정을 알아보니 세정은 아직 심문 중이어서 언제 판결이 내려질지 알 수 없었다.

하룻밤을 묵고 이십일 일.

최세청의 처가가 있는 인제군 남면 무의매리로 넘어왔다. 그러나 최세정이 체포되었다는 소식을 접한 처가는 이미 어디론가 피신하고 집은 텅텅 비어 있었다.

경상은 이십삼 일, 근처에 사는 최세청의 처당숙인 김병내를 찾아갔다. 김병내도 소백산 쪽으로 피신하려 짐을 싸고 있었다.

김병내는 소백산은 이름난 곳인데 길을 알지 못하니 어디로 어떻게 가야 할지 모르겠다고 했다.

경상이 길을 안내하기로 했다. 앞서기도 하고 뒤따르기도 하면서 남녀 열 몇 명을 인도하여 홍천의 속사둔과 치곡점, 원주의 태장 신림점에서 하루씩 잤다.

횡패점에 이르러 갈림길에서 경상은 김병내 일행과 헤어져 곧바로 정선 무은담 유시헌의 집으로 갔다.

52.

사월 오 일.

창도 기념 제례는 영월 직동 박용걸의 집에서 올렸다. 이날 박씨 부인은 최세청이 며느리를 데리고 오기로 했다며 하루 내내 기다렸다. 그러나 저녁 늦도록 오지 않자 혹여 둘째아들까지 관에 체포되지 않았을까 하여 박씨 부인은 걱정이 태산 같았다.

이미 큰아들과 며느리 그리고 둘째딸이 양양 옥에 갇혀 있었다. 생때같은 자식들이 지옥 같은 삶을 이겨내고 있었다. 밤이 깊어가자 박씨 부인은 동구 밖을 드나들며 애를 태웠다.

"밤이 깊었으니 일단 제례부터 올리면 어떻겠습니까?"

경상이 권하자 부인은 역정을 냈다.

"이 사람도 한울님 저 사람도 한울님 하는데 내 어찌 한울님을 알겠습니까? 제례를 올리든지 말든지 나와는 상관없습니다."

세청은 밤이 깊도록 나타나지 않았다.

경상이 마당으로 나가 별바라기를 했다. 문득 담 밖에서 사그락사그락하는 소리가 들렸다.

'이 밤중에 무슨 소리인가?'

경상이 담 밖을 내다보니 저만치에서 어떤 이가 담장 밑에 난 풀을 베고 있었다.

긴 도포 자락이 별빛을 받아 눈부시게 빛났다. 경상은 저도 모르게 담 밖으로 나갔다.

"한밤중에 무얼 하고 계십니까?"

그 사람이 일어나더니 경상을 보고 환하게 웃었다.

"여보게 경상 잘 있었나?"

수운이 바로 코앞에 서 있었다. 수운의 얼굴에서 달빛이 흘러나왔다.

"아이고 선생님, 여기에 어쩐 일이십니까?"

경상은 다리에 힘이 풀려 앉은 채로 수운의 두 발목을 잡고 울었다.

"자네가 고생이 많네."

경상은 서러운 마음이 커져 통곡했다. 수운이 경상을 부축해 일으켜 세웠다.

"한울님과 내가 다 보고 있네. 조금 더 애써 주시게."

수운은 경상을 포근하게 포옹했다. 수운의 몸에서 따뜻한 체온이 느껴졌다.

"자네를 봤으니 나는 이만 가야겠네."

경상이 황급하게 말렸다.

"집안에 들어가 부인을 만나셔야죠?"

수운이 손사래 쳤다.

"강물은 흘러 언젠가는 바다에 이르는 법일세. 나는 자네만 믿네. 이 세상 개벽의 물꼬는 이미 트였네. 이 점을 명심하시게."

수운은 이 말을 마치자 별빛 속으로 천천히 사라졌다. 모습이 보이지 않을 때까지 미소를 지으며 경상에게 손을 흔들었다.

수운의 모습이 사라진 하늘에는 별빛만 찬연했다.

경상은 엎드려 수없이 절을 했다.

경상은 강수와 도인들과 더불어 한밤중에 제례를 올렸다.

제를 마치자 경상이 강론했다.

"장자에 이런 말이 있습니다. 한번 들어보십시오.

'북녘 바다에 곤이라는 물고기가 있다. 알에서 갓 깨어날 때는 새끼손가락 크기지만 다 크면 크기가 몇천 리가 되는지 알 수 없다.

이 물고기가 변해서 새가 되면 붕이라 한다. 붕의 등 넓이 역시 몇천 리나 되는지 알 수 없다. 힘차게 날아오르면 날개는 하늘 그득히 드리운 구름과 같아 보인다. 붕은 바다 기운이 움직여 힘진 바람이 일어날 때 그것을 타고 남쪽 바다로 날아가려 한다.

남쪽 바다란 곧 천지를 말한다. 남쪽 바다로 날아갈 때 사방 삼천 리에 파도를 일으키고 회오리바람을 타고 구만 리 하늘을 올라 유월 태풍과 더불어 간다.

아지랑이와 먼지는 하늘과 땅 사이에 살아있는 것들이 서로 입김을 내뿜어 생긴다.

하늘은 파랗게 보이는데 그것은 과연 제 색깔일까? 아니면 멀리 떨어져 끝이 없어 그런 색을 내는 것일까? 중이 높이 떠 아래를 내려다보면 우리가 올려다볼 때처럼 새파랗게 보일 것이다.

가령 고인 물이 깊지 않으면 큰 배를 띄울 힘이 생기지 않는다. 물 한 잔을 마루 패인 데 부으면 작은 풀잎은 떠서 배가 되지만 잔을 놓으면 바닥에 닿고 만다.

마찬가지로 바람 쌓인 것이 두텁지 않으면 대붕 큰 날개를 띄울 만한 힘이 생길 수 없다.

붕은 구만 리를 올라가야 날개 밑에 충분한 바람이 쌓인다. 그 뒤에 비로소 바람을 타고 푸른 하늘을 머금으며 바야흐로 남쪽으로 머리를 돌린다.

매미와 비둘기가 붕을 비웃었다.

'우리는 힘껏 날아올라 느릅나무나 다목나무 가지에 머무르기도 하지만 때로 거기에도 이르지 못하고 땅바닥에 떨어진다. 그래도 우리 삶은 즐겁기만 하다. 그런데 저 새는 무슨 일로 구만 리나 올라가 홀로 남명으로 떠나려 하는가? 스스로 자신을 괴롭히는 짓이다.'

교외 들판에 나가는 사람은 하룻밤 동안 곡식을 찧어야 하고 천 리 길을 가는 사람은 석 달 동안 식량을 모아야 한다. 그러니 이 조그만 날짐승들이야 어떻게 대붕이 비상하는 이유를 알 수 있겠는가?

작은 지혜는 큰 지혜에 이르지 못하고 짧은 수명은 긴 수명에 미치지 못한다. 조균은 밤과 새벽을 모르고 씽씽매미는 봄과 가을을 모른다.

초나라 남쪽에 명령이라는 나무가 있는데 그 나무에게는 잎이 피고 자라는 봄이 오백 년이고 잎이 말라서 떨어지는 가을이 오백 년이다.

아득한 옛날에는 대춘이라는 나무가 있었다. 대춘은 팔천 년 동안 봄이고 다시 팔천 년 동안 가을이었다.

그런데 지금 불과 칠백 년 동안 산 팽조를 장수한 사람으로 삼아 세상 사람들이 우러러 이에 견주려 한다.

이 어찌 슬픈 일이 아니겠는가?'

여러분, 세상은 우리 앞에 보이는 모습이 다가 아닙니다. 우리는 바다의 표면에 일렁이는 파도와 같아 바다의 깊은 속을 알기가 어렵습니다.

조금 전 나는 밖에서 스승님을 만났습니다. 스승님은 나를 격려하고 다시 하늘로 올라갔습니다. 세상과 나는 신비에 가득 차 있습니다.

우리는 뜻을 크게 하고 행동은 바르게 하여 오직 한울님이 진정으로 원하시는 세상을 만들기 위해 온갖 고난을 즐거이 감내합시다."

최세청은 다음 날 아침 신부와 같이 집에 왔다. 신부는 시어머니에게 첫예를 올렸다. 대가는 잠시나마 웃음이 돌았다.

사월 팔 일.

경상과 강수는 정선 남면 무은담 유인상의 집으로 넘어갔다.

경상이 유인상을 보며 걱정했다.

"이 집에 오래 있으면 사람의 눈에 띄어 당신께 화가 미칠까 그것이 걱정입니다."

유인상은 사람 좋게 웃었다.

"드러나더라도 나는 귀양살이에 그칠 터이니 조금도 걱정하지 마십시오."

53.

양양 옥에서 심문받던 최세정은 오월 십 일, 다시 한 차례 장형을 받았다. 매는 사정을 보아주지 않고 혹독했다. 최세정의 하반신은 이전에 받았던 장형과 이번 매가 겹쳐 장독이 올라 살이 부풀고 터져 차마 눈으로 볼 수 없을 지경이 되었다.

약을 제대로 쓸 수도 없는 최세정은 감방에 엎드려 신음만 했다. 이대로 얼마나 더 견딜 수 있을지 자신도 장담할 수 없었다.

'아 아, 이 길은 아버지도 겪었던 길이 아닌가? 그러나 아버지는 한울님을 만나 도를 얻어 세상을 아우르는 높은 경지에 올라 있었다. 나는 다만 아버지의 뜻을 올곧게 받아 어지러운 세상이 정돈되도록 실천하려던 마음뿐이었다.

양양 사람들이 나를 도주로 추대하려 했으나 나는 도를 경험하지 못했다. 입에 발린 말 몇 마디를 주억거렸을 뿐 나는 최경상이나 강수 어른 같은 도의 경지를 이해하지 못했다.

아버지가 돌아가신 후 홀로 된 어머니를 모시고 어쨌든 살아보려 노력했었다. 아내를 얻은 후는 더욱 가정이 소중하다는 것을 깨닫고 동생과 더불어 화목한 가정이 이루어지기를 기원하며 하루하루를 살아냈다.

그러나 지금 나는 어두운 감옥 안에서 죽음의 그림자를 느끼고 있다. 아버지는 도를 펴실 때 이미 앞으로 가족이 겪어내야 할 고통을 짐작했을 것이다. 소중한 가족의 고통을 마다하고 세상에 큰 뜻을 펴는 길이 진정으로 큰 사람이 가야 할 길일까? 남자가 되어 자신의 가솔 하나 제대로 돌보지 못하면서 세상을 바꾸어 보겠다는 생각이야말로 꿈을 꾸듯 허망한 생각이 아닐까?

아내를 얻고 보니 나는 나만 믿고 따르는 사랑스러운 아내를 위해서는 내 목숨도 바칠 수 있다고 생각했다. 아버지는 자신의 아내와 자식에 대한 정이 지금 내가 느끼는 것보다도 덜했단 말인가?

그렇지는 않았겠지. 내가 지금 어려운 처지에 놓이다 보니 생각이 단순해져서 이런 푸념이 나오는 게야. 그러나 내가 험한 일을 당하면 철없는 세청은 차치하고 불쌍한 우리 어머니는 누가 살갑게 돌보아 주기나 할까?

아 아, 몸의 고통보다 마음의 고통이 더 견디기 어렵구나. 아버지 제발 저를 좀 도와주십시오. 제가 살아 이 감옥을 나가 남은 가족을 부양할 수 있게 해 주십시오.'

그러나 기막힌 최세정의 간구에도 불구하고 이틀 후 다시 장형을 받던 세청은 매를 못 이기고 결국 숨을 거두고 말았다. 시신은 이빨을 악물고 눈을 부릅뜨고 있었다.

같이 잡힌 김덕중과 이일여·최희경은 장형을 받고 원지로 유배 갔다.

경상은 최세정의 죽음을 추도하는 사십구 제를 모시고 깊은 슬픔을 가누었다.

박씨 부인이 애통해하는 모습은 너무 처연해 도인들이 차마 쳐다보지 못했다. 선각자의 가족으로 태어난 죄는 이 땅에서 이토록 처절했다.

칠월 보름.

정선 도인들이 경상을 찾아왔다. 유인상·신시래·신정언·신치서·홍문여·유계홍·최영하·심해성·방자일·안순일·최중섭·박봉한 등 쟁쟁한 도인들이 왔다. 이들은 모두 학식이 깊었다. 어떤 이는 한학자였다. 그가 웃으며 말했다.

"산이 아무리 높아도 흰 구름은 넘어갑니다. 우리 한 세상 훨훨 살다 갑시다."

영월 도인 박용걸과 장기서도 오고 인제 도인 김병내도 왔다. 학식이 높은 사람들이 동학을 다시 세우는 일에 적극적으로 나서자 경상은 동학에 한 줄기 서광이 비치는 것을 보았다.

경상은 이들에게 자신이 당분간 깊은 산속에 들어가 수도하며 은신할 뜻을 밝혔다. 비록 교세가 살아나고 있으나 적극적으로 움직이기에는 아직 때가 이르다고 판단했다.

유인상에게 의논하자 그는 고한에 있는 적조암을 추천했다. 팔월에 사람을 보내 주지 철수자의 승낙을 받았다.

구월에 이르자 영춘 관아에서 장간지에 있는 박씨 부인을 지목한다는 소식이 들렸다. 유인상을 비롯한 정선 도인들이 긴급하게 움직여 정선 동면 싸내에 대가를 옮길 집을 준비했다.

경상과 강수는 급히 영월로 건너갔다. 강수는 박씨 부인을 모시고 아이들을 데리고 앞서 걸었다. 경상은 세청과 짐을 수습해 등에 짊어지고 뒤를 따라갔다.

박씨 부인은 그사이 마음고생이 심해서인지 몸이 허약해져 걷기조차 힘들어했다. 앉아 쉬었다가 다시 일어나기를 수없이 거듭했다. 골짜기를 건너면 어지러워 쓰러지고, 고개에 이르면 숨이 차 주저앉았다.

해는 차츰 기울어져 갔다. 치마를 짧게 걷어 올리고 있는 기력을 다하다 보니 발이 심하게 부르텄다. 부인은 하늘을 우러러 통곡했다.

"하늘은 실로 무심하구나. 어째서 우리를 이렇게 가만두지 않는가?"

저녁 늦게 무은담에 도착한 부인은 쓰러져 누워 버렸다. 얼굴에 검버섯이 돋아 있었다.

기운을 제대로 회복하지 못한 채 삼 일 후 다시 삼십 리 산길을 걸어 정선군 동면 화암리 싸내로 들어갔다.

이렇게 하여 어렵사리 대가를 피신시킬 수 있었다.

54.

고종 9년, 임신년, 1872년, 가을에서 겨울.

적조암은 태백산 아래 고한에서 북동쪽으로 약 시오리 정도 올라간 곳에 자리 잡은 조그만 암자이다.

이곳으로 가려면 무은담에서 증산을 거쳐 사북으로 올라가는 길을 타야한다. 여기서 다시 고한을 거쳐 정암사를 지나 십 리가 조금 못 되게 더 올라가면 등성이 고지에 작은 암자가 보인다.

백두대간의 험준한 산줄기 한복판에 있어 말 그대로 적조한 곳이다.

강수와 김해성·김택진이 갈래사를 거쳐 적조암으로 미리 올라가 철수자를 만나 지난번 했던 약속을 다시 확인했다.

노승은 감자를 삶아 그들에게 내놓았다.

강수가 물었다.

"스님께서 올겨울에 저희와 같이 고생할 뜻이 있습니까?"

노승은 한참 생각했다.

"공부하러 몇 분이 오게 됩니까?"

강수는 대개 서너 명쯤 되리라 했다. 스님이 고개를 끄덕였다.

"네 분이면 좀 많은 듯 하나 정녕 오신다면 기일을 정하고 돌아가세요."

강수가 다짐했다.

"시월 이십 일이 지나면 도착하겠습니다. 기일을 어기지 않을 것이니 잘

대비하여 주시길 부탁드립니다."

노승은 다시 고개를 끄덕였다.

철수자는 본래 계룡산 동악사에 있었다. 어느 해 움막을 치고 공부하는 데 꿈에 부처님이 나타나 소백산으로 가라 해 소백산 부석사로 갔다.

임신년인 올 사월에 다시 부처님이 나타나 태백산으로 가라고 해 이곳으로 왔다. 와 보니 암자는 비어 있고 도량은 황폐하여 사람의 발길이 끊겨 있었다. 다만 어린 중 둘이 암자를 지키고 있었다.

대충 주변을 정리하고 양식을 마련하기 위해 어린 중이 지어 먹던 감자밭 몇 뙈기를 주인에게 돈을 주고 샀다. 셋이서 씨감자 여섯 말을 쪼개 밭에 심었더니 얼마 되지 않아 싹이 나왔다. 수확하니 감자가 네다섯 섬이나 되었다.

겨울을 나기에는 충분한 양이었다. 나무도 백 짐 정도 해 두었다.

노승은 여기에서 삶을 마감할 준비를 하고 있었다.

경상은 시월 보름께 강수·전중삼·김해성과 양식을 짊어지고 갈천 적조암으로 올라갔다. 오후 신시쯤 도착해 법당에 앉으니 철수자가 삶은 감자를 내왔다.

십육 일부터 기도를 시작했다.

사십구 일 동안 주문 백만 독을 외기로 했다. 주지 철수자도 같이 외웠다. 하루에 주문 삼만 독을 외웠다. 외진 적조암에서 낭랑한 주문 소리가 사방으로 퍼져나갔다.

사십칠 일이 하루처럼 지나갔다.

기도를 마치기 하루 전날 경상은 꿈결에 한 선녀가 봉황 여덟 마리를 소매에서 꺼내 주는 것을 두 손에 받았다.

"이 여덟 마리를 각각 주인을 정해 주라."

경상은 세 마리는 가슴에 품고 다섯 마리는 새장에 넣었다. 문득 깨고 보니 꿈이었다. 강수와 전중삼이 이야기를 듣고 한 마리씩 받기를 원했다. 경상은 일단 보류했다.

"후일 반드시 주인이 나타날 것이니 지금 임의로 나눌 일이 아닌 것 같소."

사십구 일 기도를 다 마치니 섣달 초닷새가 되었다.

날씨는 매우 청명했다. 온산은 눈꽃으로 덮였고 매운 실바람은 나뭇가지를 스치며 청아한 소리를 냈다.

경상은 시 한 수를 읊었다.

태백산서 사십구 일 독공하여
여덟 마리 봉황 받아 품에 안았네.
천의봉상 온 누리엔 꽃이 피었고
오늘에야 쪼고 갈아 구슬 이루니
오현금 맑은 소리 스쳐 가누나.
티끌세상 벗어난 적멸궁에서
사십구 일 기도를 좋이 마쳤도다.

경상은 일단 전중삼과 김해성은 내려보내고 강수와 둘이 적조암에서 나흘 더 머물면서 앞으로의 일들을 의논했다.

55.

섣달 아흐레.

최세정이 죽고 싸내로 옮겨온 후 박씨 부인은 매우 궁핍한 살림을 이어
왔다. 농사를 지었으나 가을에 키질할 곡식이 없었다. 남산에서 거둔 콩으
로 아침저녁 양식으로 삼았다. 보다 못한 이웃이 곡식을 나누어 주어야 겨
우 솥을 씻을 수 있었다.

최진섭 형제가 자루를 메고 이곳저곳 도인 집을 방문해 한 줌의 곡식을
거두어 드렸다.

박씨 부인은 오랜 고생 속에서 몸속에 쌓여온 병이 마침내 폭발해 사십
구 세의 나이로 이 세상을 버리고 말았다.

임종 때 차남 세청이 손가락을 깨물어 부인의 입에 피를 흘려 보았으나
이미 기력이 다해 효험이 없었다. 유족으로는 최세청 부부와 시집가지 않
은 딸 둘이 있었다.

박씨 부인은 울산에서 태어나 조실부모하여 친척에게 의지해 살았다.
같은 일가의 중매로 십칠 세에 두 살 위인 수운과 결혼했다.

수운이 장삿길로 십여 년간 밖을 돌아다닐 때 거의 혼자 어려운 살림을
꾸려 나갔다. 슬하에 자식이 없자 스물네 살 때 천민의 딸 주 씨 성을 가진
여자아이를 데려와 양녀로 길렀다. 스물여섯 이후부터 두 아들과 세 딸을
두었다.

수운이 울산에서 철점을 하다 실패한 후 끼니를 걱정할 정도로 어려운

살림을 이어갔다. 빚으로 살림이 파탄 나자 장구 깨진 무당처럼 방바닥을 치며 울었다. 정들었던 초가삼간이 빚으로 넘어가자 남편의 고향인 경주 용담으로 돌아왔지만 가난은 여전했고 작은 희망마저 보이지 않았다.

수운이 도를 받던 밤에는 하마 남편이 미친 것으로 알고 얼마나 낙심했던지 모른다.

신유년부터 수운이 포덕을 시작하자 많은 이들이 찾아왔다. 하루에 삼사십 명분 음식을 준비하려 쌀을 씻느라 손목이 퉁퉁 부었다. 그래도 그때가 참 좋았다.

수운이 관의 지목을 받아 피신 길에 오르자 다시 고생길이 다가왔다. 결국 남편이 체포되어 참혹하게 세상을 뜨자 남편에게 도를 내린 한울님이 어떻게 남편에게 이럴 수가 있는가 하여 바람 바를 데 탱자 열매같이 한울님을 원망했다.

강원도와 충청도 오지 산간을 전전하며 살면서 자식들과 겨우 목숨을 이어갔다. 그러다 결국 병마가 도져 정선 동면 화암리 싸내의 깊은 산중에서 추운 겨울날 지천명을 바로 앞에 두고 저세상으로 떠나고 말았다.

최세청이 박씨 부인의 저고리를 들고 지붕으로 올라갔다. 지붕 위에서 어머니의 체취가 스민 저고리를 세 번 흔들었다.

"어머니, 어머니, 불쌍하신 우리 어머니, 이대로 가신다면 제가 원통해 어찌 삽니까? 부디 돌아오십시오. 어머니, 어머니, 우리 어머니, 어디로 가시더라도 이제부터는 웃으면서 사셔야 합니다."

초혼하던 최세청은 급기야 그 자리에 앉아 주먹으로 지붕을 치며 통곡하고 말았다.

동네 사람들도 마당에 모여 안타까워 소리를 불렀다.

영월 영춘에 흐르는 물은
도담 삼봉 안고 돌고
도담 삼봉 흐르는 물은
만학 천봉 안고 도네
만학 천봉 흐르는 물은
옥순봉을 안고 돌고
옥순봉에 흐르는 물은
흘러흘러 잘도나 가네

앞 편 강에 띄우는 배는
임을 실은 꽃배인데
뒤편 강에 띄우는 배는
놀이하는 놀이 배인고
얼씨구 좋다 얼씨구 좋다
술렁술렁 잘도 잘 가네.

인근에 있던 무녀가 일부러 찾아와 곡을 해 주었다.

불라국이라 하는 것에 오귀대왕님 좌정하여
삼천 궁녀 거느리고 만조백관 거느리고

용상좌기에 좌정하여 금관을 높이 쓰고
옥새를 거머쥐고 마음대로 하였건만
심륙 세에 치국하구 이십에 장가를 가서
삼십에 자식을 보는구나
갈대부인은 어질고 착하고 인물도 좋네
……

첫째도 딸이로구나 둘째도 딸이로구나
셋째도 딸이로다 넷째도 딸이로다
다섯째도 딸이로구나 여섯째도 딸이로구나

행상망틀 부여잡고 아이고 아버지 아버지
바리데기 약수 삼천리 약물 길어왔나이다
정신을 채려 저를 보옵소서
행상망틀 부여잡고 방성통곡 우는데
딸년들이 좋다고 흰 덩을 타고 나오고
사우 여섯이 좋다고 흰 덩을 타고 나오고
……

아버지 뼈 생겨나씨요 아버지 살 생겨나씨요
이리 쓰담구 저리 쓰담으니
아버지 일신이 생겨나는구나
……

섣달 열흘.

경상과 강수는 무은담 유인상의 집으로 다시 내려왔다.

세밑이 가까워지자 전성문은 새해를 맞으려 재당질녀가 사는 영월로 넘어가 자리에 없었다.

경상이 유인상에게 싸내에 있는 대가의 안부를 물었다. 유인상은 바로 어제 박씨 부인의 부고를 받았다 했다. 마침 인제 갑둔리 도인 김계악이 와 있었다.

경상은 김계악과 같이 싸내로 넘어가 시신을 수습했다. 도인들에게 대가의 부음을 전할 형편이 못 되어 정식 장례는 다음으로 미루고 임시로 매장했다.

56.

고종 9년, 임신년, 1872년, 12월 4일.

영의정 홍순목이 왕에게 말했다. 홍순목의 아들이 나중에 갑신정변을 일으키는 홍영식이다.

"신이 지난번 호남에 갔을 때 농사가 아주 잘 된 것을 직접 보았고 근년 에 와서 여러 번 풍년이 들었으니 응당 공사 간에 축적하여 여유가 넉넉해 질 것입니다. 그런데 조세와 부역이 번거롭고 과중하여 복과 바다가 다 빈 상태입니다.

부유한 사람은 그래도 괜찮지만, 저 의지할 데 없는 사람들이 불쌍하다 고 한 것은 예로부터 근심해 온 일이지만 가난한 백성들의 원망이 어떻게 위에 보고될 수 있겠습니까?

더구나 지금 안으로 여러 관청의 서무와 밖으로 팔도의 삼정의 고질적 인 폐단과 폐해는 극에 달해 있습니다. 거문고와 비파를 뜯어고치듯이 크 게 고치면 소득이 있고 작게 고치면 소득이 적을 것입니다.

대개 땅에서 나는 것이 풍부하지 않은 것은 아니지만 사람이 지키는 것 에 늘 잘못된 점이 있습니다. 사람들이 검박하게 생활한다면 한두 섬의 곡 식으로도 넉넉할 것이지만 만일 하고 싶은 대로 써 버린다면 산더미같이 저축하여도 부족할 것은 자명한 이치입니다.

재물이라는 것은 비유하면 물과 같고 백성은 물고기와 같습니다. 물이 신선하지 않으면 물고기도 역시 좋아하지 않습니다. 먼저 대궐과 관청에서부터 사치를 부리는 버릇을 막고 검박한 기풍을 숭상하도록 힘써 인심을 다스리고 사람들의 마음을 굳게 하여야 할 것입니다.

그리하여 사농공상의 백성들이 마치 물고기가 물에 의지하여 즐겁게 노닐면서 살아가듯이 함양시켜 주는 혜택을 크게 받게 해야 비로소 풍년이 든 태평세월이라 말할 수 있을 것입니다. 삼가 바라건대 힘쓰고 힘쓰소서.”

신하 주제에 대놓고 제 욕을 한다고 왕이 쓰게 웃었다.

“진술한 말이 절실하니 마음에 새겨 두겠다.”

홍순목이 다시 말했다.

“나라의 기강은 사람의 혈맥과 같습니다. 혈맥이 통하지 않으면 사람이 사람 구실을 할 수 없고 기강이 서지 못하면 나라가 나라 구실을 할 수 없습니다. 기강을 세우려면 먼저 명분을 바로잡아야 합니다.

근래에 군정에서 빈자리를 채우지 못하고 거듭 징수하는 일이 많습니다. 부득이 가호에 배당하여 군포를 거두어 마감해 한양에 바치며 시골의 관리나 선비에게도 역시 마찬가지로 법을 적용하고 있습니다.

가난하게 사는 사족과 유학에 종사하는 사람 중 집안을 부지하고 있는 사람들에 대해서는 군포를 물리지 않고 시골의 우두머리 관리나 장정들의 위에 놓았던 것인데 지금 일반 백성과 마찬가지로 군적에 올리고 똑같이 취급한다면 저 어리석은 백성들은 이때가 기회를 틈탈 시기라고 생각할 것입니다.

그리하여 대뜸 나도 이미 군포를 냈고 그들도 군포를 내는 이상 상인이

나 천인이기는 마찬가지인데 그들은 무엇 때문에 우리를 멸시하는가 한다면 폐해를 수습하는 본의가 어찌 그와 같은 것이겠습니까?

이 때문에 신이 가는 길가에서 사람들이 수십, 수백 명씩 무리 지어 소장을 들고 와 호소하는 것이 이루 헤아릴 수 없이 많았습니다. 이것을 눌러 놓지 않으면 완악한 버릇은 더욱 자라나고 쇠잔한 양반들은 더욱더 한미해질 것이므로 참으로 작은 문제가 아닙니다.

『주역』에 이르기를 상하를 구분해야 백성들의 뜻을 안정시킬 수 있다고 하였으니 상하를 구분하지 않고 백성들의 뜻을 안정시켰다는 것은 아직 들어보지 못했습니다. 신은 방금 삼군부를 시켜 관문을 내어 특별히 신칙하여 군정을 뽑는 일을 거듭 엄하게 하도록 하였습니다.

만일 어리석고 완악한 자들을 바로잡고 경계시키려면 중 죄수는 형벌을 가하여 귀양 보내고 경 죄수는 징계하면 자연히 개과천선하여 죄를 멀리할 것입니다. 이는 오직 수령의 책임에 달려 있으니 어찌 날이 가고 달이 가면 점차 닦아 나갈 방도가 없겠습니까?

신이 아뢴 내용을 팔도와 사도에 행회하여 조정의 법령을 알게 함으로써 명분을 정하고 기강을 세우는 근본으로 삼아야 할 것입니다.”

왕이 고개를 끄덕였다.

“호포는 양반이나 일반 백성이니 다 같이 바치는 것이 옛날 법이다. 지금 일반 백성들이 호포를 다 같이 바친다고 하여 양반을 업신여기는 것은 기강과 크게 관계되는 만큼 특별히 금지하도록 신칙하고 양반들도 스스로 욕되게 처사를 하지 말도록 감영과 고을에 각각 효유하라.”

홍순목이 계속 말했다.

"경상감사 김세호에게 지난해에 이미 임기를 더 연장해 주는 특전을 베풀었는데 그의 명성이 높고 실제 업적이 표창할 만하니 특별히 한 품계를 올려 주소서."

"그리하라."

"처음 수령에 임명되는 사람에 대해 서경을 거치게 하는 것은 대개 그 사람이 인품과 문벌이 좋은가 나쁜가에 대해 반드시 대간들의 공정한 평가를 받게 하기 위한 것입니다. 그러나 처음으로 수령을 하는 사람 중에서 그전에 감찰을 거친 사람은 감찰로 있을 때 이미 서경을 거쳤기 때문에 다시 서경하는 규례는 없습니다.

다만 생각건대 별천으로 초사 자리에 천거된 사람은 이미 공론에 따라서 천거된 것이니 이와 같은 사람으로서 처음으로 수령에 제수되는 자에 대해서는 감찰의 전례대로 서경을 거치지 않게 하는 것이 어떻겠습니까?"

"그리하라."

"호조의 보고를 보니 임술년에 환자법을 폐지한 다음 제반 지출을 마련하여 쓸 방도가 없습니다. 병인년의 별비미와 정묘년의 사창미가 있어서 환곡을 곡식으로 만들어 취한 이자가 있기는 하지만 몇만 냥에 불과하므로 오히려 일정치 않은 지출을 충당하지 못하니 지금에 와서 변통하지 않을 수 없습니다.

이십만 석까지는 대전하고 육십만 냥은 환곡을 만들어 이자를 취하도록 하겠습니다. 그리고 경기 삼남 관동 해서 등 여섯 개 도에 대해서는 별비미와 사창의 곡식을 나누어 보내는 것이 있지만 관북에는 이런 규례가 없습니다.

관서에서는 환자곡을 나누어 주고 이자를 취할 수 있으니 해도에 관문을 내어 그것을 환곡으로 만들어 모두 나누어 주고 이자를 받되 영원히 탕감해 주지 말게 해달라고 하였습니다.

호조의 경비가 지금처럼 부족한 적은 없었습니다. 아무래도 특별한 변통이 있어야 조금이나마 곤란한 형편을 풀 수 있겠습니다.

관서에서 환곡을 만들어 이자를 받아 보태어 쓰는 것 역시 운영해 본 지 오랜 일입니다. 이 도의 환곡을 탕감하고 전결세를 내는 제도로 바꾼 이후 나라에서 늘 걱정하고 있기에 병인년과 정묘년 두 해의 별비곡을 다른 도에 두루 나누어주면서도 오히려 거론하지 않은 것은 실로 까닭이 있는 것입니다.

그러나 이제 이것을 버리고 방도를 찾아 다른 것으로 입본하려 한다면 더는 손댈 곳이 없을 것입니다. 관서 백성들에게 끼치는 폐단을 염려해야 한다는 것은 본래 알고 있었으나 이것은 경비와 관계되는 것이니 사실 부득이한 정사에서 나온 것입니다.

곡식을 사들이는 것으로 규례를 세우는 것은 아뢴 대로 시행하게 하고 곡식 이름은 계유년 별비라고 하며 거두어들이고 내어주는 일은 감사가 좋은 쪽으로 처리하게 하소서.

그리고 당년의 이자는 받아낼 수 없으니 특별히 우선 면제해 주고 후년부터 받아냄으로써 실제적인 효과가 있게 하는 것이 어떻겠습니까?”

“그리하라.”

“충청감사 김병시의 보고를 보니 도내의 각 고을에서 해마다 응당 써야 할 저치미는 오천여 석 정도인데 종전에는 으레 환곡을 가져다 썼습니다.

환곡을 탕감하도록 총수를 정해 놓은 다음 더는 나누어 줄 곳이 없다고 하여 결전 중에서 한 석마다 세 냥씩 대신 돈으로 떼 냈으므로 비용이 늘 부족하였는데 고을마다 모두 그러합니다. 그 가운데서 수영과 연해 고을의 백성들에게 미치는 피해는 더욱이 보장하기 어렵습니다.

본영의 공사에 쓰고 남은 돈 중에서 만오천 냥을 저치환이라 이름하고 매 한 석에 세 냥씩 쳐서 일 년 전에 나누어 주고 모조는 제하고 본색만 받아들여서 다음 해의 비용으로 쓰고 그다음 해에 원래 지출하여야 할 돈도 또한 환곡으로 만들어서 해마다 이렇게 순환시켜 미루어 쓰게 해 달라고 하였습니다.

본래 곡식으로 나누어 갖추던 것을 지금 대전하여 임시변통한다면 궁핍하게 되는 것이 당연한 일입니다. 그러나 도신이 청한 것이 대개 부득이한 형편에서 나온 만큼 우선 편의에 따른 정사를 하여 아뢴 내용대로 시행하게 하고 곡물 이름은 정부 구관곡이라고 부르는 것이 어떻겠습니까?"

"그리하라."

"북병사 김기석의 장계를 보니 관할하고 있는 곡식에 대해 바치는 것을 정지해 주거나 탕감시켜 준 것이 많아 창고에 남아 있는 것이 없으니 더할 나위 없이 매우 허술합니다.

이번에 운현궁에서 떼어준 돈 팔천육백 냥에다가 또 본영에서 마련하여 만 냥을 채웠습니다. 지방 규례대로 환곡을 만들어 절미하면 오천 석의 쌀로 환산됩니다.

그런데 경성 한 고을의 경우 백성 백성들의 형편에 곤란한 점들이 많으니 지금 우선 관북의 각 고을에 분배하여 주고 이자를 받아서 작전하게 하며 이삼 년 뒤 백성들의 형편이 조금 필 때까지 기다렸다가 경성에 환곡을 만들어 놓고 해마다 절반은 나누어 주고 절반은 남겨 두며 모조 없이 개색하여 묵은 것은 쓰고 햇것을 저축하도록 묘당에서 품처하게 해달라고 하였습니다.

그러나 경내에서 환곡을 만드는 것이 혹 편중된 일이기는 하지만 절반은 남겨 두고 절반은 나누어주며 모조 없이 개색하면 틀림없이 큰 폐해는 없을 것이니 아뢴 대로 시행하게 하고 곡식 이름은 운현궁 별비곡이라고 하는 것이 어떻겠습니까?"

"이 곡식은 중요한 만큼 잘 보관하라는 내용으로 신칙하도록 하라."

이번에는 좌의정 김좌근이 말했다.

"성학을 닦는 것은 오늘날의 급선무입니다. 대체로 제왕의 학문은 옛사람들의 글귀를 여기저기서 따오는 것을 업으로 삼지 않고 오로지 아는 것과 행하는 것을 귀중히 여겼습니다.

학문을 하지 않으면 알 수 없고 아는 게 없으면 행할 수 없으며 아는 것이 어려운 것이 아니라 행하는 것이 어렵습니다. 이제 만일 '학문을 강론하는 것은 학문을 강론하는 것이고 정사는 정사다.'라고 한다면 학문에 기초하여 정사를 베푸는 원칙이 아닙니다.

나라를 다스리고 천하를 태평하게 하는 데는 뜻을 성실히 하고 마음을 바르게 가지는 것을 앞세워야 하며 나라의 운명이 오래가게 하려면 백성들을 편안하게 하는 것을 근본으로 삼아야 합니다.

마음을 바르게 가지지 못하고 나라를 다스린 사람은 없으며 백성들을 편안하게 하지 못하고도 나라의 운명이 오래가게 한 사람은 없습니다.

임금은 깊은 대궐 안에 있는 만큼 그 마음이 바른가 그렇지 않은가 하는 것은 살필 수 없는 것 같지만 그것이 외면에 드러나는 것은 가릴 수 없습니다. 많은 사람이 있을 때나 홀로 지낼 때 응당 경계하여야 할 것은 편안하고 안일하게 지내려는 마음입니다.

전하는 지금 한창 젊은 나이에 혈기가 왕성한 만큼 응당 조심해야 할 문제는 몸을 잘 보호하고 돌보는 일입니다. 조용하고 편안히 지낼 때 화를 내지 않고 몸을 엄숙하게 가지는 데서 응당 막아야 할 것은 요행을 바라는 문이 열리는 현상입니다. 듣고 보는 데 끌리지 않고 모든 일을 바르게 하는 데서 응당 물리쳐야 할 것은 놀잇감입니다. 때에 맞게 백성을 부리고 부세를 적게 거두며 백성을 기르는 정사를 하는 데서 응당 앞세워야 할 것은 품어주고 돌보아주는 혜택을 베푸는 것입니다.

대체로 이 다섯 가지는 모두 자신의 마음에서 공적인 마음과 사적인 마음을 어떻게 가르고 어떻게 사욕을 막고 하늘의 이치를 보존하는가 하는 데 달려 있을 뿐입니다. 이것은 신 한 사람의 말이 아니라 모두 옛날 성현들의 훈계이고 책에 쓰여 있는 내용입니다.

지금 우리 전하께서 날마다 어진 선비들과 관리들을 만나 서로 일을 강구하고 힘써 시행하고 의리로 일을 절제하고 예의로 마음을 절제함으로써 정사와 교화가 훌륭하게 베풀어져 나라와 백성들이 영원히 그 덕을 입는 것을 보게 되는 것 이것이 신의 간절한 소망입니다."

왕이 말했다.

"진술한 말이 절실한 만큼 응당 마음에 새겨 두겠다."

다음으로 우의정 한계원이 말했다.

"신이 염치를 무릅쓰고 뻔뻔스럽게 억지로 나온 것이 어찌 조금이나마 명령을 감당할 만한 가망이 있어서 그런 것이겠습니까?

 성의가 얕고 말이 졸렬하여 벼슬에서 체차시키는 은혜를 베풀어줄 것을 바란 것이 도리어 분에 넘치는 칭찬을 받은 데다 지루하고 번거롭게 상소를 올려 거듭 번거롭게 구는 죄를 짓기보다는 차라리 이런 자리에서 전하께 직접 말씀을 올림으로써 전하의 마음을 돌려세우는 편이 낫기 때문입니다.

 신은 재주가 우둔하고 학식이 변변치 못한데 어떻게 전하의 교화를 도우며 어떻게 사람들의 기대를 채울 수 있겠습니까?

 전하께서 나라에 일이 없고 조정이 한가하다고 하여 신이 자리나 채우며 인원수나 채우게 하신다 해도 아무 일도 안 하는 재상 역할도 해내기 곤란할 것입니다. 전하께서 중요한 벼슬자리를 오랫동안 비워 두기 어렵고 내린 명령은 갑자기 철회하기가 곤란하다고 하여 신을 우선 시험 삼아 시켜 보신다고 해도 일을 망치는 불행을 결국 면치 못할 것입니다.

 여러모로 거듭 생각해 보아도 백 가지 일에서 한 가지도 감당할 만한 것이 없습니다. 전하의 명은 이미 자주 독촉한 데서 시행되었고 신의 정성도 역시 외람되게 숙배한 데서 표명되었으니 하루빨리 신을 해임시켜 나라나 개인 모두 다행하게 하소서."

 왕이 말했다.

 "정승의 자리에 인원을 채운 것은 조정으로서는 다행한 일이다. 경이 이미 나왔으니 나는 가만히 앉아 있어도 잘되어 나갈 수 있게 되었다. 다시는 사임을 청하지 말고 나의 미흡한 점을 도와주고 이끌어 주도록 하라. 이것이 내가 두터이 기대하는 바이다."

57.

고종 9년, 임신년, 1872년,

민비는 그녀의 친척을 벼슬에 끌어들여 자신의 입지를 넓혀 나갔다. 시아버지가 권력을 놓지 않으려고 이미 손주를 죽였고 장차 며느리인 자신에게도 마수를 뻗치리라 억측했다.

'내가 살아남으려면 시아버지라도 피를 튀기며 싸워 이겨야 한다.'

어느덧 왕이 친정을 할 수 있는 때가 되었다.

민승호와 민규호가 중궁전으로 들어왔다. 민승호는 민치록의 수양아들이다. 고종 원년에 문과에 급제한 수재이다. 민비에게는 오라버니가 된다. 그는 민비가 궁에 들어간 후 지금까지 감고당을 지키고 있었다.

민규호는 민승호보다 여섯 살 아래다. 철종 십 년에 문과에 급제해 관직에 있는 신진사대부와 넓게 사귀고 있었다.

민비가 입을 열었다.

"요즘 대원위 대감 주위 동향이 어떤가?"

민승호가 말했다.

"흥선의 형 흥인군 이최응과 흥선의 장남 이재면이 흥선에게 불만이 많다고 합니다."

민비가 조용히 지시했다.

"그 양반을 개천에 든 소 팔자로 만들어 주자. 만약 정말 그렇다면 그 두 사람을 우리 쪽으로 포섭해 보아라."

이때 민겸호가 들어왔다. 그는 성격이 활달하면서 지략이 있는 사람이었다.

민겸호는 철종 소생 영혜옹주의 혼례 문제를 꺼냈다. 영혜옹주가 방년 열다섯이었다. 민겸호는 재동 박규수의 친척 박원양의 둘째 아들 박영효를 추천했다.

박영효는 올해 열두 살이었다. 박규수는 북학파의 맥을 이었고 그의 뒤에는 오경석·유대치·이동인과 같은 개화에 눈을 뜬 사람들이 있었다.

민비는 다시 이들과 홍선이 실각할 때를 대비해 말을 맞추었다. 때가 와서 권력을 인수하려면 최소한 서른 명의 아군이 필요했다.

의정은 홍순목·이최응·박규수·이유원으로 짜기로 했다. 판서에는 민치구와 민치상을 넣기로 했다. 민치구는 민승호의 아버지였고 민치상은 형조판서로 재직 중이었다. 강골 최익현은 민규호가 설득해 가담시키기로 했다.

설을 쇠고 나자 민비의 언질을 받은 왕은 영의정 김병학에게 전교를 내려 민승호를 병조판서에 임명하라 지시했다. 김병학은 내리 오 년째 영상의 자리에 있었다.

이 전교는 의미심장했다. 안동 김씨가 여흥 민씨와 손을 잡고 홍선을 흔들자는 의도가 여실히 엿보였다. 시아버지와 며느리 사이에 권력을 놓고 대판 싸움이 시작되는 전조였다.

김병학은 먼저 홍선을 만나 이 문제를 상의했다. 영민한 홍선은 대뜸 민비의 의도를 눈치 채고 민승호를 지경연사에 추천했다. 지경연사는 왕의 경연을 관리하는 정이품 품계로 판서의 서열이었다. 경연만 관리하는 한 직이었다. 민승호는 이월 팔 일, 지경연사로 승진했다.

민비의 반격은 신속했다. 왕을 움직여 도승지에게 명해 지경연사 민승호를 예조판서에 임명했다. 거기다 영혜옹주의 부마도위로 박영효를 전격 결정했다.

앞서 이월 사 일, 성균관에서 치른 알성시에 김옥균이 장원으로 급제했다. 알성시에는 박규수가 시관이었다. 김옥균과 박영효는 비슷한 시기에 민비의 눈에 들었다.

이때 흥선은 왜국 외무성 특사로부터 서계를 접수하라는 통보를 받고 고민하고 있었다. 이전에 왜국은 왕정 복고를 조선에 알리기 위해 서계를 보낸 적이 있었다. 그러나 조선은 척왜 정책을 쓰고 있었으므로 이를 물리쳤다.

왜국은 막부 통치를 마치고 천황을 중심으로 하는 의원내각제를 채택했다. 명치유신 후 신학제를 공포해 국민 교육에 나섰고, 동경과 요코하마에 증기기관차가 달리고 군대가 신식무기로 무장하고 있었다. 국력이 나날이 신장하는 중이었다.

명치유신의 실세들이 유신 이후 조선 조정에 국교 지속을 요구했으나 흥선은 이를 단호하게 거부해 왔다. 침략은 하되 반성은 하지 않는 왜의 전통을 익히 알고 있었기 때문이다.

또는 미리견국과 여러 열강을 받아들인 그들의 개화 정책이 미더워 보이지 않았던 점도 작용했다.

왜는 적반하장으로 조선의 국교 재개 거절을 자신들에 대한 모욕으로 받아들였다.

조선과의 국교 문제는 왜국 정부의 현안 중의 현안이 되었다. 군사력을 동원해서라도 관철시켜야 한다는 패와 충돌은 가급적 피해야 한다는 패 두 노선이 정부 내에서 대립했다.

오월 이십이 일.

왜국은 유구국을 침공해 점령했다. 이 소식은 청국 예부를 통해 조선에도 알려졌다.

팔월 십칠 일.

왜국 각의는 사이고 다카모리를 조선에 사신으로 파견하기로 내부에서 결정하고 이 년 전 구미 열강으로 떠난 이와쿠라 도모미 사절단이 귀국하면 이 문제를 다시 협의하기로 결의했다. 이타가키 다이스케, 에토 신페이, 고토 쇼오지로 등이 무력을 써서라도 조선을 개국시켜야 한다고 주장하고 있었다.

구월 초순.

이와쿠라 도모미가 귀국했다. 그는 구미를 순방하면서 우선 내치를 강화해 부국강병을 꾀할 필요를 통감했다. 그러므로 전쟁으로 이어질 사이고의 파견을 반대하면서 타협안으로 연기론을 주장했다.

사절 파견이 좌절되자 사이고와 에토 신페이는 사표를 내고 사쓰마로 돌아갔다.

시월 십오 일.

태정대신을 대리하는 우대신 이와쿠라 도모미가 시기상조라는 명목으로 조선에 사신을 보내는 일을 정식으로 연기하자 강경파 대신들이 모두 내각에서 사퇴했다.

그러나 이날 왜국 각의는 다시 조선에 사신을 파견하자고 결정했다. 그들은 막부 시대와 다른 서계를 요구하고 있었다. 막부 시대는 서계가 대마도주 이름으로 왔으나 지금 서계는 왜국 외무성에서 오다 보니 내용 중에 천황이나 조칙 같은 말이 들어 있어 홍선은 불경스럽게 생각하고 있었다.

청국 예부에서는 왜국을 경계하라는 국서가 도착했다.

유림은 서원 철폐로 홍선과 감정이 좋지 않았다. 백성의 자각도 서학과 동학이 주도해 확산되고 있었다.

이것은 백성들에게는 사람답게 살고자 하는 실존적인 요구였으나 왕조를 지탱해야 하는 홍선에게는 역모로 비춰졌다. 이러한 시기에 왕의 친정을 핑계로 민비가 시아버지의 권력에 도전하고 있었다.

박영효에게 시집간 영혜옹주가 다섯 달 만에 죽었다. 김병학은 시월이 되자 칭병하고 사직을 청했다.

시월 십삼 일.

홍선은 김병학의 사임을 수리하고 홍순목을 영의정에, 강노를 좌의정에, 한계원을 우의정에, 박규수를 형조판서에 임명했다. 형조판서로 있던 민치상을 실각시킨 것은 민비에 대한 경고였다. 동짓달에는 민승호를 수원 유수로 보내고 민규호를 도승지, 민겸호를 예조참판에 기용했다.

민비는 당시 두 번째 회임 중이었다.

한해가 또 아스라이 지나가고 있었다.

58.

고종 10년, 계유년, 1873년, 초.

경상은 영춘 노루목 박용걸의 집으로 넘어와 새해를 맞았다.

노루목은 영월군에 속해 장간지와는 작은 고개 하나를 사이에 두었다. 박용걸은 죽마고우였던 지달준이 무과에 합격해 삼척 영장으로 부임하자 뒤를 봐줄 사람이 없어 임신년 가을에 영춘 노루목으로 이사 왔다.

정월 초.

전성문은 경상과 의형제를 맺자고 청했다. 경상은 그를 친형제처럼 여겨 오던 터라 쾌히 승낙했다. 결국 경상은 강수·박용걸·전성문을 동생으로 삼았고 네 사람은 형제의 의를 살려 동학의 밑거름이 되기를 다짐했다.

지목이 다소 풀리면서 강수는 단양으로 가 다시 노량으로 훈장 일을 했다.

경상은 여러 곳을 다니며 도인들의 수련을 지도하기 시작했다.

"한울님을 내 안에 모시는 일은 사람이 할 수 있는 가장 소중한 일입니다. 한울님이 하는 일을 아는 사람은 한울님과 함께 살아갑니다.

이렇게 살면서 천수를 다하는 삶은 훌륭하다 하겠습니다.

우리 도인은 잡념을 버리고 오직 한울님만 생각해야 합니다. 그러면 잠을 자도 꿈을 꾸지 않고 깨어 있어도 근심이 없고 밥을 먹어도 굳이 맛있는 것을 찾지 않고 숨을 쉬면 고요해집니다.

그러므로 사물을 있는 그대로 보지 않고 자기 뜻에 맞추어 보는 사람은 도인이 아닙니다.

특정한 것에만 친밀하는 사람도 도인이 아닙니다.

이익과 손해를 구별하는 사람도 도인이 아닙니다.

명예를 좇아 자기를 잃는 사람도 도인이 아닙니다.”

경상은 정월 대보름 명절을 단양에서 강수와 같이 쇠었다.

강수는 대보름날에 밥·국·나물 등 한상을 차려 외양간에 들여 놓고 사람처럼 소를 대접했다.

여염에서 이 날은 개에게 밥을 주지 않고 종일 굶겼다. 그래서 대보름날 개꼴이라는 속담이 생겼다. 대보름날 개에게 음식을 주면 그해 여름에 파리가 많이 꼬인다고 개를 굶겼다. 자신에게 손해될 짓을 하는 사람을 빗대어 대보름날 개에게 밥 주는 놈이라 불렀다.

백성 사이에서는 언제부터인지 아낙의 다산력을 달의 정기로부터 얻을 수 있다는 생각이 퍼졌다. 그래서 일 년 내내 집안에 가두어 두다시피 하던 아낙들을 대보름날 밤만은 다리 밟기나 직성풀이라 해 밖으로 내보내 달의 정기를 흠뻑 흡인하게끔 했다.

아낙들은 달을 마주 보며 숨을 아홉 번씩 아홉 차례 곧 여든한 번을 기통시키는 흡월정을 하여 아기 생기는 기력을 보강했다.

어머니는 달빛을 받은 이슬을 거두어 엿을 고아 월정고본환이라는 보음제를 만들어 아이 못 낳는 딸에게 보냈다. 이날 이웃 마을끼리 편싸움을 하면 머릿수건을 외로 맺느냐 바로 맺느냐를 사전에 정해 편을 표시했다.

세월은 하수상했으나 세시 풍속은 한결같이 이어졌다.

경상은 정월 보름이 지나자 죽령을 넘어 풍기를 거쳐 의형님이 사는 순흥으로 갔다. 적조암 철수자 스님께 드릴 의복 한 벌을 부탁하기 위해서였다.

일을 마치자 이월 초에 정선 무은담 유도원의 집으로 넘어왔다.

의복이 완성되자 다시 적조암으로 올라갔다. 주지 철수자는 병석에 누운 지 노박 사십여 일이 지나 기동을 못했다.

경상은 지어 온 옷을 입혀드리고 밤이 새도록 철수자 옆에 앉아 있었다. 스님은 경상더러 단양 도솔봉 밑 절골로 피하라고 했다.

기운이 다한 철수자는 이윽고 몽롱한 상태에 들어갔다. 얼굴빛이 창백해지더니 들숨보다 날숨이 길어졌다.

경상이 지켜보는 가운데 노승은 새벽녘에 조용히 열반에 들었다. 날이 밝자 경상은 직접 스님의 시신을 수습하고 스님이 입었던 낡은 옷을 거두어 불살랐다.

그리고 갈래사에 내려가 스님들에게 입적을 알렸다. 스님들이 적조암으로 올라가 다비를 올릴 준비를 했다.

이튿날 사시.

스님들이 독경하면서 쌓아 놓은 나무에 불을 붙였다. 오후에야 불길이 잦아들었다.

경상은 다시 유인상의 집으로 돌아왔다.

이월 십구 일.

박씨 부인의 사십구 제를 올리려 싸내로 넘어갔다. 이날은 한식이었다.

가매장 했으나 묘소를 정성껏 잘 가꾸었다. 강수를 비롯해 정선 접주 유인상 그리고 최진섭·신석현·박봉한·홍석범·전두원·홍석도·유택진이 자리를 같이했다.

경상은 이월 그믐께 홍순일과 함께 영월 장현곡 박용걸의 집으로 넘어왔다. 영춘에 있는 김연순과 김연국을 불러 철수자 스님이 말해준 도솔봉 부근에 가서 피해 있을 만한 자리를 알아보게 했다. 이들은 절골로 가 외딴집 하나를 보고 돌아왔다.

절골은 단양군 대강면에 있는데 소백산맥 도솔봉과 묘적봉 바로 아래 갈내골이란 계곡 안쪽에 있다. 골짜기 가장 안쪽에는 경상도 풍기와 통하는 묘적령 고갯길이 있다.

이곳 사람들은 이 고개를 넘어 풍기장을 보러 다녔다. 대강 방면으로 조금 내려간 아래에 예천으로 넘어가는 길도 있었다.

산골이지만 삼면으로 교통이 통하는 곳이었다.

사월 초.

경상과 김연순은 절골로 이사했다. 영춘 의풍에 살던 김병내와 홍순일도 이사 왔다.

김병내가 물었다.

"시천주에서 천주를 모신다는 侍(시)를 어떻게 이해해야 합니까?"

"내유신령은 처음 세상에 태어날 때 갓난아기의 마음입니다. 외유기화는 포태할 때 이치와 기운이 바탕에 응해 체를 이룬 것입니다. 그러므로 밖으로 접령하는 기운이 있고 안으로 강화의 가르침이 있다는 것과 지기 금지 원위대강이 바로 시라고 이해하면 됩니다."

홍순일도 물었다.

"한울님을 내 안에 모시기만 하면 되는 것입니까?"

"그렇지 않습니다. 한울님을 기를 줄 아는 사람이라야 한울님을 모실 줄 아는 사람입니다. 한울님이 내 마음 안에 있음이 마치 종자의 생명이 종자 속에 있음과 같으니 종자를 땅에 심어 그 생명을 기르는 것과 같이 사람의 마음은 도에 의해 한울님을 기르게 되는 것입니다.

같은 사람이라도 한울님이 있는 것을 알지 못하는 것은 종자를 물속에 던져 그 생명을 멸망하게 하는 것과 같아서 그러한 사람은 한평생을 마치 도록 한울님을 모르고 살게 됩니다.

오직 한울님을 기르는 사람에게 한울님이 있고 기르지 않는 사람에게는 한울님이 없습니다. 종자를 심지 않는 자가 누가 곡식을 얻겠습니까?"

당시 경상은 급하게 피신하면서 두고 온 손씨 부인을 찾지 못해 홀로 옹 색한 생활을 하고 있었다. 그래서 김연순의 집에서 동거했다. 의복 수발을 이웃 부인들이 맡아 주니 피차 미안했다. 손씨 부인은 삼 년 동안 찾아보 았으나 행방이 묘연했다.

주위 사람들이 경상에게 재취를 권했다.

"남편이 두레박이라면 아내는 항아리입니다. 집안에 안사람이 없이는 거둔 것이 모두 새 나가고 맙니다."

마침 권명하가 중매하여 그의 친척 안동 김씨를 소개했다. 김씨 부인은 오래전에 홀몸이 되어 외딸과 같이 살고 있었다.

사월 초.

경상은 김씨 부인을 맞아 예를 올렸다.

권명하는 사동에 새로 집을 한 채 마련했다. 사월 초열흘. 경상은 새집으로 이사했다. 집이 넓어 김연순과 김연국을 데리고 와 같이 살았다. 그래도 방이 남았다. 시월에는 강수도 이곳으로 와 같이 살았다.

후일 인제 도인들이 동학을 다시 세우는 데 역할이 컸던 것은 이때 경상과 같이 생사를 같이하면서 동학을 깊이 이해할 수 있었기 때문이었다.

59.

고종 10년, 계유년, 1873년,

계유년은 왕이 즉위한 지 십 년이 되는 해였다.

정월 삼 일에 전 영의정 정원용이 죽었다. 향년 구십 세였다. 정월 이십사 일에는 전 영의정 이경재도 일흔셋의 나이로 죽었다.

이월에 민비는 공주를 낳았다.

사월이 되자 민태호가 황해도 관찰사가 되었다. 민승호는 수원 유수로 나간 지 다섯 달 만에 공주 백일을 핑계로 중궁전에 들어왔다.

민비는 민승호에게 구월에 병조판서를 맡을 준비를 하라고 다짐을 주었다. 시아버지와 한판 싸움은 여흥 민씨 가문이 권력을 독차지하기 위해 목숨을 걸고 치러야 할 전쟁이었다.

구월에 민승호는 병조판서를 제수받았다.

시월에 공주가 여덟 달 만에 병을 얻어 죽었다. 민비는 교태전에서 넋을 놓고 밖으로 나오지 않았다.

흥선의 천하장안이 민승호를 사찰하고 있었다.

왕은 최익현을 동부승지에 임명했다. 도승지 민겸호가 어명을 받들고 포천으로 떠났다. 최익현은 이전에 사헌부 장령으로 임명하자 시폐 사조를 통박하는 상소를 올리고 사퇴한 적이 있다. 이번에도 익현은 출사하지 않고 왕에게 상소를 올렸다.

영돈령부사 홍순목과 좌의정 강노, 우위정 한계원이 보는 자리에서 왕은 상소를 읽었다.

'신 최익현 북향하여 사배 올리고 삼가 아룁니다.

신이 연전에 소명으로 벼슬 반열에 나섰으나 얼마 되지 않아 견책되어 파면하였으니 신의 재주 없음은 이미 전하께서도 아는 바입니다.

신은 이를 다행하게 여겨 향리에 물러가 고생을 달게 하고 녹사도 감히 바라지 못했습니다.

그런데 갑자기 왕명을 출납하는 승지를 하라고 하시니 놀랍고 황송합니다.

근래에 정사는 옛 법을 피하고 대신과 관리는 건백하는 의견이 없습니다.

대간과 시종은 비난을 면하는 데 급급해 정의는 소멸하고 속론이 무성합니다.

아첨하는 무리가 세를 펴고 곧은 선비가 사라져 가혹한 세금과 학정으로 민생은 어육이 된 지 이미 오래입니다.

사정이 이러함에도 불구하고 정치가 민심을 어루만져 구휼하지 않으니 위에서 하늘의 재변이 나타나고 아래에서 땅의 변괴가 일어납니다.

우 양 한 서가 모두 정상이 아닙니다.

신은 늙고 병든 아비를 봉양해야 하기에 감히 사직하오니 체임하여 주시옵소서.'

상소에는 왕의 친정에 대한 의견은 없었다. 그러나 국정의 잘못을 통박하는 내용이어서 대신들을 겨냥하는 듯했으나 꿈에 사위 본 듯 홍선을 비난하고 있었다.

왕은 상소문을 의정부에 보내 논하게 했다. 의정부는 상소문을 양사로 보내 회람하게 했다.

왕은 다시 최익현에게 호조참판을 제수했다. 좌의정 강노와 우의정 한계원은 사직 상소를 냈다. 왕은 만류했다. 영돈령부사 홍순목도 사직을 청했으나 왕이 받지 않았다. 사간원과 사헌부가 모두 사직 상소를 냈다. 왕은 그들의 사직은 윤허했다.

홍선은 긴장했다. 강노와 한계원을 불러 최익현을 논죄하지 않았다고 문책했다.

승정원과 홍문관도 모두 사직을 청했다. 왕은 모두 윤허했다.

최익현이 올린 상소문은 조정을 발칵 뒤집어 놓았다. 그래 놓고도 최익현은 포천에서 꼼짝도 하지 않았다.

여흥 민씨들도 숨을 죽이고 민비의 지시만 기다리고 있었다. 이 와중에도 민승호는 병권을 착실하게 장악했다.

형조판서 안기영과 전 정언 허원식도 최익현을 잡아다 국문하자고 상소했다. 왕은 도승지를 불러 두 사람을 유배시켰다.

성균관 유생들이 권당을 올렸다. 왕은 권당을 발론한 유생들을 가려 원지에 유배 보내고 정거 처분을 내렸다. 정거 처분을 받으면 평생 과거에 응시할 수 없다.

눈치가 빠른 자들도 있었다. 사헌부 장령 홍시형은 장령에 임명되자 익현을 두둔하는 상소를 올렸다. 왕은 홍시형을 부수찬으로 승진시켰다.

시월이 가고 동짓달이 되었다.

다시 올린 최익현의 상소가 궁궐에 도착했다.

'삼가 성상전에 북향 사배하고 아룁니다.

지금 나라에 폐단이 만연하지만 더 큰 일은 만동묘를 철거하여 군신의 윤리가 무너진 것이 하나요,

서원을 혁파하여 사제 간에 의리가 끊어진 것이 하나요,

죽은 자가 양자로 가 부자간에 윤리가 끊어진 것이 하나요,

호전을 사용하여 중화와 오랑캐의 구별이 문란해진 것이 하나입니다.

이것들이 유림의 사기를 떨어뜨려 학문이 진작되지 못하고 퇴보하고 국적이 신원되어 충신과 역적이 모호하게 되었습니다.

이는 모두 전하께서 한 일이 아닙니다.

전하의 보령이 유충해 전정하기 전에 있었던 일이니 신하들이 성상의 총명을 가리고 위엄과 복을 마음대로 부린 탓입니다.

이제 전하께서 몸소 백관을 진퇴시키고, 친친의 열에 속한 사람은 지위를 높이고 녹을 중하게 하되 나라의 정사는 일체 관여할 수 없도록 하소서.

신은 성상께서 내린 호조참판 직을 엎드려 사직하며 황송하게도 죽음을 각오하고 간절한 말씀을 올립니다.'

이것은 홍선을 물러나게 하라는 말이었다.

강노와 한계원으로부터 보고를 받고 홍선은 깜짝 놀랐다. 그러나 입궐해 왕을 만나지는 않았다. 그것은 아버지로서 자존심 문제였다.

민비는 민승호를 불러 밀담을 나누었다. 왕이 성년이 되어 친정을 하려는 의도를 신하들이 명분도 없이 반대하고 있었다. 홍선의 편에 있던 대소 관료들이 상소를 올린 최익현을 문죄하라는 상소가 빗발쳤다. 민비는 민승호를 시켜 대궐 수비를 강화했다.

홍선은 포천으로 천하장안을 보내 최익현을 죽이라고 했다.

천희연·하청일·장순규·안필주가 바람을 몰고 포천으로 달려갔다. 최익현의 목숨은 바람 앞의 등불이었다. 최익현을 보호하려면 일단 하옥시켜야 했다. 그러면 상소를 올리는 무리도 무마할 수 있었다.

동짓달 사 일.

민비는 드디어 중궁전을 나와 사정전으로 들어갔다. 왕에게 최익현을 문죄하라고 청했다. 왕은 도승지 민겸호를 불러 최익현을 귀양 보내는 법 조문을 적용하라 했다.

홍선은 아직도 아들을 믿고 있었다. 문약한 아들이 아직도 아비를 의지하고 있다고 착각했다. 강노와 한계원과 홍순목을 왕에게 보내 최익현을 역적으로 몰아 의금부에서 추국해야 한다고 주장하게 했다.

왕은 드디어 중대 선언을 했다.

"대왕대비께서 수렴청정을 철회한 후 국태공께서 정사를 협찬했소. 과인이 이미 오래전에 성년이 되었으나 여러 이유로 친정을 미루었소. 그러나 더 친정을 미루면 종묘사직에 대한 불충이 될 뿐이오. 국가의 백년대계에도 무익한 일이오.

이제 국태공을 대로에 봉하니 여생을 편히 지내게 하고 과인이 만기를 친람하겠소. 이미 대왕대비께서 엄중하게 지시하였으니 나는 감히 그 영을 어기지 못하겠소. 경들은 그렇게 아시오."

왕은 열다섯이 넘으면 친정할 수 있다. 그런데 왕은 이미 스물이 넘었다. 누가 감히 거역하겠는가?

왕이 옹이를 쳤다.

"내일 아침 조보에 실어 중외에 알리도록 하시오."

최익현의 상소가 시월 이십오 일에 올라오고 왕이 친정을 선포한 것이 동짓달 사 일이었다. 열흘 동안 여흥 민씨들은 피를 말렸다.

왕의 친정을 놓고 흥선과 민비가 벌인 전쟁은 싱겁게 끝났다. 흥선이 이것을 거슬러 내놓을 명분은 없었다. 그는 꿩 놓친 매처럼 헐떡였다.

민규호는 고종에게 교서를 내리는 서하를 행하도록 권했다. 호수에 명월이 비치는데 낚시질하지 못할 바보는 없다.

대개 관리를 임명할 때 문관은 이조에서 무관은 병조에서 후보자를 세 사람 추천하여 상주하면 왕이 적임자의 이름 위에 낙점하는데 이를 주의라 했다.

흥선은 노창해서 양주 직동으로 물러났다.

민비는 다시 회임했다.

흥선에 의해 뜻이 꺾였던 귀족들이 관직에 나가고자 민 씨의 문 앞에 달려가 엎드렸다. 진상은 꼬챙이에 꿰이고 인정을 바리로 실어 날랐다.

대궐에 민 씨의 심복들이 줄을 섰고, 흥선과 관계가 있던 자들은 대부분

숙청되었다.

외교도 이전의 쇄국에서 개방으로 바꾸었다.

이유원을 특사로 북경에 파견해 청국 조정 대신들과 결속시켜 외부 지원 세력으로 삼았고 왜국과도 수호통상조약을 맺었다.

조선이 자수 자강의 능력을 겸비하고 문호를 개방했다면 상업의 교류나 문물의 수입으로 이익을 획득하고 좋은 일이 많았을 것이다.

그러나 실력이 견고하지 못한 채 강대국과 더불어 개국한 것은 울타리를 걷어내 허약한 실상을 분명하게 드러내 보이게 되어 마침내 저들의 야심에 불을 지르고 저들의 약탈을 편리하게 해주고 말았다.

60.

고종 10년, 계유년, 1873년, 10월 24일.

오시에 상이 자경전에 나아갔다.

사은 겸 동지사 일행 세 사신이 입시하였다. 행 우부승지 윤자승, 가주서 박주양, 기주관 방봉건, 별검춘추 박용대, 정사 정건조, 부사 홍원식, 서장 관 이호익이 차례로 나와 엎드렸다.

임금이 말했다.

"사관은 좌우로 나누어 앉으라. 동지사는 잘 다녀오도록 하여라."

정사 정건조가 말했다.

"성상의 염려 덕분으로 무사히 다녀올 것입니다."

"근래 날씨가 점점 추워지고 있으니 가기가 어려울 듯하다."

"사행이 매번 겨울철에 있게 됩니다만 관내는 남쪽을 향하여 가는 것이 되어 그렇게 심하게 춥지는 않다고 합니다."

"문건록을 만들겠지만 보고 듣는 대로 더욱 상세히 탐문해 오라."

"보도 듣는 대로 삼가 상세히 탐문해 올 것입니다만 재주가 미치지 못하 니 이것이 걱정스럽습니다."

"재주나 식견과 무슨 관계가 있는가? 보고 듣는 일에 있어 서장관이 가 장 나이 어리니 더욱 상세히 기록해 보고하도록 하라."

서장관을 맡은 이호익이 말했다.

"삼가 하교대로 하겠습니다."

"세 사신 가운데 혹 두 번째 가는 사람이 있는가?"

정건조가 말했다.

"모두 처음 가는 것입니다."

"복명은 언제쯤 하게 되겠는가?"

"내년 삼월 보름에서 이십 일 사이가 될 듯한데 혹 지체되더라도 그믐은 넘지 않을 것입니다."

"지금 멀리 떠나게 되었으니 우러러 쳐다보도록 하라."

정건조 등이 우러러 쳐다보고 몸을 구부렸다.

"이번 사신들은 일찍이 사무에 익숙하였으니 전대의 직임도 잘 해낼 것인바 내 마음이 개운하다. 배표의 예를 행한 뒤 곧 출발할 것인가?"

정건조가 일행을 대표해 말했다.

"그렇습니다."

"언제쯤 의주에 도착하게 되는가?"

"의주에 도착하여 역참을 배정하는 것을 동짓달 십사 일로 정하고 있습니다."

"필시 잘 다녀오게 될 것이다."

왕은 이어 초미와 바람을 가릴 선자, 납약 등의 물품을 내리도록 명하니 윤자승이 받아서 정건조에게 주고 일행이 차례대로 받았다.

"동부승지에게 하유한 지 이미 오래되었는데도 아직 소식이 없으니 이 무슨 까닭인가?"

윤자승이 말했다.

"지난번 하유한 뒤 즉시 정원의 이예를 보냈습니다. 그랬더니 회답하여 고하기를 어버이의 병환이 매우 중하여 짐짓 길에 오르게 될 가망이 없다고 하였습니다. 이십일 일에 신칙하여 하교하신 뒤 또 이예에게 맡겨 재촉하도록 하였는데 길이 백여 리나 되어 아직 돌아오지 않았습니다.

이제 또 신칙하여 하교하시는 바를 받들게 되었는데 신들이 민망하고 송구함을 가눌 수가 없었습니다. 이에 이예 한 명을 다시 보내 밤을 무릅쓰고 내려가도록 하였는데 먼저 보냈던 이예가 오늘이나 내일쯤 돌아오게 될 듯합니다만 먼 곳의 일이라 미리 헤아릴 수가 없습니다."

"승지는 일찍이 의주 부윤을 거친 바 있지 않은가?"

"그렇습니다."

"압록강에는 큰길 이외에 또 사잇길이 있는가?"

"삼강의 상류에 사잇길이 있다고 들었습니다."

"그렇다면 몇 리쯤 될 것인데 사행이 들어간 뒤 소식을 혹 들을 방도가 있겠는가?"

"이는 험준한 사잇길이니 거리가 얼마나 될지 일찍이 들은 적이 없었습니다. 삼강의 책시를 철파한 뒤에는 소식을 듣기도 쉽지 않게 되었습니다."

왕이 손을 저어 일행을 물리쳤다.

61.

고종 11년, 갑술년, 1874년, 초.

갑술년 이월 팔 일.

민비는 청덕궁 관물현에서 아들을 낳았다. 민비는 아기의 항문부터 살폈다. 다행이 항문은 뚫려 있었다.

왕은 전국에 사면령을 내리고 증광시를 실시하라 했다. 백성들의 신역이 두 달간 면제되었다. 왕자 이름은 척으로 지었다.

왕은 윤음을 내려 이를 알렸다.

윤음.

'왕은 다음과 같이 말한다.

하늘의 지극한 도움으로 백 대에 자손을 이어갈 경사를 맞이했고 열 달 동안 신령의 도움으로 원자를 보는 경사를 보게 되었다.

이에 온 나라가 기뻐서 춤추고 있으므로 교서를 멀리까지 선포하는 바이다.

생각건대 나라의 근본은 사실 세자와 관계되며 나라의 경사는 왕비의 몸에서 세자가 태어난 것을 더욱 귀중하게 여긴다.

『주역』에서는 종묘의 제사를 주관하는 대인은 원자가 이를 계승한다고 말하였고 『시경』에서는 자손이 번성하는 것을 칭송하면서 백성들이 늘어

나는 것은 원자를 보는 문제와 관계된다고 하였다.

나라와 백성도 결국 원자의 덕을 입게 되고 하늘땅의 온화한 기운도 원자에게 집중되어야 종묘가 이어지게 되는 것이다.

아! 우리 왕조는 예로부터 훌륭한 성인들이 계승하여 길이 그 복을 누린 것은 은나라에서 육칠 명의 성인이 난 것보다 나았고 그 후세를 능히 밝혀 준 것은 주나라가 억만년 아름다웠던 것과 같았다.

과인이 왕위를 이어받음에 미쳐 후손을 끊임없이 내려 주는 천명을 기다렸다.

임금이 되던 날부터 선대의 업적을 빛내기 위해 힘쓴 보람이 있어 지금 한창나이에 대를 물려줄 후손은 보게 되었다.

원자를 보게 될 꿈을 꾸고 곧바로 산실청을 꾸려놓고 성대한 제사를 지냈더니 원자를 맞는 좋은 경사를 맞았고 자식들이 의좋게 무릎 위에서 재롱부리는 즐거움을 맛보게 되었다.

지금은 이월이라 온갖 상서로운 기운이다.

강가에 뜬 무지개와 별의 기상은 상서의 빛을 붉게 밝히며 드리워 있었고 시강원에 아름다운 기운이 서리더니 기쁨이 생겨 다행히 하늘의 말 없는 도움으로 원자를 낳게 되었다.

빼어난 자태는 해와 용 같은 기상이고 둥근 달같이 휘황하고 윤택하여 울려 퍼지는 칭송은 군왕의 가정에 적합하였다.

한양에 수도를 정한 연수를 생각해 보니 오백 년마다 성인이 태어나는 희운에 해당하며 영조께서 태어나신 해가 세 번째 돌아온 데에 해당하니 팔십이 넘도록 장수를 누릴 조짐이다.

선대 임금들이 쌓아 놓은 기반을 우러르건대 제사를 주관할 적자를 얻었고 자성의 공덕이 미친 바임을 칭송하건대 이런 큰 복을 받아 안게 되었다.

왕비의 덕행으로 백 대에 누리게 될 아름다운 조짐을 여셨으니 이런 큰 경사는 여러 임금 가운데서 네 번밖에 없었다.

오래도록 내려오는 임금 집안에서 창창한 시대가 한 번 열리기를 바랐더니 중엽에 와서야 영특한 인물이 태어나 영혼을 환하게 계승하게 되었다.

원자는 만백성 가운데 나서 계승하니 봄날의 새벽 기운을 지녔다.

지금은 바야흐로 이월이라 원자를 상징하는 전성은 건성의 분야에서 빛나고 있다.

그러므로 나는 대를 물려줄 걱정은 하지 않게 되었고 나라는 태산 반석 같은 크나큰 계책으로 견고하게 되었다.

조복을 입고 신하들은 문안하고 이미 훌륭한 선비를 대기시켰고 동서에서 예절을 배우는 데에는 일찍부터 보모도 두고 스승도 두어 가르침을 받아야 한다.

이에 종묘에 공경스럽게 알리고 드디어 경사를 온 세상과 함께하는 바이다.

세자가 기거하는 동룡문이 새벽에 열리니 중화의 기상에 맞아 한결 빛나고 윤음을 봄철에 선포하니 크나큰 은택을 널리 베푸는 바이다.

이달 팔 일 새벽 이전의 잡범으로서 사형 죄수 이하는 모두 용서하라.

아! 나라는 더욱 공고해지고 귀신과 사람도 서로 기뻐하는 바로다.

네가 장수를 누리고 네 자식이 이어져 삼 대가 자손을 기르는 즐거움을 누리게 될 것이다.

이러한 복을 거두어 서민들에게 펴서 만백성의 간절한 기대에 보답하게 되었으므로 이에 교시하는 것이니 잘 알았으리라 생각한다.'

예문학 제학 이원명이 지어 바쳤다.

이월 이십사 일.

왕은 김옥균을 홍문관 교리에 임명했다.

삼월 일 일.

춘당대에서 실시된 전시에서 김윤식이 뽑혔다.

62.

고종 11년, 1874년, 갑술년, 6월 25일.

영의정 이유원이 왕에게 말했다.

"북경에서 자문이 왔는데 이는 변경에 관한 급보입니다. 일본이 서양 여러 나라와 교통한다고 하지만 그 깊은 내막을 우리는 정확히 모르고 있습니다. 만일 불의에 변고가 일어나더라도 우리는 최근에 무기도 정예하고 포도 서로 바라볼 정도로 설치했으며 군량도 몇 년 동안 필요한 수요는 저장했습니다.

그러나 편안한 때에도 항상 위태로울 수 있는 시기를 잊지 않아야 합니다. 안으로는 미리 잘 준비하고 바깥으로는 변경 방어를 튼튼히 하도록 더욱 신칙해야 합니다. 신이 며칠 전에 해안을 지키는 신하들을 신칙해 그들이 정황을 살펴보고 치보하도록 했는데 어떻게 거행하고 있는지는 아직 알 수 없습니다.

그리고 매번 이런 일에 대해서는 형식적인 문건으로만 보고 그럭저럭 세월을 보낼 우려가 없지 않으니 각 관영에 분부하여 감히 소홀한 일이 없도록 하는 것이 어떻겠습니까?"

왕이 말했다.

"설사 변경의 급보가 없다 하더라도 어떻게 방어를 한 시각인들 소홀히 할 수 있겠는가? 각별히 신칙하는 것이 좋겠다. 그건 그렇고 자문의 내용이 과연 어떠한가?"

"청국 총리아문에서 우리에게 알리고 싶은 일이 있으면 그저 그 일에 대하여 말하는 것으로 그쳐야 합니다. 무엇 때문에 통상 등의 얘기를 하여 마치 공갈을 치고 유혹하듯이 한단 말입니까?

청국의 일에 대해서는 알 만한 것이 있는데 우리가 무기를 갖추고 변경을 든든히 지키는 것을 어떻게 조금인들 늦출 수 있겠습니까? 준비하였다가 결국 쓰는 일이 없게 된다면 더욱 다행한 일로 될 것입니다."

"이런 때에는 사학을 더 철저히 금지해야 한다. 필시 이런 잡된 무리가 화응을 하는 바람에 이런 일이 있었을 것이다. 서양 사람들이 우리나라의 내막을 모른다면 어떻게 감히 침범할 계획을 세웠겠는가?"

"병법에서 가장 중요한 것은 안에서 호응하는 것입니다. 저들이 우리나라 사람들과 몰래 내통하는 것은 우리나라의 일을 알자는 것입니다. 만일 내부에서 호응하는 사람이 없다면 몇만 리 밖에 있는 사람들이 어떻게 경솔하게 다른 나라에 들이닥칠 수 있겠습니까? 필경 끌어들이는 연줄이 있을 것이며 그 연줄은 사학을 하는 무리를 벗어나지 않을 것입니다.

그리고 병서에서는 남이 쓰는 꾀를 나도 쓴다고 하였으니 지금 나라를 엿보는 사람이 없는지 어찌 알겠습니까? 이번의 하교는 사학을 더욱 엄격히 금지하라는 것으로 깊이 살펴서 뿌리를 뽑아 버릴 수 있는 처방입니다."

"경의 말은 구구절절 다 옳다. 저것들이 연줄이 없는 데야 어떻게 몰래 들어올 수 있겠는가? 그래서 사학을 철저히 금지하자는 생각이다."

"연석에서 물러간 다음 좌우 포도청에 엄하게 신칙하고 또 각도와 진영에 신칙하겠습니다.

다른 안건을 말씀드리겠습니다. 시어소를 수리하는 공사가 지금 한창인데 지난번에 획급한 이십만 냥을 거의 다 써 버렸습니다. 그리고 공사 대상도 대단히 커서 몇 해 전에 새로 정한 규정 외에 어림하여 내오는 것이 한정 없을 것이니 오직 대내에서 경계시키고 신칙하여 준절하는 방법을 다하게 하는 데 달려 있습니다.

간가의 규모를 말하자면 옛날 건물을 수리하는 것도 아직 타산이 서지 않는데 새로 짓는 공사야 어느 겨를에 의논하겠습니까? 신의 생각에는 우선 수리하는 일을 전적으로 독려하고 만약 이어서 더 지을 것이 있다면 여력이 생긴 뒤에 가서 잘 계획해서 하는 것이 좋을 것 같습니다."

"그리하라."

"지난번에 연석에서 대궐 문 파수가 엄하지 못한 일에 대하여 대략 진술하였습니다. 문을 엄하게 지키지 않기 때문에 쓸잘 것 없는 잡인들이 쉬이 마구 들어오며 심지어 신문고를 치는 사람들이 없는 달이 거의 없습니다.

신문고를 치는 사람들이 비록 돈화문으로 들어오기는 하지만 요금문으로 출입하는 사람들은 모두 다 궁속인 만큼 더욱 신중하고 엄하게 지켜야 할 것입니다.

이제부터 옛 규례를 명백히 강조하고 반드시 신부와 한부 등의 패를 검열하고 들여보내도록 병조에 분부하여 만약 안면을 가지고 규정을 이랬다저랬다 하는 폐단이 있으면 해당 당상과 낭청을 단호히 엄하게 감처해야 할 것입니다. 이 거조를 벽에다 게시하여 늘 보고 준수하게 하는 것이 어떻겠습니까?"

"그리하라."

"또한 올여름의 장마는 보기 드문 것입니다. 각도에서 집이 무너지고 사람이 깔려 죽었다는 보고가 계속 올라오고 있습니다. 우리 전하께서 불쌍한 정상을 깊이 걱정하여 매번 돌봐주는 처분을 내리시니 신은 참으로 매우 우러러 공경합니다.

그러나 옛날의 법의는 십 호 이상이 되어야 은전을 받았는데 그 후에 공곡이 부족하여 다시 오십 호로 정하였습니다. 그렇게 몇 년 해 오던 것을 갑자기 변통하기는 어려운 일이고, 재변을 당한 백성들이 먹을 것을 바라니 약간의 곡식도 귀중합니다. 감사나 수령들이 임금의 덕을 받들어 나가는 데에 어찌 조금인들 소홀할 수 있겠습니까.

그렇지만 재변에도 경중이 있고 가호에도 크고 작은 것이 있는 만큼 그들을 안착시킬 방도와 각별히 도와주라는 뜻을 다시 행회하는 것이 어떻겠습니까?"

"각도에서 일어난 수재는 과연 최근에 처음 보는 것이다. 한창 농사철인데 백성들이 거처할 곳을 잃었으니 참으로 애석한 일이다. 아뢴 대로 시행하라."

"그리고 올해 세선이 치패했다는 보고가 이미 여러 번 올라왔습니다. 바다 위에 배를 띄우고 운반하는 것은 위험을 무릅쓰고 하는 일인 만큼 사람의 힘으로는 감당할 수 없는 것입니다.

길에 익숙한 사공이 해마다 왕복한다고 하더라도 파도에 밀리면 어떻게 할 수 없는 판인데 그 지방 사람들이라고 하여 더욱 능숙할 수 있겠습니까? 호송하는 관원이 일마다 신중하게 대하면서 이끌어 준다면 어찌 이 지경에 이르렀겠습니까? 거행을 생각하니 참으로 한심합니다.

지금 취재읍은 마땅히 전례대로 법에 따라서 처리해야 합니다. 설사 이미 지나간 곳이라고 하더라도 낱낱이 신칙하여 감히 그 전처럼 소홀히 여기지 못하도록 해야 합니다.

그리고 사공과 격꾼들이 외진 섬으로 피해 가서 분석하고 모래를 섞으며 도적질하는 데 맛을 들이느라 앉아서 순풍이 불 때를 놓치고 있으니 더욱 가증스럽습니다. 각각 해당 도신에게 분부하여 고패와 실패의 정절을 조사하여 참작해서 법을 바로잡는 것이 어떻겠습니까?"

"그리하라."

"또한 사행의 종인은 원래 정한 인원수가 있어서 제멋대로 데리고 갈 수 없으니 법의 원칙은 극히 엄격하므로 강을 건너갈 때 별단으로 수계하는 규례가 있는 것입니다. 최근에 원래 인원수 외에 따로 잡다한 명색을 많이 만들어냈는데 이것은 의주와 책문 사이에서 패도 없이 사람을 몰고 간 것과 같습니다.

정체를 숨기고 몰래 들어가 중국 땅에서 마구 돌아다니다 혹 한 해가 지나도록 돌아오지 않는가 하면 혹 지름길로 돌아오기도 하니 전혀 제한이 없고 변경에 대한 금령이 해이해진 것이 이보다 심한 적이 없었습니다.

이번에 곧 별행이 있을 것인데 만일 이와 유사한 폐단이 있게 되면 서장관과 의주 부윤은 그 책임을 면하기 어려울 것이니 해당 수역을 결단코 엄히 감처해야 할 것입니다. 이런 내용으로 우선 의주부에 행회하는 것이 어떻겠습니까?"

"각별히 신칙하도록 하라."

"그리고 수령 가운데서 상을 받은 사람은 체차하여 경직에 붙이는 것은 옛 법을 상고하건대 지방이 가볍고 수도가 중하기 때문에 그렇게 하는 것입니다.

그런데 최근에 와서는 체차하여 서울의 벼슬을 준 뒤에 대체로 한산직으로 되어 버리니 그저 정사를 잘한다는 이름만 가지고 있을 뿐이고 실제로는 정사를 잘하는 효과가 없어 공로는 표창하는 정사에 흠이 됩니다.

이미 십 고를 채운 사람도 내직으로 옮기는 것을 기준으로 삼을 필요는 없습니다. 설사 임기가 찼더라고 구애받지 말고 천전하라는 뜻을 전조에 분부하는 것이 어떻겠습니까?"

"그리하라."

"연해읍의 수령 자리에 빈자리가 많습니다. 이러한 때에 차대를 도목 정사까지 늦추어 기다리기는 어려우니 전조로 하여금 차출하여 며칠 안으로 내려 보내도록 하는 것이 어떻겠습니까?"

"그리하라. 그런데 며칠 안이라는 말과 여러 날이 되기 전이라는 말의 기한이 다른가?"

"며칠 안의 기한은 삼 일이고 여러 날이 되기 전의 기한은 오 일입니다."

우의정 박규수가 말했다.

"이번의 자문은 역참을 통해서 전해진 급보이지만 그 일은 군국과 관계되는 것으로서 매우 중요한 일입니다."

왕이 말했다.

"이런 때에 수령을 더욱 신중하게 골라야 할 것인데 장수의 지략이 있는 사람을 수용하도록 하라."

"대신들과 장수들이 상의하여 차송해야 할 것입니다. 지금이 어찌 위로는 임금과 아래로는 신하들이 한가히 보낼 때이겠습니까. 군대를 동원하자면 곡식과 재물을 미리 갖추어 놓은 다음에야 되는 것입니다.

그러나 이것은 아직 급하지 않은 일에 속하는 것입니다. 삼가 바라건대 전하께서 덕을 수양하고 백성들을 교화하는 방도에 더욱 힘쓴다면 저들이 감히 침범해 오지 못할 것입니다. 그리고 나라를 방비하고 지키는 계책과 같은 것은 대신들에게 하문하여 처리해도 늦지 않을 것입니다.

전하는 오백 년간의 종묘사직을 책임지고 있습니다. 부탁의 막중함을 염두에 두고 나라를 영구히 유지할 방도에 더욱 힘써야 할 것입니다. 신들이 기원하는 마음이 모두 다 이러한데 전하의 마음이야 더욱 어떠하겠습니까?

중국은 예로부터 전쟁이 있었으나 우리나라는 한쪽 모퉁이에 치우쳐 있기 때문에 이런 일은 없었습니다. 그러나 고려 때에는 오로지 전쟁을 높였습니다. 우리 왕조에 와서는 슬기로운 임금들이 계속 이어져서 나라의 정사를 잘 행하여 태평성세를 이룩하였으며 다만 임진년과 병자년의 두 난리가 있었을 뿐입니다.

지금은 백성들이 전쟁이란 말조차 모르는데 일단 이런 말을 들으면 모두 놀라고 겁을 먹을 것입니다. 전하가 정령을 내려 조치할 때 한결같이 덕을 수양하고 어진 정사를 시행하려 힘을 쓴다면 백성들은 모두 감복하고 그들의 마음은 확고하게 되어 외적의 침입이 자연히 없게 될 것입니다.

삼가 바라건대 전하께서는 더욱더 깊이 생각하소서. 최근에 파수군의 일로 성상의 염려가 크나 이것은 작은 일입니다.

옛날 주공이 성왕을 훈계한 것이 상서 입정에 있으니 그 뜻은 대체로 세 정승으로부터 일반 관리에 이르기까지 모두 바른 사람을 등용하여야 나라의 정사를 제대로 할 수 있고 한 나라의 정사를 제대로 한 다음에야 변방의 여러 나라들이 모두 감복한다는 것입니다. 이렇게 타일러서 가르치고 힘쓰도록 한 것이 매우 컸기 때문에 융성하는 정사를 이룩하였던 것입니다.

전쟁을 계속하면서 무공을 자랑한 것으로서는 진나라 시황제와 한나라 무제 같은 사람이 없으나 정사의 방도에서는 반드시 성왕을 따라야 합니다. 무엇 때문에 오백 명의 군사를 가지고 전하께서 자주 염려합니까?

웅대한 계책을 가지고 영구한 생각을 한다면 장수는 저절로 적임자를 얻게 될 것이고 또한 천 리 밖의 적도 이길 수 있을 것입니다."

"대신의 말이 다 간곡하다. 금위영과 신영의 무기를 수리하여 갖추어 놓는데 드는 돈이 대략 얼마나 되는가?"

이유원이 말했다.

"여기에 대해서는 훈련대장이 연석에 나왔으니 하문하시는 것이 좋겠습니다."

훈련대장 이경하가 말했다.

"이미 지난번에 든 것이 이만 냥이며 기계는 제작한 것이 있지만 활과 화살은 아직 다 만들지 못했습니다. 십만 금이 더 있어야만 일을 마칠 수 있습니다."

왕이 말했다.

"수레의 제도는 다르다고 하는데 그 만든 모양을 나는 아직 보지 못하였다."

이유원이 말했다.

"이미 완성된 것을 대궐 안에 들여 전하가 보게 하는 것이 좋을 것 같습니다. 그리고 물력에 드는 돈으로는 청전 십만 냥을 우선 더 획급하고 부족한 수량은 차차 구획하여 일이 다 끝난 다음에 총 수량을 말씀드리겠습니다."

왕이 말했다.

"그리하라."

63.

고종 12년, 을해년, 1875년.

정월 스무이틀날.

최세청이 처가로 가다 소미원 장시에서 병을 얻어 급사했다. 인근에 살고 있던 전성문이 달려와 장례를 치렀다.

수운의 큰아들은 양양 관아에서 장살 당했고, 박씨 부인은 영양실조로 별세하고, 이제 둘째 아들 최세청까지 병을 얻어 죽으니 수운의 가문은 대가 끊어지고 말았다. 남은 가족은 세 딸과 세청의 부인뿐이었다.

이틀 후 정월 이십사 일.

김씨 부인이 경상에게 첫아들을 안겼다. 도솔봉의 정기를 받았다 하여 아명을 솔봉이라 지었다. 본명은 양봉이고 자는 덕기라 했다.

뒷일이지만 솔봉은 계사년 여름 경상을 따라 영남으로 갔다가 객지인 인동군 배성범의 집에서 병을 얻어 고생한다. 이후 옥천군 청산면 문바윗골로 이사와 몇 달 후 시월 보름에 세상을 뜬다. 선각자의 자식으로 어렵사리 태어나 어려운 시기를 살다 요절하고 만다.

이월.

골짜기 입구에 있는 송두둑에 새로 큰 집을 마련했다. 관의 지목이 나귀

샌님 대하듯 뜸해지자 단양 절골로 도인들이 자주 찾아왔다. 여러 사람이 자고 가기에 지금 사는 집이 협소해져 더 넓은 집을 구했다.

송두둑은 절골과 샘골로 갈라지는 분기점에 있다. 이 일대 마을을 장정리라 한다. 여러 집이 모여 사는 제법 큰 마을이다.

새집은 마을 바깥쪽 샘골로 접어드는 오른편 산기슭에 자리했다. 최세정이 죽고 난 후 갈라져 있던 도인들이 경상을 중심으로 다시 모여 단일 지도 체제가 틀이 잡히고 있었다.

영월과 정선, 양양 지역과 인제 지역 도인들은 그동안 경상과 수운의 아들들과 겹쳐 상종해 왔다. 겉으로 나타나지 않았으나 교단이 통일되지 못하고 어딘가 거리감이 있었던 것이 사실이었다.

이번에 최세청이 세상을 뜨면서 대가의 문이 아예 잠겨 버리자 자연스럽게 경상을 중심으로 도인들이 단합하게 되었다.

경상은 여러 지도급 인사들과 향후 동학의 장래를 의논했다. 여기서 팔월 보름에 송두둑에서 새 출발을 결의하자고 뜻이 모였다.

행사에 드는 비용은 정선 도인들이 갹출하기로 했다. 이날 참석한 사람은 유인상과 전성문을 비롯하여 정선 도인들과 영월 도인들이었다. 단양 사람 박규석과 김영순도 참석했다.

의론이 끝나자 박규석이 경상에게 물었다.

"우리가 사람을 대할 때 어떤 자세가 필요합니까?"

"사람이 바로 한울님입니다. 그러므로 사람을 섬기기를 한울님 섬기듯이 하면 됩니다. 제가 도인들을 보면 스스로 잘난 체하는 사람이 많으니 한심할 때가 있습니다. 도에서 이탈하는 사람이 생기는 것이 바로 이러한 까닭입니다.

나 또한 이런 마음이 생길 수 있으나 감히 내지 않는 것은 한울님을 내 마음에 기르지 못할까 두렵기 때문입니다. 다른 사람은 내 핏덩어리가 아니니 어찌 시비하는 마음이 생기지 않겠습니까마는 만일 혈기를 내어 시비를 추궁한다면 천심을 상하게 할까 두려워 차마 하지 않는 것입니다.

나 또한 오장이 있으니 어찌 물욕이 없으리오만 내가 여기에 빠지지 않는 것은 한울님을 기르지 못할까 두려워하기 때문입니다."

예전부터 천제에는 소를 잡아 쓰는 관례가 있었다. 경상은 평소 그것이 비용이 과하다는 생각을 해 왔다. 가난한 도인들에게 경제적 부담을 주는 일은 피하는 것이 좋았다.

경상은 모든 제수 음식을 물리치고 오직 청수 한 그릇으로 천제를 지내면 어떨까 하고 생각했다.

64.

고종 12년, 을해년, 1875년, 2월 5일.

좌의정 이최응이 왕에게 말했다.

"근래 법의 기강이 날로 해이해지고 농간을 부리는 폐단이 해마다 늘어나니 양세를 방납*함에 이르러 그 극에 달했습니다. 방납이라는 명색은 토호들이 사사로이 소작인의 이익을 차지하려는 데서 시작했습니다.

법률이 이미 법전에 실려 있습니다만 막중한 정곡이 서울에 이르러 방납된다는 것은 전에 들어보지 못한 변괴입니다. 나라의 금령이 지극히 엄하여 법전에 밝게 실려 있으며 또 전후로 연석에서 신칙한 바도 있는데 법령이 오래되고 신칙이 해이해져서 이익을 노리는 무뢰배들이 아직도 법을 무시하고 제멋대로 행하고 있으니 통탄스럽습니다.

지난 일은 실로 논할 것이 없고 신 또한 지적해서 아뢸 수가 없으나 이것을 만약 통렬히 금하고 고치지 않는다면 장차 나라에는 법이 없어지게 되고 법은 시행할 데가 없게 됩니다.

대체로 도하 백성들의 먹을거리는 오로지 사방에서 실어 오는 것에 의지하는데 만약 방납을 거리낌 없이 한다면 양이 줄어들게 되고 양이 줄어들게

---

* 백성들이 그 지방에서 산출되는 토산물로 공물을 바치는데 그 지방에서 생산할 수 없는 가공품이나 토산이 아닌 공물을 바치는 경우 공인들의 공물을 대신 바치고 그 값을 백성에게서 갑절로 불려 받던 일.

되면 식량을 사들일 때 값이 올라가게 될 것이니 이는 필연의 이치입니다.

『대전회통』「조전」 조에 '경강의 부유한 자들이 빈손으로 삼남 지방에 내려가서 먼저 받아 환전하여 육로로 상경하면 강변에서 효시 형에 처하고 수령은 엄하게 죄를 논한다.' 했습니다.

또한 감색이 한통속이 되지 않는다면 부유한 자들이 농간을 부릴 수가 없을 것이며 수령이 엄히 단속한다면 감색이 어찌 감히 농간을 부리겠습니까? 지금부터 만일 이와 같은 범죄가 드러나는 자가 있으면 법을 시행하여 사공과 감색을 똑같이 무겁게 추궁해야 합니다.

제대로 살피지 못한 수령은 먼저 파출한 뒤에 잡아들여야 합니다.

우선 이러한 내용으로 삼남, 경기, 해서, 관동 여러 도에 행회하여 각기 마음에 새기도록 해야 합니다. 그리하여 혹시라도 중률에 저촉되는 일이 없도록 하며 또한 포도청에 엄히 신칙하여 엄밀하게 기찰하게 해야 합니다. 곡물 수량의 다과를 따질 것 없이 적발되어 잡히는 대로 선주와 사공과 격군을 일률로 처벌해야 합니다.

당해 수령과 감색도 정식에 의거 감률하고 기찰포교들이 혹시라도 은밀히 부동하다가 보고되는 경우가 있으면 먼저 포도대장을 초기하고 논죄하겠다는 취지로 거듭 밝혀 신칙하는 것이 어떻겠습니까?"

왕이 말했다.

"국전에 실려 있는 것이 준엄할 뿐만 아니고 또 전후로 신칙한 바가 실로 어떠하였는가? 그런데도 법을 무시하고 제멋대로 행하는 일이 아직도 이렇게 그치지 않고 있으니 매우 놀랍고 통탄스럽다. 모두 엄히 신칙하고 통렬히 금하도록 하라."

65.

고종 12년, 을해년, 1875년.

경상은 예전의 쓰라린 생활을 기억하면서 가족들에게 당부했다.

"손님이 오거든 밥을 먹었는지 묻지 말고 밥상부터 차려 올려라. 그리고 옷을 지을 때는 안감은 새 천으로 지어라."

낡은 안감을 쓴 옷은 쉬이 헤어져 애를 먹었던 기억이 역력했기 때문이다.

그리고 경상은 사람을 부를 때 머슴애라 하지 말고 이름을 부르도록 했다. 배고픔도 추위도 힘든 일도 다 참을 수 있었으나 머슴애라고 깎아내리는 말로 가슴에 멍이 들었던 경험이 있었기 때문이다.

가을이 되자 경비에 약간 여유가 생겼다.

경상은 경상도 지역을 한 번 돌아보기로 했다. 신미년 영해 거사 이후 경상도 지역 도세가 어떻게 되었는지 궁금했다.

구월 초.

강수와 전성문을 대동하고 영남으로 갔다.

가을비가 내렸다. 가을비는 떡비라 집안에서 떡을 해 먹으며 쉬는 날이다.

그러나 경상은 길을 재촉했다.

문경·상주·선산을 거쳐 먼저 신령에 들렀다. 하치옥을 잠시 만난 후 곧 용담 가정리로 가 수운의 장조카 최세조를 만났다.

"그래 그동안 어떻게 지냈는가?"

"그럭저럭 굶지는 않고 살았습니다. 내 배가 부르니 평안 감사가 내 조카 같았습니다. 다만 도주의 신변이 걱정되어 애를 많이 태웠습니다."

서리가 내려야 당종이 울고 비가 와야 주초가 윤택해진다더니 수운의 일가로 이런저런 풍상을 겪었던 최세조는 경상의 손을 잡고 죽은 사람을 다시 만난 듯이 기뻐했다. 풍상 속에서 살아남아 다시 보게 되니 서로가 옛정이 되살아났다.

최세조가 궁금한 것을 물었다.

"한울님을 모신다면 현실에서는 어떻게 실천해야 합니까?"

"만물이 시천주 아님이 없소. 그러므로 경천만 있고 경인이 없으면 이는 농사의 이치는 알되 실제로 종자를 땅에 뿌리지 않는 행위와 같으니 도 닦는 자는 사람을 섬기되 한울님과 같이 한 후에야 처음으로 바르게 도를 실행하는 자가 됩니다.

사람이 오거든 사람이 왔다 이르지 말고 한울님이 강림했다고 이르라 했으니 사람을 공경하지 않고 귀신을 공경해서야 무슨 실효가 있겠습니까? 어리석은 풍속에 귀신을 공경할 줄은 알되 사람은 천대하니 이것은 죽은 부모의 혼은 공경하되 산 부모는 천대함과 같습니다.

한울님이 사람을 떠나 따로 있지 않은지라 사람을 버리고 한울님을 공경한다는 것은 물을 버리고 해갈을 구하는 자와 같습니다.

나아가 사람은 사람을 공경하는 것으로만은 도덕의 극치가 되지 못합니다. 사물을 공경함에까지 이르러야 천지기화의 덕에 합일될 수 있습니다.

천지는 곧 부모요 부모는 곧 천지입니다.

그러므로 천지와 부모는 일체입니다. 부모의 포태가 곧 천지의 포태이니 지금 사람들은 다만 부모 포태의 이치만 알고 천지 포태의 이치와 기운을 알지 못합니다."

경주 부중에 당도해 재종제 최경화를 만났다. 동생은 꿈을 꾸는 것 같다고 울었다. 최경화는 이로부터 다시 힘을 내어 활동을 시작했다.

다시 필제와 함께 거사했다가 살아남은 청하 사람 이군강·이군덕을 만나고 이번에는 달성으로 갔다. 여기서 강수는 아들 위경을 만났다. 헤아려 보니 아들과 그사이 오 년이나 떨어져 살았다. 부자는 서로 끌어안은 채 오래도록 떨어지지 못했다.

이튿날 단양 집으로 돌아왔다.

이번 남행길에 경상은 많은 것을 느꼈다. 어디를 가나 가뭄으로 추수기를 맞았으나 겨울나기가 어렵다 했다.

그리고 일본의 침략으로 모두가 격분하고 불안해했다. 일본은 우리 국내 정세가 불안한 틈을 타 을해년부터 군사력을 동원하여 부산 앞바다 등에서 위협을 가해 오고 있었다. 특히 영남 지역의 불안은 다른 지역보다 더 심했다.

경상은 경상도를 방문할 때 마음 한구석에 수운의 가르침을 직접 받은 이들을 찾아가면 그들이 동학을 되살릴 길을 명확하게 제시해 주리라고 기대했었다.

그러나 막상 가 보니 형편 무인지경이었다. 가자니 태산이고 돌아서자니 숭산이라, 신미년의 희생이 너무나 커 그들 대부분이 동학에서 발길을 돌리고 말았다.

그러므로 앞으로 동학을 다시 세우려면 경상도가 아닌 강원도나 충청도가 중심이 되어야 한다고 판단했다.

경상은 비록 지금은 소수의 도인만 남았으나 봄·가을 제례를 계속해 자리 잡으면 얼마든지 교세가 다시 일어날 수 있다고 믿었다. 그렇게 하기 위해서는 수운이 남긴 글들은 재해석하는 작업이 급선무였다.

당시 경상을 따르는 도인은 모두 합쳐야 겨우 백 호 정도였다.

정선에 삼십여 호, 양양에 십여 호, 인제에 삼십여 호, 영월과 단양에 각각 십여 호, 청송에 오 호 기타 지역에 오 호 정도였다.

66.

고종 12년, 을해년, 1875년, 5월 10일.

왕이 시임 대신과 원임 대신 의정부 당상을 인견했다.

왕이 말했다.

"왜에서 보내온 서계에 회계에 관한 일로 널리 하문하여 재결해야 할 것인데다 변경 정세에 관계된 일이라 짚고 넘어가야 할 점이 있어서 이렇게 모이라 했다."

영부사 이유원이 말했다.

"이 일이 결말나지 않고 벌써 한 해를 넘겼습니다. 지금 취할 방법은 오직 사계를 받느냐 받지 않느냐 하는 것인데 외간에서는 이 일에 대한 논의가 한결같지 않습니다. 서계를 받아들인다면 일시적인 미봉책이야 되겠지만 앞으로 닥칠 근심이 이루 말할 수 없을 것입니다. 이렇게 하든 저렇게 하든 매우 어렵고 신중히 해야 합니다.

신은 용렬하여 원대한 사려가 없다 보니 눈앞에 닥친 근심을 결단할 수가 없습니다. 오직 충분히 타산하여 헤아려서 재결하여 주소서."

영돈녕부사 김병학이 말했다.

"서계를 받아들이지 않고 있는 것은 거기에 있는 서너 마디의 말 때문에 그러한 것입니다. 춘추 시대에 오나라와 초나라가 왕을 참칭하였으나 자기 나라에서만 왕을 칭했을 뿐 열국에 사신을 보낼 때는 스스로 과군으로 낮추고 나라도 폐읍이라 하였습니다. 지금 서계의 호칭은 해괴망측하여 전에 없었던 일일 뿐만 아니라 바로 또한 지난날의 서첩에도 없던 바입니다. 이 때문에 한 해 넘게 허락하지 않고 있는 것입니다. 그리고 연향 때 저들이 이전에 입던 옷을 입지 않는다면 훗날의 폐단에 크게 관계될 수 있는 만큼 신중히 살피고 삼가지 않을 수 없습니다."

판중추부사 홍순목이 말했다.

"지금 이 일은 이웃 나라끼리 강화를 닦자는 것이니 포용하는 것이 마땅하지 굳이 우리가 먼저 트집을 만들 필요는 없습니다.

어떤 사람들은 이 문자는 크게 격식을 어겼으니 갑자기 받아들이기를 허락해서는 안 된다고 하지만 아직도 하나 된 의견은 없습니다. 신의 얕은 소견으로는 감히 지적하여 말하지 못하겠습니다."

판중추부사 박규수가 말했다.

"저들의 서계에서 칭호를 참람하고 망령되게 한 것은 몹시 놀라운 일입니다만 과군이니 폐읍이니 하는 예양하고 겸공하는 말을 저들에게 갖추기를 요구하기는 어려울 듯합니다.

중국에서 황제라고 칭한 것은 대체로 주나라의 평왕 때부터라고 하니 지금 이미 수천 년이 된 셈입니다. 저들이 서계에 자기 나라에서 칭하는 대로 따른 것은 또한 신하로서 그렇게 하지 않을 수 없었을 것이니 성상께서 어떻게 포용하는가에 달린 문제입니다.

저 사람들이 스스로 나라와의 제도를 변경하여 크게 이웃 나라의 우호를 닦자고 말한 것이 지금까지 저지당하고 보니 반드시 한스럽게 여기는 바가 있을 것입니다. 그러므로 문제를 일으킬 만한 단서와 앞날의 폐단에 대해서 실로 염두에 두어야 할 것입니다. 다만 그때 가서 거절하는 데에는 그 방법이 없지 않을 것입니다.

지금의 사단은 저들이 반드시 말을 물고 늘어질 것이니 구구한 우려가 실로 여기에 있습니다. 서계 가운데 마음에 꺼리는 어느 구절 어느 조항을 하나하나 하문하면 여러 신하가 모두 분석해서 대답할 것입니다."

좌의정 이최응이 말했다.

"서계가 대마도를 경유하지 않고 외무성에서 보내온 것은 삼백 년 동안 없던 일입니다. 그러므로 허접해서는 안 됩니다. 또한 칭호를 사용하는 데 망령되게 스스로 존대하였으니 허접해서는 안 되며, 연향의 의식 절차를 갑자기 전날과 다르게 하였으니 허접해서는 안 됩니다.

다만 생각건대 저 나라가 이미 대마도를 폐하고 관직 제도를 바꾸어 정령을 일신했습니다. 이번 서계는 대마도에서 보내오지 않고 저들 나라에서 직접 보내온 것으로 그 나라의 신하가 스스로 그의 임금을 존칭한 것이니 이웃 나라에서 강제로 변경하게 할 수는 없습니다.

그 밖의 말은 대략 고쳐 왔는데 또 이렇게 서로 버티고 있으니 성실하고 미덥게 하는 도리가 아닌 만큼 말썽이 생길까 우려됩니다. 감히 억측하여 아뢸 수는 없습니다."

우의정 김병국이 말했다.

"서계는 글자 모양의 한 점이나 한 획이라도 전의 규례와 같지 않으면 곧바로 물리치는 것이 바로 규례입니다. 지금 이 서계 가운데 몇 구절은 한점 한 획에 비교할 수 없으니 지금까지 서로 버텨 온 것은 이 때문이었습니다.

지난번에 먼 지방의 사람을 친절히 대우하는 뜻에서 연향하라는 처분을 내렸는데도 불구하고 의복과 정문 등의 일을 제기해 지금까지 질질 끌고 있는 것은 진실로 그 뜻이 어디에 있는지를 모르겠습니다. 지금 만약 받아들인다면 목전의 말썽은 생기지 않더라도 또 따르기 어려운 청이 없을지 어찌 알겠습니까.

신의 얕은 소견으로 어찌 억측하여 대답하겠습니까?"

이하 여러 신하의 의논이 일치하지 않았다.

왕이 말했다.

"내가 여러 사람의 말을 들어보고 재결하려 하였는데 오늘은 날이 몹시 더우니 물러가고 빈청과 여러 재신이 서로 의론하여 정론을 세우라."

이유원이 말했다.

"이것은 위에서 처분하기에 달린 것인데 어찌 다시 상의할 것이 있겠습니까? 오늘의 번연은 다른 때의 차대와는 다른데 만일 하나 된 처분 없이 신 등이 규례를 따라서 물러가게 된다면 이것은 이웃 나라에 들리게 해서는 안 될 것입니다."

이최응이 말했다.

"강학을 정지한 지 다섯 달이 넘습니다. 주가 이르기를 공부는 중단하기 쉽고 세월은 다시 찾기 어렵다고 하였습니다.

이것이 배우는 사람에게 매우 절실한 경계입니다. 제왕이 학문을 함에 이 가르침을 간직하고 항상 정성껏 가슴에 새긴다면 온갖 법도 곧아져 온갖 교화가 이루어질 것입니다.

삼가 바라건대 전하께서는 유념하소서. 재정이 고갈된 것이 오늘날 제

일 급한 정사입니다. 대체로 나라의 재물은 모두 토지와 백성에게서 나오는데 토지가 줄어들지 않았고 백성들이 없어진 것이 아닌데 재물은 고갈되었으니 그 까닭이 무엇이겠습니까? 오직 날로 용도를 절제하지 않았기 때문입니다.

지금 세 전각을 중건하는 데 호조의 경비가 이미 바닥났고, 내탕고의 저축도 텅 비었습니다. 오직 성상께서 마음속으로 근심하시어 오히려 재물을 손상시키고 백성들을 해칠까 염려하시니 신은 참으로 흠앙하는 바입니다.

그러나 용도를 절제하는 방도는 오직 전하께서 소박하게 하는 것을 급선무로 삼음을 보여주는 데서 나오는 것입니다. 삼가 바라건대 성명께서는 힘쓰소서."

왕이 말했다.

"권면한 것이 매우 정성스러우니 삼가 명심하겠다."

이최응이 말했다.

"포도청을 설치한 것은 전적으로 도적을 막기 위한 것인데 요사이 여염에 밤도둑에 대한 보고가 곳곳에서 들려오고 심지어는 불을 밝히고 뛰어들어 잔뜩 빼앗아가기까지 합니다.

도성의 엄숙하고 맑은 곳에 어찌 이와 같은 변고가 있단 말입니까. 좌우 포도대장을 엄하게 추고하여 특별히 기찰하게 하는 것이 어떻겠습니까?"

왕이 말했다.

"그리하라."

67.

고종 12년, 을해년, 1875년.

경오년 이후부터 왜국은 조·왜 관계의 새로운 정립이라는 명분을 내세워 교섭을 제의했다. 속셈은 조선이 혼란한 틈을 타 무력 침략의 트집을 잡으려는 것이었다.

왜국은 조·왜 간에 오가는 문건의 격식을 가지고 트집을 잡았다. 즉 왜 측은 종전에 하던 서계와는 격식이 다른 서계 형식을 요청했다. 조·왜 양국 간의 서계는 조선 측의 예조판서와 왜국 측의 외무경 간에 주고받기로 하고 왜국 측 서계에 황이나 칙 같은 자구를 사용하여도 조선 측은 이의를 제기하지 말 것을 요구했다.

조선은 거절했다.

모리야마 시게루는 외무대신 테라지마에게 군함을 동원해 줄 것을 요청했다. 테라지마는 운양호와 춘일호 그리고 제이 정묘호 세 척의 군함을 준비했다. 운양호는 영길리국에서 산 대형 포함이었다.

을해년 사월.

왜국은 예고 없이 부산항으로 운양호를 들여 왔다. 왜학 훈도 현석운이 조선 수군 열일곱 명을 대동하고 모리야마를 만나러 운양호에 승선했다. 배에는 소총으로 무장한 일본 병사들이 수백 명이나 보였다.

현석운은 감당하기가 어려워 서둘러 배에서 빠져나왔다.

오월 십팔 일.

모리야마는 부산 앞바다에서 함포 사격 연습을 했다. 포성에 놀란 동래부와 부산포 백성들이 피난 짐을 쌌다.

운양호는 동해안을 따라 북상해 함경도 영흥만까지 올라갔다가 부산으로 돌아왔다. 그리고 일단 나가사키로 회항했다.

관망하고 있던 조야는 당황했다. 민심은 불안에 빠져들었다.

사세를 관망하던 흥선은 양주 직곡산장에서 운현궁으로 돌아갔다. 왜국은 무력을 앞세워 수교를 요구하고 있었다. 민비가 이 난국을 어떻게 풀어갈지 두고 볼 요량이었다.

왜 조정은 수교 협상에 진전이 없자 운양호 함장 이노우에 가오루에게 무력을 사용하라 지시했다. 이노우에 가오루는 청국 우장 해안에 이르는 해로를 측량한다며 팔월 이십 일 강화도 연안에 이르렀다.

팔월 이십오 일.

항해 중 부족한 식수를 구한다는 명분으로 함장 이노우에가 작은 배를 타고 영종 성 밑에 이르렀다. 작은 배들은 점차 초지진 포대로 접근했다. 주변에서 고기 잡던 어부들이 이양선이 나타났다고 초지 첨사에게 알렸다.

초지 첨사는 병사를 보내 문정을 시도했다. 작은 배에서 왜국 사람이 나왔다. 입으로는 내시 이 앓는 소리를 내고 손짓으로 물 마시는 시늉을 했다. 첨사는 더 접근하지 못하도록 화승총을 발사했다. 작은 배는 부리나케 본선으로 돌아갔다.

조금 있더니 거대한 철선이 초지진 앞으로 다가왔다. 병사들은 긴장했다. 적의 침입을 알리는 봉화를 올리고 북을 쳤다. 운양호는 초지진을 향해 함포를 쏘았다. 포탄이 날아와 바위를 부수었다.

병사들은 대완구를 마주 쏘았다. 그러나 운양호는 순식간에 초지진을 박살냈다. 돌아가는 길에 가을 중 싸대듯 정상도 포대에도 포격했고 영종도에서는 포격 후 육전대를 상륙시켜 약탈과 살상 방화를 자행하고 아낙들을 보이는 대로 강간했다.

영종 방어사 이민덕은 포격으로 대응했으나 조선군 대완구는 왜의 철선에 미치지 못했다. 이민덕은 후퇴했다.

관군이 서른다섯 명 전사했고 구리포 서른여섯 문과 화승총 백삼십 정 그리고 무수한 군기와 총탄을 약탈당했다. 백주에 일어난 해적 행위였다.

경기도 관찰사 민태호의 장계가 이십육 일 조정에 도착했다. 왕은 영종 첨사 이민덕을 파면하고 인천을 방어영으로 승격시켜 영종을 인천 방어영에 이속시켰다.

운양호 함장 이노우에 가오루가 본국으로 돌아가 과정을 보고하자 왜국 조정에서는 조선을 정벌하자는 정한론이 다시 일어났다. 조선에 수교를 요청한 지 육 년이 지나고 있었다.

시월 십이 일.

왜국은 다시 부산 초량리에서 무력을 도발했다. 군함 맹춘호에서 병사 칠십여 명이 상륙해 민가에 불을 지르고 조선 병사 열두 명을 죽였다.

왜관 훈도 현석운이 왜관에 항의했다. 모리야마 시게루는 자신은 모르는 일이라고 시치미를 뗐다. 조정은 동래부사 황정연을 파직시키고 홍우

창을 임명했다.

홍선은 운현궁에 앉아 척화를 주장했고 영의정 이최응, 우의정 김병국, 원로 홍순목 등이 동조했다. 사계를 가지고 온 왜국 사신 하치노하는 정산도에 머무르며 형세를 관망했다.

68.

고종 12년, 을해년, 1875년.

시국이 어수선했으나 동학은 재기의 발판을 다지고 있었다.

삼월에 스승의 기제를 행하고 논의를 해 가다가 칠월 이십오 일 발문해 정선 유시헌의 집에서 개접했다.

경상이 강론했다.

"우리 도의 개접이라는 것은 무엇을 말하는 것이겠습니까?

스승님이 계실 때에 파접의 이치가 있었고 그런 까닭에 지금에 와 개접한다는 뜻입니다. 이는 문사의 개접이 아닙니다.

천지의 이치는 음과 양이 서로 합해 일월과 밤낮의 나뉨이 있고 또 열두 때가 있어 이로써 원형이정의 수가 정해지는 것입니다.

원은 봄이 되고 형은 여름이 되고 이는 가을이 되고 정은 겨울이 됩니다.

네 계절이 성하고 쇠해 도수*가 순환하는 것이 비로소 자의 방에서 하늘이 열리고 축에 이르러 땅이 열리니 이가 곧 천지의 떳떳한 이치가 됩니다.

천지에 응하는 것으로 접하게 되고 접하는 것으로 응하게 되어 그 가운데에서 오행이 나오게 됩니다.

---

* 우주가 거듭하는 회수 즉 성회에 의해 순환하는 것을 뜻함.

사람은 바로 삼재의 기운에서 화해 생겨 나오는 것입니다.

그러므로 개벽의 이치가 날로 자와 축에서 나와 비롯되는 것입니다.

스승님께서 하늘로부터 도를 받았으므로 행하는 것도 하늘로부터 했고 닦는 것도 하늘로부터 했던 것입니다.

이러하기 때문에 하늘에서 개하고 하늘에서 접하는 것이니 하늘에서 운을 받고 하늘에서 명을 받는다는 개접의 이치를 이루는 것입니다.

어찌 마땅하지 않겠습니까?"

강시원이 이어 말했다.

"오늘 무담에서 노는 것은 오직 용산에서 아홉 날 동안 마시는 것과 다르고 역시 적벽에서 칠월에 노는 것보다 뛰어납니다.

그러나 도주의 즐거움은 역시 무릇 노는 즐거움과 다르니 그 마음의 즐거움을 여러 어진 분들이 혹 아는지 모르는지 오늘 개접을 하는 즐거움은 그 이치가 멀리에 있는 것입니다.

그것은 스승님의 파접으로 인해 다시 용담의 즐거움을 일으키고 구미산에서 놀던 운을 여는 것입니다.

그러므로 이것이 어찌 뛰어난 놂이 아니겠습니까?"

시월에 경상은 우선 봄가을 제례의 형식을 의논할 생각을 했다. 강수가 통문을 보내 열여드레에 송두둑으로 도인들이 모였다.

경상은 제례 의식을 집단으로 할 수 있도록 정하고 이를 통해 새 출발을 다짐하는 결의를 다지려 했다.

시월 열여드레.

새로운 형식으로 제례를 올렸다.

선도의 복제를 모방한 예복을 마련했다. 옷은 옅은 청색 무명으로 지었다. 아낙들이 각전 시전 통비단 감듯 육모얼레에 연줄 감듯 신이 나 무명을 감았다.

청색은 동쪽을 가리킨다.

동쪽은 청과 청룡, 서쪽은 백색과 백호, 남쪽은 붉은색과 주작, 북쪽은 검은색과 현무로 상징된다. 동학은 동쪽을 상징하는 청색을 취했다.

관모는 삼층관으로 했는데 유생들이 사용하는 삼층관과는 모습이 아주 달랐다.

돗자리를 깔고 향을 피우고 촛불을 밝혔다. 제상에는 천지인을 상징하는 삼색 소찬을 차려 올렸다. 제례 비용으로 정선 도인들이 이백 금을 각출했다.

예식에 들어가기 전, 경상은 강수를 도차주로 임명했다.

이것은 수운이 생전에 경상을 북도중주인으로 임명해 이 인 체제로 운영한 전례와 같았다. 식이 끝나자 경상은 새로운 출발을 다지는 의미에서 열두 사람의 이름과 자를 바꾸었다.

"내가 열둘의 시 자와 열둘의 활 자를 골라 정했습니다. 시 자로는 이름을 고치고 활 자로는 자를 고치고자 합니다."

이에 따라 도주인인 경상이 시형으로, 도차주인 강수가 시원으로, 유인상은 시헌으로 이름을 고쳤다.

동짓달 십삼 일.

정선 유시헌의 집에서 하늘에 고하는 제례를 다시 차렸다. 식전에 시형은 정선 접주 유인상을 도접주로 임명했다.

동학은 점차 기반을 다져가기 시작했다.

섣달 초 아흐레.

박씨 부인의 대상을 마쳤다. 장녀는 이미 윤씨 집안에 시집갔다.

차녀 완도 이미 인제읍 허씨 가문으로 출가했다. 완의 남편은 인제군 아전인 허찬이었다. 허찬은 완과 결혼하면서 동학도인이 되어 여러 모임에 참석하고 경제적 지원도 아끼지 않았다.

나이가 어린 셋째 딸과 넷째 딸은 민며느리로 시집갔다. 최세청의 처는 친정으로 가 버렸다.

69.

고종 13년, 병자년, 1876년.

병자년 정월 십 일부터 조정은 연일 시·원임 대신 회의를 열었다. 대항할 힘이 있어야 대책이 나올 터인데 아무런 방책이 없었다.

청국은 조선더러 싸우면 불리하다고 권고했다. 민 씨 일족은 홍선에게 반대하기 위해 화의를 주장했다. 우의정 박규수와 통사 오경선도 강화하자는 의견을 꺼냈다.

결국 왜국이 보낸 서계 형식을 받아들이고 협상에 응했다. 왕은 신헌을 접견대신으로, 윤자승을 부사로, 홍대중을 종사관으로, 오경석을 통역관으로 임명해 강화도에 보내 왜국 사신과 회견하게 했다.

강화읍 서문 안 연무당에서 첫 회담을 열었다. 연무당은 강화 진무영 병사가 훈련하는 연병장이었다. 연무당 맞은편은 동락천이 흘러 강화를 동서로 갈랐다. 서문을 나서면 진고개로 이어졌다.

왜국은 전권대신 구로다, 부사에 이오누에, 무관 미야모도, 외무성 관리 모리야마 그리고 통역이 왜국 병사 사백 명의 호위를 받고 연무당으로 들어왔다. 하치노하는 황당무계하게 영종도 포격 건을 조선이 먼저 공격한 것으로 주장했다.

이후 정월 이십오 일부터 이십팔 일까지 왜국 측이 제시한 수호조규안 십삼 개 조를 심의하기 시작했다. 결국 최혜국 대우 조항만 삭제하고 왜

측 안대로 열두 개 조항을 거의 수정도 하지 못하고 합의해 주는 치욕적인 교섭으로 막을 내렸다.

이런 강제 행위에 대해 청국도 왜국 편을 들었다. 미리건국을 비롯해 불량국·아라사·영길리국·이태리·독일 공사들도 모두 왜국을 지지했다.

이월 삼 일.

강화도에서 굴욕적인 한일수호조규 열두 개 조항을 받아들이는 늑약에 조인했다.

내용은

하나. 청국이 조선을 간섭하지 못하도록 하고

하나. 공사의 상주권을 설정하고

하나. 부산항 이외의 두 개 항구를 일본에 개방하고

하나. 왜인의 교역에 관리의 간섭을 배제하고

하나. 왜국 거류민에 대한 치외법권을 인정하는 등이다.

뒤이어 왜국은 수호조규 부록을 협의하기 위해 유월 십육 일부터 이십 일까지 서울 경기 중영*에서 협상에 들어갔다. 역시 왜 측이 제출한 십삼 개 조항 중 왜국 공사의 상주관 설치 조항을 겨우 삭제하고 나머지 열한 개 조항을 받아들여 칠월 육 일에 조인했다.

이 부록에 따라 이후 부산항에 이어 원산항과 인천항을 왜국에 개방했다. 왜인 상인에게 관세를 면제했으며 미곡 반출을 허용하는 등 국익을 모

---

* 서대문 밖 청수관.

두 양보하고 말았다.

개항장에는 처음 외국 영사와 거류민들이 거주했으나 이어 장사꾼들이 몰려 상점과 상가를 벌여 일본말과 게다짝 소리가 거리에 가득했다.

병자수호조규 이후 나라의 체면은 땅에 떨어지고 말았다. 그처럼 고고했던 관료들과 유생들의 기세는 도대체 어디로 가 버렸단 말인가?

개항을 계기로 외국 경제 세력이 침투하면서 시공인·영각·객주·보부상을 중심으로 하던 세력 균형이 파괴되었다. 상업을 지원하던 금융과 수송 부분 판도에도 변화가 일어났다.

외국의 경제 침투는 국내 상인의 시장 점유율을 떨어뜨리고 동시에 잠상을 성행시켜 시장 질서를 무너뜨렸다.

조선의 상업은 국내 상품 거래가 중심이었으나 사대부가 사치하는 수입 상품의 거래도 제법 활발했다. 수입 상품은 사행으로 관문 및 사무 책문 회령 경원의 개시 및 동래 왜관 무역을 통해 공급되었다.

개항 이후는 종래의 청화와 왜화에 더하여 서양 직물과 양화를 수입했다.

어용 특권 상인인 시공인이 이에 대한 판매독점권을 장악하려 했다. 그러나 난전이 성행하고 잠상이 발호했고, 특히 왜상이 잠상에 뛰어들어 서로 간에 독점은 불가능했다. 그러므로 시공인이 그들의 특권을 이용해 상권을 독점할 수는 없었다.

개항장에서 움직이는 객주와 여각은 외국 상인에게 지금 인삼, 우피, 미곡을 팔았다. 정기시에서 움직이던 보부상의 위치도 불안해졌다.

청국과 왜국 어민이 근해에 들어와 불법 어로를 하자 조선 어민도 몰락했다. 기선과 같은 대규모 수송 수단이 등장하자 소규모 조운과 상선도 몰락했다.

외국 상인의 침투는 산업경제 전반을 무너뜨렸고 백성의 삶에도 큰 타격이 되었다. 서양 직물은 가격과 품질에서 조선의 수공업 직물을 압도했다.

왜국의 약탈무역은 조선 경제를 더욱 악화시켰다.

왜국이 수출한 품목은 구리, 도기, 형견, 증기선, 사탕, 과자, 소면, 홍분, 당목이었다. 이 중 조선 사람에게 비단과 홍분이 가장 인기가 있었다.

왜가 사치품을 조선에 팔아먹는 데 비해 조선은 금과 은 등 광물자원과 쌀이나 콩 등 식량과 목재나 쇠가죽 같은 상품을 팔았다. 왜국으로 수출된 쇠가죽은 왜군의 장화나 가방의 재료가 되어 이후 왜군은 그 가죽 장화를 신고 가죽 가방을 메고 조선을 침략하게 된다.

무엇보다도 쌀이 대량으로 유출되면서 굶는 백성이 늘어났다.

왜상은 항구를 중심으로 곳곳에 돈을 쌓아 놓고 시세보다 비싼 값으로 쌀을 사들여 왜국으로 가져갔다. 이에 조선에는 쌀값이 폭등해 더 비싸게 사들이려 해도 구할 쌀이 없어 가난한 농민들은 더욱 배를 주렸다.

왜상은 이를 이용해 농민에게 미리 돈을 빌려주었다가 추수기에 수확한 쌀로 받아 이중으로 이득을 보았다.

춘궁기나 흉년이 들어 쌀이 바닥이 나면 도리어 왜상이 밀가루와 강냉이 따위를 조선에 팔아먹었다.

70.

고종 13년, 병자년, 1876년, 봄.

봄에 경복궁에 불이 나 왕은 창덕궁으로 이사했다.

당시 조부모나 부모상을 당하면 그 자손 된 사람 가운데 관리는 그 직을 사양하고, 선비는 과거 응시를 중지하고, 선민은 혼사를 중지하고, 근신하면서 만 이십팔 개월 동안 복상하던 제도가 있었는데 이를 수재라 했다.

민승호는 모친상을 당해 병조판서에서 물러나 수재 중이었다. 도봉산 흥덕사에 모친의 위패를 봉정했다.

동짓달 이십팔 일.

민승호는 모친을 위하는 기도를 드리려 흥덕사의 중을 집으로 불렀다.

이때 밖에서 키는 작은데 몸이 옆으로 떡 벌어진 사내가 비단 보자기로 싼 함을 하나 들고 왔다. 민승호는 의례 들어오는 벼슬아치들의 인사라 여겨 마침 기도하려던 중이라 나중에 열어보기로 하고 미루어 두었다. 함을 전달한 사람은 바로 가 버렸다.

민비는 박 상궁을 시켜 매일 민승호에게 봉서를 보냈다. 민승호가 수재로 집에 거처하자 봉서를 보내 자문을 얻고 있었다.

기도가 끝나자 민승호는 하인을 시켜, 함을 밀실로 옮겼다. 공교롭게도 함 위에 그날 민비에게서 온 봉서가 얹어져 있었다.

민승호는 봉서를 품에 넣고 비단 보자기를 풀었다. 옻칠을 곱게 한 나무

상자가 나왔다. 들어보니 묵중했다. 함은 자물쇠로 잠겨 있었다. 함 측면에 색실이 달린 열쇠가 매달려 있었다.

이때 민비의 생모인 한창부부인 이씨가 민승호의 열 살 된 아들을 데리고 사랑채로 넘어왔다. 민승호가 무심코 자물쇠에 열쇠를 넣고 돌리자 요란한 폭음과 함께 불이 일어났다.

순식간에 천장과 벽이 무너졌다. 방바닥에 커다란 웅덩이가 생겼다. 집 안팎에 유황 냄새가 진동했다.

민승호와 아들은 온몸이 시커멓게 타 말도 한마디 못 하고 죽었다. 당시 민승호는 마흔다섯이었다. 한창부부인 이씨는 목숨이 목에 걸려 가쁜 숨을 겨우 몰아쉬었다.

왕은 민승호의 장례를 후히 치러 민비를 달랬다.

민승호에게 충정이란 시호를 내렸다.

동짓달 그믐에 한창부부인 이씨도 죽었다.

민비는 홍선의 소행으로 추측했다. 형조판서와 좌우 포도대장을 불러 범인을 잡으라고 호통을 쳤다.

민비는 지난번 거처하던 경복궁 교태전 마루 밑에서 자기황이 터져 죽을 뻔한 일이 있었다. 자작극에 가까운 이 사건을 빌미로 민비는 곧바로 내명부 사람을 갈아치우기 시작했다.

홍선과 가까웠던 내명부 궁인들이 그때 모두 궁 밖으로 쫓겨났다. 여기에 대한 홍선의 반격이라 생각했다.

민비는 역모 사건을 다루는 의금부 당상까지 불러 범인을 잡아 오라고 재촉했다.

섣달 십칠 일.

홍인군 이최응의 집에도 불이 났다. 민비는 홍선이 자기에게 붙은 홍인군에게도 원한을 품었다고 생각했다.

그런데 이날 전 사헌부 장령 손영로가 홍선의 환거와 영의정 이유원을 논박하는 상소를 올렸다. 민비는 환장할 지경이 되었다. 왕은 손영로를 전라도 진도부 금갑도로 유배 보냈다.

얼마 후 자기황을 잘 다룬다는 장가 성을 가진 사람을 잡았는데 그는 신철균의 문객이었다. 장가는 혹독한 문초를 받다 물고했다.

신철균은 병인년에 영종 첨사로 재직하면서 프랑스 해군 수 명을 살해한 공로를 인정받아 진주 병사로 특진했다. 갑술년 후에는 관직을 버리고 집에 있었는데 방술을 좋아해 잡객 출입이 많았다.

어느 날 장모가 신철균에게 홍인군 집에 불이 날 것이라고 했는데 그 말이 들어맞았다.

이 말이 전해져 장모가 체포되어 엄한 국문을 당했고 신철균 또한 죄는 없으나 어쩔 수 없이 새남터에서 목이 떨어졌다. 그는 세 번의 화재 사건을 모두 뒤집어쓰고 대역 죄인으로 몰려 죽었다. 그의 집은 몰수되었고 부녀자들은 노비로 전락했다.

홍선은 실각한 뒤에도 계속 민비를 제거하려 절치부심했다.

71.

고종 13년, 병자년, 1876년, 봄.

봄에 도인들과 사위들이 힘을 모아 박씨 부인과 최세청의 묘를 단양 영춘으로 이장했다.

칠월 초.

무더위가 기승을 부렸다.

손씨 부인은 육 년 전 시형과 헤어진 후 어린 두 딸을 데리고 이집 저집 다니며 일을 해주며 간신히 연명했다.

한여름이라 일거리가 귀해 이곳저곳을 다니다 송두둑에 이르렀다. 오랜 고생으로 부인은 노창해 매우 여위었으며 해소 기미가 있었다.

경상은 마루에 앉아 마을을 내려다보며 짚신을 삼고 있었다. 문득 어떤 아낙이 어린 두 딸을 데리고 길가의 집을 들락거리는 모습을 보았다. 오래 전 헤어진 부인 생각이 나 가슴이 아려왔다. 그러다 그 아낙의 모습이 어딘가 눈에 익다는 생각이 들었다. 어린 두 딸을 데리고 다니는 것도 예사롭지 않았다.

"혹시?"

시형은 벌떡 일어났다. 마을 입구를 향해 부리나케 뛰어갔다.

손씨 부인은 일거리를 얻지 못해 한숨을 쉬다가 정신없이 뛰어오는 사내를 보았다.

키가 크고 다부진 몸이 남편과 비슷했다. 기적 같은 일이 일어났다.

"설마!"

거리가 가까워지자 시형이 먼저 아내를 알아보았다.

"여보!"

시형은 소리를 지르며 달려갔다.

"아이고 세상에…!"

손씨 부인도 시형을 향해 뛰어갔다. 두 딸은 어미 뒤를 쫓았다.

시형은 손씨 부인을 품에 꼭 안았다.

부인은 시형의 품에서 몸부림치며 흐느껴 울었다.

"나는 당신이 죽은 줄 알았소. 내가 당신을 찾으려 얼마나 애를 썼는지 말로 다 하지 못하오."

"저도 당신이 돌아가신 줄 알았습니다. 하늘이 도와 우리가 이렇게 다시 만났습니다."

경상은 아내를 품에서 떼어 놓고 옆에서 머뭇거리는 두 딸을 한꺼번에 안았다.

두 딸도 어머니를 따라 슬피 울었다.

손씨 부인은 우선 김씨 부인과 같이 지내게 되었다. 식구가 일곱 명으로 늘어 방이 부족했다. 그래서 주요한 모임은 정선 유시헌의 집에서 하는 경우가 잦았다.

어느 날 유시헌이 경상에게 말했다.

"집안에서 아내의 소중함이 매우 절실하게 느껴집니다."

시형은 고개를 끄덕였다.

"부인은 한 집안의 주인입니다. 음식을 만들고 의복을 짓고 아이를 기르고 손님을 대접하고 제사를 받드는 일을 부인이 다 감당합니다.

주부가 만일 정성 없이 음식을 갖추면 한울님이 반드시 감응하지 않고 정성 없이 아이를 기르면 아이가 반드시 충실하지 못하니 부인 수도는 우리 도의 근본입니다. 이제부터 부인 도통이 많이 날 것입니다."

72.

고종 13년, 병자년, 1876년.

박천에서 성천으로 가는 길에 사람들이 몰려 복잡했다. 대부분 가난한 상주 방갓 대가리같이 몰골이 허술하고 볼품이 없었다.

성천 금광으로 금을 캐러 가는 사람들이었다. 대개 가족이 함께 움직이는데 각자가 등에 땅을 팔 끌, 흙을 담을 포대, 흙과 돌을 일 바가지와 같은 금을 모으는 도구를 나누어 짊어졌다.

도구들은 비록 소박했지만 온 가족이 열심히 일하면 하루에 피 낱알만한 금 조각 서너 알을 얻었고, 재수가 좋으면 대 여섯 알을 얻을 수 있었다. 온 가족이 하루에 흙 한 포대만 일면 밥을 굶지 않고 어쩌다 운수가 트이면 부자가 될 수도 있었다.

금 캐는 노동은 농사를 짓거나 행상을 하는 것보다 수익이 많았다. 한 사람이 하루에 얻는 금이 적어도 예닐곱 푼쭝이 된다면 그것을 돈으로 바꾸면 두세 냥이나 된다. 동전 두세 냥이면 쌀 반 석을 살 수 있었다.

박천에서 농사짓던 사람들이 농터를 떠나 성천 가는 길에 몰린 이유가 바로 이것이었다.

성천에는 많은 사람이 모였다. 워낙 많은 사람이 모이다 보니 건달 도거머리와 놈팡이들도 따라 들어왔다. 이어 술을 파는 아낙과 밥을 파는 할매들도 들어왔다. 떡과 엿을 파는 행상도 들어왔다.

거의 십여만 명이 성천에 모여 데통궂게 살길을 찾았다.

처음에는 금 캐는 일이 돈이 되었다. 한해 성천에서 나오는 금이 이만 냥 어치가 넘었다. 공정 가격으로 환산하면 화폐 팔십 만 냥에 해당했다.

그러나 좋은 날은 얼마 가지 못했다. 성천에서 금이 나온다는 소문이 퍼지자 큰 자본을 가진 민영 광산이 생기기 시작했다. 대동강과 청천강 유역에도 사금광이 개발되어 농민들이 몰려들었다.

돈이면 환장을 하는 관에서 이를 놓칠 이유가 없었다. 그동안은 호조에 형식상 세금을 바치면 아무나 금을 캘 수 있었는데 지역 수령들이 손을 써 방해했다. 조정은 지역 수령들에게 일정한 금액을 받기로 하고 광산 개발에 대한 허가와 세금 징수 책임을 맡겨 버렸다.

잠시 잠채가 허용되었으나 결국 수령과 손을 잡은 토호나 대상인들에게 대부분 금광이 넘어가고 말았다. 이제는 그들이 직접 광산 노동자를 모집했는데 임금은 전의 반의반도 못 되었다.

함경도 사람 정종덕과 박창화는 각자 자신의 금광을 운영하면서 적지 않은 돈을 모았다. 그들은 지방 사정에도 밝았고 관과도 긴밀한 관계를 유지했다. 그러나 수령과 토호의 세력에 밀리면서 결국 금광을 빼앗겨 버렸다.

그들은 잠채하는 길로 나섰다.

박창화는 금맥을 찾아내고 채굴 작업을 지도하는 데 탁월했다. 정종덕은 시설비용과 운영자금을 대는 덕대 역을 맡기로 했다. 두 사람은 혈주계약을 하고 동업을 시작했다.

박창화가 여러 곳을 도다녀오더니 얼마 되지 않아 새로운 금맥을 발견했다. 관이 모르게 채굴하려 해도 노동할 사람이 필요했다. 워낙 깊은 산중이라 소문이 날 염려는 적었으나 산 바로 밑에 자리 잡은 마을이 거슬렸다.

정종덕이 마을 풍헌을 찾아갔다.

"마을 뒷산 깊은 숲에서 작은 철광을 발견했습니다. 철광석을 캐내려 사람을 데려와야 하는데 마을에 피해가 가지 않도록 조심하겠습니다."

그러면서 입막음으로 뒷돈을 슬며시 내놓았다.

그러나 고지식한 풍헌은 뒷돈을 거절하고 오히려 두 사람을 관에 고발하겠다고 으름장을 놓았다.

결국 두려워진 정종덕이 풍헌을 산속으로 유인해 절벽에 떨어뜨려 죽이고 말았다. 가는 방망이 오는 홍두깨라 뒤늦게 이 일을 알아차린 풍헌의 아들이 이들을 관에 고발하자 두 사람은 금광 개발을 미루고 도주했다.

뒤에 부임한 수령이 이 금광을 찾아 세도가에 보고했다. 세도가는 차인을 보내 금광을 사사로이 집수했나. 수령은 벼슬이 올라 강원도 관찰사로 자리를 옮겼다.

박천 진두 장터 객주 김순영의 집에 피신해 있던 정종덕과 박창화는 이 소식을 듣고 이를 갈았으나 남 좋은 일만 해준 꼴이 되고 말았다.

진두 장터.

객주 김순영은 운산 금광의 혈주와 덕대를 겸하고 있었다.

그는 함경도 해주 사람인데 네 형제 중 둘째였다. 집이 가난해 장가를 못

가고 노총각으로 있다가 스물네 살에 삼각혼* 으로 아내를 구했다. 외삼촌은 고모 시누이의 남편이 되고 김순영은 장연에 사는 현풍 곽 씨의 딸인 열네 살 된 낙원과 결혼했다. 김순영은 현풍 곽 씨와의 사이에서 나중에 김창수를 얻는다.

결혼 후에 은산 변두리 옹기 굽는 마을에 들어와 어느 여각 밑에서 옹기를 팔며 살았다. 장날 하루 장사에 사 전 오 푼어치의 물건을 받아다 팔면 일 전이 남았다. 그걸로는 죽도 먹을 수 없어 젊은 부부가 밥을 빌어 데시기며 떠돌다가 평양으로 들어가 청어 장사를 했으나 다시 빈털터리가 되었다.

수중에 남은 푼돈을 들고 부잣집에 곡식을 사러 갔으나 주인이 팔지 않은 일에 앙심을 품고 그 집을 털어 도망쳤다가 잠잠해지자 진두로 왔다.

처음에는 진두 대정강 나루에서 사공 일을 했다. 어느 해 홍수로 나룻배가 떠내려가 물굽이에서 여러 조각이 나고 말았다.

그러나 간장에 전 놈이 초장에 죽겠는가? 김순영은 좌절을 딛고 광산업에 뛰어들어 결국 은산에서 금광을 발견했다. 은산 수령과 나누어 먹기로 타협을 봐 금광을 계속 경영하면서 진두 장터 객주를 겸했다.

그는 자신의 어려웠던 과거를 잊지 않고 가난한 사람들에게 폭염에는 시원한 한 줄기 소나기, 세한에는 뜨끈한 구들장 아랫목 역할을 했다. 박청화와 정종덕은 김순영 밑에 들어가 금광 일을 도우면서 때를 기다리고 있었다.

---

* 세 성바지에서 적령기의 자녀를 서로 교환하는 결혼제도.

진두는 청천강에 합류하는 대정강 하류에 있는 장터로 의주와 안주 사이에 자리 잡은 대규모 장시였다. 농토를 잃거나 흉년을 이기지 못한 주변 지역 가난한 농부들이 마지막으로 이곳으로 흘러들면 일용 노동이나 막바리 행상을 하여 어떻게든 구차한 삶을 이어갈 수 있었다.

무명이 나지 않는 북쪽 지역에 남도 상인들이 베를 지고 와서 베 한 필에 처녀 하나씩 사 갔다. 남도 상인에게 딸을 팔면 마을 사람들이 모여 축하했다. 이제 팔려 간 딸은 굶지 않아도 되기 때문이었다. 이토록 살기가 어려운 지방이었다.

울담정 밖에 꼴비는 도령아
외 넘어간다 외 받아 먹어라
받으라는 외는 제 아니받고
물 같은 손목을 휘갈마 쥔다
해는 지고 저문 날에
나의 갈 길이 천리 같다
어서 가자 빨리 가자
우리 부모님 날 기다린다
머음 살러 머음 살러 오려무나
나 시집간 데로 머음 살러 오려무나
보신 신발 내 당해줄게
나 시집간 데로 머음 살러 오려무나.

새로 부임한 박천 수령 이기동 역시 탐관오리였다. 돈과 색 밝히기는 당시 부패한 관리 중에서도 두 번째 가라면 서러워할 자였다. 그가 먹을 것을 눈에 불을 켜고 찾아다니더니 결국 진두 장터에서 김순영을 발견했다.

이기동은 김순영을 불법 잠채로 죄를 덮어씌워 옹이에 마디까지 박아 감옥에 넣었다. 처음에는 끌어내 장을 쳤다. 김순영이 저항하자 가새주리를 틀었다. 견디지 못한 김순영이 억지로 한 자백을 근거로 이기동은 김순영의 금광과 장터 재산 모두를 빼앗았다.

고종 사 년,

정묘년에 아라사 땅에 이사가 사는 조선 백성이 백육십오 가구였다. 이듬해 무진년에는 칠백육십오 가구로 급증했다. 당시 혼춘에서 은기위 벼슬을 하던 청국 관리 액이소록이 청 조정에 올린 기록에 이러한 정황이 잘 나타나 있다.

'정월 초엿새.

혼춘 하구 지방에 이르니 조선 백성 남녀 이백여 명이 달구지를 나누어 타고 서백리아의 눈 덮인 황야를 가로질러 가는 것이 보였다. 행렬을 잠시 멎게 하고 어디로 가느냐고 물었더니 지금 아라사가 우리나라 사람 수천 명을 초인하기에 길심하 지방을 개간하러 가는 길이라 했다.

왜 고국을 떠나야 하는가 물었더니 그들이 하나같이 말하기를 우리나라는 번번이 양 오랑캐의 도전을 받는데 몇 년 동안 계속 흉년이 들어 먹고살 길이 없는데도 조세가 과중하여 관리의 핍박을 이겨 낼 수 없어 이같이 고향을 등지고 간다고 했다.

그 정황이 가슴 아파 저절로 눈물이 나왔다.'

당시 아라사 동서백리아 총독 코르사코프는 아라사 조정에 공문서를 올렸다.

'서백리아 개발이 매우 중요하므로 이주해 오는 조선인들의 토착을 보장하기 위해 예비비에서 이들이 정착하는 데 필요한 양식 급여를 허가해 주십시오.'

이미 이전인 철종 십이 년 신유년부터 아라사는 서백리아에 들어온 조선인에게 인두세를 영구히 면제해 주었다. 또한 병역은 십 년, 토조는 이십 년 동안 면제하는 특전을 법으로 정했다. 토지도 일 데새티나 당 삼 루블이라는 헐값으로 무한정 불하했다. 이후로 서백리아 개발을 위한 아라사 정부의 특혜가 조선 북쪽 변방에 알려지자 새로운 삶을 희망하며 국경을 넘는 백성은 계속 늘어났다.

고종 팔 년 신미년에는 종성 변방을 지키던 관내 군인 이천사백육십 명 중 반수가 넘는 천팔백십일 명이 가락꼬치 아니면 송곳처럼 예민해지더니 무기를 버리고 국경을 넘어 아라사로 들어갔다.

조선 땅은 순박한 백성이 도저히 인간다운 삶을 살 수 없는 곳이었다. 북방을 관리하던 관리는 문책이 두려워 감히 조정에 보고하지 못했다.

김순영이 손을 떼자 은산 금광에서 일하던 노동자들도 짐을 싸 국경을 넘어 서백리아로 들어갔다. 박창화와 정종덕도 식구를 데리고 따라갔다.

김순영은 고문 후유증으로 몸이 말을 듣지 않아 진두에 남았다. 한 달 전 아들을 낳은 현풍 곽 씨가 옆에서 그를 돌보았다. 이제 갓 한 달 난 사내아기가 김순영의 옆에 누워 발버둥을 치며 힘차게 울었다.

한참 늦은 고종 십삼 년 병자년 팔월 구 일.

왕은 누가 들어도 도대체 이해하지 못할 놋구멍이 맞지 않는 허망한 말을 내놓았다.

함경도 백성을 위로하는 윤음.

'아! 너희 함경도의 대소 민인은 내 고시를 분명하게 들으라.

옛날 우리 환조 대왕은 북방에 처음으로 발을 디뎠고 우리 태조 대왕에 이르러서는 천명에 응하고 민의를 따라 왕업을 빛나게 열어 덕화가 빛나는 것이 북쪽에서부터 시작되었다.

너희 백성들이 대대로 번창하면서 화락하고 태평하게 지금까지 오백 년이 되도록 쇠퇴하지 않은 것은 바로 우리 환조와 태조께서 길러주고 키워준 크나큰 은택이다.

『시경』에 이르기를 '주나라 사람이 처음 사는 것이 저수와 칠수에 터전을 잡으면서부터라'고 하였고 『상서』에 이르기를 '여민들이 아! 변하여 이에 화락하게 되었다'고 하였으니 성인들이 우선 교화를 숭상한 것이 어찌 훌륭하지 않겠는가?

이 때문에 너희 백성들은 농사와 사냥, 운수와 장사에 종사하면서 부모를 봉양하고 효도할 줄 알며, 창을 쥐고 말을 달리며 윗사람을 친애하여 그를 위해 죽어도 좋다는 각오를 하며 나라를 지켜서 충성을 다할 줄 알고,

성현의 글을 읽고 삼가 그 연원을 지켰고 학교를 세우고 배울 줄을 알게 되어 너희 백성들이 이성을 잘 보존하여 불의에 빠지지 않은 것은 이러한 것이 있었기 때문이다.

그런데 어찌 된 일인지 근래에 와서는 기근에 시달리고 부역에 고달프며 죽고 싶어도 죽지 못해 러시아로 흘러 들어가는 사람들이 무려 몇천 몇백 명이나 되는지 헤아릴 수도 없다고 한다.

나는 이 소식을 들을 때마다 깊은 밤에도 잠들지 못하고 한밤중에 자주 일어나서 개탄을 그치지 못하니 가엾은 정도가 아니라 애통한 마음에 이르렀다.

아! 부모의 나라를 버리고 다른 나라의 백성이 되어 다른 나라의 옷을 입고, 다른 나라의 땅에서 난 곡식을 먹고 있으니 이 얼마나 크나큰 죄악인가.

나라의 법을 보아서는 응당 용서할 수 없지만 나는 그렇게 생각하지 않는다.

상고부터 어리석은 백성들은 그 때문에 예의와 법을 모두 요구할 수는 없었다.

그러므로 다스리는 사람이 혜택을 베풀어 교화가 스며들게 하고 생활을 넉넉하게 하여 염치를 보존하도록 했다.

지금은 해마다 큰 흉년이 들어 땅에 풀 한 포기 없고 의복은 남루하고 비쩍 말라서 굶어 죽어 버려진 시체가 곳곳에 있지만, 관리들은 상관없는 일처럼 여겨서 진휼하지 않고 오히려 세금을 더욱 독촉하고 가혹하게 부역을 시키고 지나치게 징수하며 사람을 모아서 긁어모으고 있다.

금광은 나라에서 금지한 것인데도 몰래 개발하여 지나치게 세금을 받아내니 마침내는 백성들을 함정에 빠뜨리게 되었다.

사슴을 공물로 바치는 것은 본래 회감하였는데도 구실을 붙여 억지로 빼앗으니 도리어 백성들을 해치는 흉기가 되었고, 마구 매질을 하고 혹형과 학대를 하니 백성들은 울부짖으며 뒹굴지만 도망칠 곳이 없다.

그리하여 저 나라 사람들이 유혹하는 말을 좋게 들어서 친척과 이별하는 것도 돌아볼 새가 없이 황황급급하게 물고기처럼 놀라고 새처럼 숨어버리는데 이른바 예의와 법도에 대해서는 생각할 겨를이 없었던 것이니 내가 한탄하며 측은해하는 이유이다.

그렇다면 법으로 용서할 수 없는 것은 우선 수령들에게 적용해야 하고 전적으로 국경을 넘는 어리석은 백성들에게만 적용하는 것은 온당치 못하다.

중신 김유연이 예전에 이 도를 맡아 다스린 적이 있는데 아직도 사람들이 그리워하니 특별히 함경도 안무사로 차출하여 보낸다.

그러니 내려가 백성들이 고통을 물어보고 탐오한 관리들을 다스리되 제반 조치는 형편에 따라 좋을 대로 시행하라.

백성들을 불러 모아 이 윤음을 가지고 나라에서 어루만지는 뜻을 널리 알릴 것이니 너희 백성들은 마음을 놓고 편히 지내면서 소란을 피우지 말고 만약 뼈에 사무치는 폐단이나 살갗을 벗기는 듯한 정사가 있거든 숨김없이 직접 진술하라.

그러면 개혁할 만한 것은 반드시 고치도록 하고 감면할 만한 것은 반드시 방법을 강구하겠다.

삼농의 때가 어그러지지 않고 모든 집에 곡식이 차고 넘어야 실로 사람들의 마음이 단단히 매어져서 함께 태평성세를 누릴 수 있다.

이미 국경을 넘어간 백성들은 친척과 보갑호에서 서로 통보하여 기한 안에 돌아온다면 잘못과 죄를 용서하여 특별히 널리 은혜를 베풀고 위로하며 모아들여서 안정된 생활을 하게 하여 나라에서 함양해주는 혜택을 볼 수 있도록 할 것이니 어찌 즐겁지 않겠는가?

아! 나는 너희들을 나의 자식으로 여기고 나는 너희들의 부모라고 여기고 있다.

자식은 부모의 마음을 몰라서는 안 되며 자식은 부모의 말을 받들지 않을 수 없다.

아! 너희들은 내 고시를 분명하게 들으라.'

73.

고종 14년, 정축년, 1877년, 4월 15일.

영의정 이최응이 왕에게 말했다.

"신이 새해 초 빈대에서 재용을 절약하는 일로 이미 권면하였습니다. 그런데 현재 돈과 곡식을 담당하는 아문이 비로 바닥을 쓸어 낸 듯이 텅 비었으니 급급하여 지탱하기 어려운 상황에 대해서는 신이 자세히 말씀드리지 않아도 아시리라 믿습니다.

이로 인해 중외의 윗사람과 아랫사람들이 함께 걱정하고 한탄하면서 어찌할 바를 모르고 있습니다. 더구나 작년 가을에 여러 도에 가뭄이 든 탓에 조세가 크게 줄어들어 더욱더 막연하게 되었습니다.

그렇기는 하지만 주와 군에서는 응당 거두어야 할 세금을 조금도 지체하면 안 됩니다. 궁부에서 쓰는 일정한 비용에 대해서는 비록 장차 삼가고 절약한다고 하더라도 새 것과 묵은 것을 이어대고 수입과 지출을 서로 엇비슷하게 맞추는 것은 형세상 의논할 수 없는 일입니다.

그런데도 근래에 각 아문의 구실아치들이 교묘하게 간사한 농간을 부려서 몰래 떼먹고 횡령하는 짓이 늘어나고 있습니다. 이에 갖가지 폐단이 생겨나 날이 가고 달이 갈수록 불어나고 있습니다.

이와 같은데도 나라에 법이 있다고 할 수 있겠습니까? 훔친 것이 많고 적음을 따져서 사형에 처하기도 하고 유배 보내기도 한 다음에야 거리낌 없이 놀라운 짓을 하는 풍조를 조금이나마 그치게 할 수 있을 것입니다.

또 들건대 낭관으로 있는 자들이 착실히 직임을 관할하지도 못하면서 인정에 이끌려 덮어두고 있다고 합니다. 이에 정해진 수량의 조세를 받아들이는 시기에 비방을 많이 들을 뿐만 아니라 심지어는 창고를 봉한 다음에도 제멋대로 직접 범하여 쓰고 있다고 합니다.

대저 명색이 조정의 관리인데 아전들을 위해 앞장서서 재물을 몰아주면서 한 해 두 해 손 가는 대로 함부로 쓰게 하고 마침내는 전혀 살펴보지 않으면서 애당초 자신과는 관련이 없는 것처럼 보고 있습니다. 참으로 공공의 재화가 소중하다는 것을 안다면 어찌 감히 이럴 수 있겠으며 참으로 국법이 두려운 것이라는 것을 안다면 어찌 차마 이런 짓을 할 수 있겠습니까?

듣기에 몹시 놀랍고 분통이 터지며 말하기조차 부끄럽습니다. 속히 각 관사와 각 군영이 철저하게 조사해서 낭관들이 범하여 쓴 것과 아전들이 떼어먹은 것을 하나하나 구별한 다음 법률을 살펴 처단해 크게 징계하는 방도로 삼아야 할 것입니다.

만에 하나 잘못을 그대로 답습하면서 돌아보고 꺼려서 즉시 적발하지 않으면 되도록 중한 쪽으로 경책하는 것 역시 일의 체모에 있어서 그만둘 수 없는 것입니다. 아울러 이러한 뜻으로 각 해 당상관과 여러 장수에게 엄하게 신칙하는 것이 어떻겠습니까?"

왕이 말했다.

"아전들이 제멋대로 포흠을 범하는 것은 이미 용서할 수 없는 죄이다. 그런데 명색이 관할하는 낭관으로서 이렇게 불법을 저지르고 있다는 것은 말하자니 통탄스럽다. 아뢴 바대로 철저하게 조사해서 특별히 엄하게 징계하는 것이 좋겠다."

이최응이 계속 말했다.

"여러 도에서 올려 보내는 조세를 실은 배들이 현재 차례대로 짐을 싣고 출발하고 있습니다. 흉년이 난 해에 곡식을 마련하는 백성들의 힘이 곤궁하기는 평상시보다 배나 됩니다.

근년 이래 세습으로 받아들인 원곡이 축난 근본 원인은 배가 출발하기 전에 있을 뿐만 아니라 매번 배가 출발하고 난 뒤에도 있습니다. 배가 다른 지역에 이르게 되면 빨리 가느냐 늦게 가느냐 기다리느냐 하는 것들은 오로지 사공과 곁꾼들이 조종하는 데 달려 있습니다.

이 때문에 핑계를 대고 침탈하는 자도 있고 공모해서 훔쳐내는 자도 있어, 여기에서 모았다가 저기에서 흩어 버리곤 하는데 그러는 사이에 녹아 없어지는 것이 이미 한량이 없습니다.

이러한 뱃놈들은 평소에 간사한 계책을 품고 있어 오래될수록 더욱더 익숙해지고 익숙해질수록 더욱더 교묘해져서 궁벽한 항구나 외딴섬이 저절로 농간을 부리는 묘한 지름길이 되고 폭풍우와 험한 파도가 빙자하는 구실이 되었습니다. 이에 배를 띄울 적당한 시기를 앉아서 놓치고도 제멋대로 지체하는데 심지어는 배가 얼어붙거나 고의로 폐선하는 등 허다한 곡절이 난무합니다. 그러니 어디에 세정과 국법을 중히 여기는 생각이 있겠습니까?

신이 아뢴 바를 삼남과 경기 및 여러 도에 삼현령으로 행회하여 각자 그들이 경유할 뱃길을 미리 알아보고 조창선 집주선 지상선을 막론하고 호송하는 절차를 정성을 다해 지도하여 절대로 지체시키지 말게 하소서.

그리고 별도로 이목이 되는 사람을 파견하여 낱낱이 정탐하게 하고 만약 불법을 저지르다가 적발되어 체포된 자는 죄가 크면 경계 지점에서 효수형에 처하고 죄가 작으면 곧바로 형벌을 가하고서 유배 보낸 뒤 명을 받들어 거행한 상황을 치계하게 하여 감히 소홀히 했다고 탄식하는 일이 없도록 아울러 분부하는 것이 어떻겠습니까?"

왕이 말했다.

"소중한 공부를 어찌 한결같이 사공과 곁꾼의 손에 내맡겨 제멋대로 조종하게 할 수 있겠는가. 사체의 소홀함이 이보다 더 심한 것은 없을 것이다. 속히 행회하되 만약에 여전히 농간을 부려 정지하거나 지체시키는 폐단이 있으면 우선 도신부터 논감하는 것이 좋겠다."

이최응이 다시 말했다.

"작년에 전라감사가 장계에서 청하여 우심 읍의 환곡을 절반 정퇴하도록 해주었습니다.

당해 감사 이돈상이 계본을 보니 광주 등 고을이 사창의 환곡에서 마땅히 받아들여야 할 곡식 가운데 받아들이지 못한 것이 삼만오천구백여 석이 된다고 했습니다. 작년 겨울에 묘당에서 복계하여 곡식을 나누어 정봉하게 하였던 것은 나름대로 참작하고 고려한 바가 있었던 것이니 정퇴한 것은 실로 백성들을 위한 것이었고 받아들이는 것 또한 백성들을 위한 것이었습니다.

다만 현재 농사가 이처럼 흉년이 들었고 백성들이 부황이 든 것이 또 이와 같으니 한 지방을 맡은 감사가 사실을 들어 다시 계문해서 품의하여 조처해 주기를 요청하는 것은 바로 사체가 그러한 것이고 규례가 그러한 것입니다. 이는 대개 환곡에 관한 법이 아주 중하여 감히 아랫사람이 마음대로 할 수 없기 때문입니다.

그러나 지금 절서가 다 지난 다음에 받아들이지 못하여 황송하다는 등의 말을 하고서 그대로 마감해 버리고 말았습니다. 이런 길이 한번 열리면 그 폐단이 장차 무궁할 것이니 해 감사에게 무겁게 추고하는 벌을 시행하여야 합니다.

그리고 받아들이지 못한 환곡에 있어서는 형세 상 억지로 독촉하여 받아들이기는 어려우니 이번 가을이 되기를 기다려서 장부를 살펴 수량에 맞추어 완결 지은 다음 사유를 갖추어 수계하게 하되 감히 이것으로 전례를 삼는 일이 없도록 엄하게 신칙하여 행회하는 것이 어떻겠습니까?"

왕이 말했다.

"그리하라."

74.

고종 14년, 정축년, 1877년.

삼월 십 일 수운의 기제를 올렸다.

시월 삼 일.

시형은 하늘에 고하는 제례의 명칭을 구성제라 고쳤다.

의관을 갖추고 인제 장춘보와 김치운이 재물을 변별해 준비했다.

강시원이 축문을 지었다. 시형은 제관을 나누어 정했다.

시월 삼 일에 구성제를 올렸다.

초헌 도포덕주 최시형

도차주인 강시원·김시명

아헌 정선접주 유시헌·청송접주 김경화

종헌 장춘보·김치운·김용진

집례 장인호

대축 김영순·심시정

집사 양치도

봉향 전문여

시월 십육 일.

정선 유시헌의 집에서 다시 구성제를 올렸다.

시형이 말했다.

"구성이라는 것은 구주에 응하는 이치입니다. 그러므로 이 구성의 이치로써 구성제를 처음 만든 것이니 이에 그 일신이 응함에 천도와 지리가 서로 합하는 이치입니다.

즉 사람이 그 사이에 있으므로 역시 삼재의 이치이니 사람에 이르러 하늘의 이치가 응하지 않겠습니까?

구성의 이치를 여기에서 비록 상세하게 말할 수는 없으나 아홉 별에 응하는 이치이니 이것이 구성의 계를 이룬 것입니다.

무릇 우리 도인들은 지금 이후부터 삼가 두 절기에 스승의 제사를 올려야 합니다."

구성제는 한 번 올리면 사십구 일간 기도하는 것과 같은 효험이 있다고 강조했다. 이것은 많은 도인의 환영을 받았다.

도인들이 농사지을 때 사십구 일간 기도를 드리기란 쉬운 일이 아니다. 또한 중간에 피치 못할 사정이 생겨서 도중에 포기하면서 낙담하는 경우가 많았다. 이제 구성제를 한 번 올리면 그렇게 아쉬웠던 일은 드물게 되었다.

75.

고종 15년, 정묘년, 1878년, 7월 29일.

영의정 이최응이 왕에게 말했다.

"전라 전 감사 이돈상이 보고한 것을 보니 부안 현감 정보묵의 첩정을 낱낱이 들며 말하기를 '본 현은 병자년의 참혹한 흉년과 정축년의 지독한 전염병을 겪었는데 이는 전고에 없던 일로 실로 팔도 가운데 가장 심했습니다. 지금 만약 세를 내라고 독촉한다면 장차 백성들이 남아나지 않고 고을이 형편없게 될 상황입니다.

그리하여 경내의 유망하거나 대가 끊어진 집으로서 친척이 없는 자 가운데 가장 심한 자들을 뽑아내니 결이 칠백칠십이 결이고 쌀이 천사백이십칠 석이었습니다. 그러니 납부하지 않은 아문에 구별하여 보고하고 특별히 상정하여 대신 납부하게 할 것을 허락해 달라'고 하였습니다.

당해 현이 피폐되고 백성들이 흩어진 것은 보고한 것이 참으로 들은 것과 똑같으니 참으로 어찌할 수 없다고 할 만합니다. 이미 일의 형세가 이와 같은 줄 알면서도 억지로 불모의 땅에서 세를 내라고 독촉하여 거듭 뼈에 사무치도록 원통하게 만든다면 이는 심히 조정에서 백성들을 불쌍히 여겨 보살피는 정사가 아닙니다.

그러니 각 아문의 미납미 천사백여 석을 특별히 상정하여 대신 납부하도록 하여 점차 어렵게나마 살아갈 수 있도록 하는 일을 당해 도 도신에게 분부하는 것이 어떻겠습니까?"

왕이 말했다.

"그리하라."

이최응이 계속 말했다.

"연전에 서울과 지방에서 세금 거두는 것을 신설하여 이것이 폐단이 되자 특별히 혁파하라는 명을 내리셨습니다.

이를 보고 온 나라의 백성들이 너 나 할 것 없이 기뻐하며 성덕이 두루 미쳐 백성들이 모두 생업을 편안히 하며 경하하였습니다.

지난번에 충청우도 암행어사가 올린 글을 보니 내수사 전령으로 인해 어염 등의 세금을 신설하였는데 균역청에 원래 납부하는 것과 비교해 보면 세 배나 더 많아 각 포의 여각과 기점 등속이 모두 매매를 하지 못하고 한결같이 그 명령만을 듣고 있다고 합니다.

이어 당해 도 수군절도사가 보고한 것을 보니 내수사의 공문으로 인해 비인의 송두리와 합전의 소나무를 모두 벌목하려고 한다고 하였습니다. 그리고 또 전주 감영에서 보고한 것을 보니 나주의 영산과 제창 두 포의 어염과 잡물에 대해 내수사에서 보낸 사람이라고 하면서 도서를 가지고 내려와 도고*가 세금을 거두었다고 합니다.

무릇 산림과 천택의 이로움을 백성들과 함께 나누지 않는다면 백성들이 누구를 의지하겠습니까? 바다든 육지든 각각 소출에 따라 모두 원래 정한 세액이 있고 모두 담당하는 아문이 있으니 그렇다면 다시 징수할 만한 빠

---

* 조선 후기에 도거리를 하는 독점 상업의 행위 또는 기관 상인.

뜨린 것이 무엇이 있겠습니까?

그런데 지금 강제로 붙잡아다가 거두는 자들은 늘 이것은 어공에 필요한 것이라고 하니 이것은 소중한 데에 의탁하려는 계책이고 또 백성들이 원하는 것이라고 하니 이것은 거짓으로 고하는 말입니다. 어찌 이러한 나라의 체모와 법의 기강이 있단 말입니까?

재화를 운송하는 배들이 있는 항포가 이로 인해 쓸쓸해지고 물화가 모이는 지역이 이로 인해 없어졌습니다. 암행어사가 올린 글과 감사와 수군절도사의 보고가 계속 이어져 어려운 사정을 고하니 백성들 사정이 다급함을 상상할 수가 있습니다.

그러니 설령 내수사에서 알릴 일이 있더라도 먼저 의정부에 보고하면 의정부에서 발문을 주어 낱낱이 관문을 보내 알려 주는 법이 본래 정해져 있습니다. 그런데 애당초 관문을 보내지도 않고 자신들이 멋대로 전령을 내었으니 이는 무엇에 근거해서 한 것입니까? 하나하나가 참으로 해괴망측하고 지극히 무엄합니다.

당해 사의 차시중관 각 궁방의 사무를 맡은 환관은 당해 부에서 나문하여 처리하도록 해야겠습니다. 그리고 다른 도에 만약 이와 같은 일이 있으면 이른바 첨부한 공문이라는 것을 신의 부에 치보하게 하여 조사해 처리하도록 해야겠습니다.

또한 이 일을 주관했다는 자들을 일일이 잡아다가 엄하게 형신을 가하고 멀리 정배한 뒤에 상황을 보고하도록 하며 앞으로 만약 의정부의 발사가 없는 경우에는 일체 시행하지 말 것을 모두 관문을 보내 신칙하는 것이 어떻겠습니까?"

왕이 말했다.

"그대로 하라. 세금을 마구 거두어들여 백성들에게 해를 끼치는 것이 곳곳에서 이와 같으니 백성들이 어떻게 살 수 있겠는가? 각별히 관문을 보내 신칙하는 것이 좋겠다."

이최응이 계속 말했다.

"또한 토호들이 무력을 마구 사용하는 습속에 대하여 전후로 금지하고 신칙한 것이 한이 없었습니다. 그런데도 계속 패악스런 행동을 아무런 거리낌 없이 하고 강제로 백성들을 침탈하는 해를 끼쳐 유랑하는 백성들이 계속 이어져 편안히 살지 못하고 있습니다.

이에 이러한 소식을 전해들은 사람들이 모두 놀라고 있습니다. 그런데도 안으로 법조나 밖으로 번사에서는 이러한 것에 대해 그냥 내버려 두고 감히 처벌하지 않고 있는데 이것은 무슨 이유이겠습니까?

참으로 이와 같다면 은밀하게 숨겨져 있는 악을 살펴 징치하는 정사는 장차 시행되지 못하고 폐지될 것입니다. 법의 기강에 비추어볼 때 참으로 한심스럽습니다.

장신이 아뢴 것을 서울과 지방에 반포한 다음 하나하나 적발하여 아뢰어 절대로 용서해 주지 말게 할 것이지만 만일 혹시라도 예전과 같이 우물우물 지내다가 들통이 나게 되면 엄한 처벌을 면하기 어렵다는 내용을 아울러 분부하는 것이 어떻겠습니까?"

왕이 말했다.

"그리하라."

소설 동학 3

등록 1994.7.1 제1-1071
1쇄 발행 2022년 5월 31일

지은이 김동련
펴낸이 박길수
편집장 소경희
편 집 조영준
관 리 위현정
디자인 이주항
펴낸곳 도서출판 모시는사람들
       03147 서울시 종로구 삼일대로 457(경운동 수운회관) 1207호
전 화 02-735-7173, 02-737-7173 / 팩스 02-730-7173

인 쇄 (주)성광인쇄(031-942-4814)
배 본 문화유통북스(031-937-6100)
홈페이지 http://www.mosinsaram.com/

값은 뒤표지에 있습니다.

ISBN   979-11-6629-110-4   04810
세트 ISBN 979-11-6629-107-4   04810